백수, 마왕의 모습으로 이세계에

Bored, Sacrod and Now a Davil!

가끔은 치트인 유유자적 여행 7

아이아츠시 지음
카츠라이 요시아키 일러스트
김장준 옮김

프롤로그

많은 사람이 침을 삼키며 그 순간이 오기만을 기다렸다.

이곳은 바로 푸드 부스 콘테스트 결과 발표회장. 이번 콘테스트에서 태풍의 눈이었던 우리가 입장하자 자연스럽게 많은 이목이 모였으나—.

"어, 어쩌지, 카이 군. 역시 이 복장은 눈에 띄지……?"

"하하하…… 미스 콘테스트에서 바로 오느라 갈아입을 시간도 없었으니 뭐."

"하지만 멋져요. 그럼…… 조금 뒤로 물러나서 기다릴까요?"

우리 집 엘프 아가씨는 현재 성기사(완전 무장) 모드입니다.

머리에는 올해의 『미스 세미피나르』를 증명하는 티아라까지 써서 당연히 군중의 동요가 퍼졌지만 단상에 직원이 나타나자 일단 시선을 거두었다.

"오래 기다리셨습니다, 여러분! 사흘간 푸드 부스 콘테스트에 참가하시느라 수고 많으셨습니다! 지금부터 결과 발표가 있겠습니다!"

선언과 동시에 장내에 갑자기 찬물을 끼얹은 듯한 착각이 들었다.

모두 숨죽인 채로 단상에 선 남자를 주목하며 발표를 기다렸다.

“기, 긴장돼……. 난 2, 3일째는 거의 참가하지 못했는데…….”

“괘, 괜찮아요. 손님도 많이 왔으니까 적어도 3위 안에는…….”

두 사람도 분위기에 눌렸는지 긴장한 기색으로 이야기했다.

괜찮아, 할 수 있는 건 다 했어. 매일 통행에 방해가 될 정도로 장사진을 이뤘잖아.

“우승자에게는 상금과 함께 1년간 길드 푸드 코트에서 영업할 권리가 주어집니다! 노른자 땅에서 막대한 수익을 올릴 기회란 뜻이죠! ……물론 죽도록 바쁘겠지만요.”

그 말에 몇 사람이 입속으로 웃는 소리가 새어 나왔다.

하지만 저는 사양하겠습니다!

다시 모두 진지한 얼굴로 게시판을 주목했다.

역시 상금이나 영업권도 좋지만 사람들이 가장 바라는 것은 그 칭호일 것이다.

『제○회 콘테스트 우승』이라는 경력은 평생 자랑거리가 된다.

올해는 지나가는 모험가가 그 영예를 가져가겠지만!

“그럼 매상 3위부터 발표하겠습니다! 획득한 티켓 수 1,223장! 스위트 페더 세미피나르 지점! 무대로 올라와 주십시오.”

처음 불린 사람은 엘프 남성이었다. 잘 보니 저 사람, 콘테스트 첫날 우리를 방해한 이웃집 아닌가?

“저분이 스위트 페더 사람이었나 보네요. 제 가게에서도 그쪽 상품을 냈었는데…… 첫날 일을 겪고 정이 떨어졌어요.”

“가게 이름을 알려주면 울면서 싹싹 빌지 않을까? 고급 클럽이면 제법 큰손이었겠어.”

“그렇죠. 최고급 도시락을 직접 납품받았으니까요.”

솔직히 불쌍하니까 이번 일로 거래를 끊지는 말아주십시오.

“그럼 이어서 2위를 발표하겠습니다! 획득 티켓 수 2,470장! 팬케이크 전문점 폭신당(堂)! 3년 연속 우승에는 실패했지만, 훌륭한 성과를 남겼습니다!”

다음 가게 이름이 밝혀진 순간 주위가 술렁거리기 시작했다.

그 팬케이크 가게였군……. 가게 이름을 지금 처음 들었다.

“귀여운 이름이네요. 조금 의외예요…….”

“나도. 거기 주인장의 이미지가 너무 강해서 별로 안 어울려.”

“나는 알고 있었어. 정말로 이름답게 폭신폭신했어.”

그러고 보니 류에가 직접 가서 팬케이크를 받아왔었지.

무대로 오르는 사람은 역시나 우리가 아는 여성이었다. 하지만 평소 자신감 넘치던 그 표정에는 당당함 대신 수심이 들어차 있었다.

그녀는 천천히 남성 직원에게서 마이크를 건네받았다.

“저는 이번 수상을 포기하겠습니다. 저는 이번에 부정행

위를 저질렀습니다. 제출한 재료 리스트에 싣지 않은 물품을 사용했고 그 탓에 손님에게 큰 피해를 안겨 드렸습니다."

……그래. 이 자리에서 고백하기로 했구나.

가장 명예로운 자리에서, 많은 동업자가 지켜보는 자리에서, 죄를 고백한다.

이것이 가장 성의 있는 사과 방식이었을 것이다. 하지만 자신이 받는 피해도 가장 큰 방법이었다. 구태여 이 방법을 택한 그녀의 강직함에 깊은 감명을 받았다.

보신보다 의무와 성의를 우선하는 자세는 정말로, 정말로 고귀한 것이다.

"이번 일은 제 독단으로 이루어졌습니다. 저를 비난해주십시오. 이 전통 있는 콘테스트에 불미스러운 오점을 남겨 대단히 죄송합니다."

그녀의 갑작스러운 고백에 직원도 얼이 빠졌다. 몇 초 후, 소란이 퍼져 나갔다.

그녀는 곧장 무대에서 내려와 회장을 떠나려고 우리가 있는 출입구 쪽으로 걸어왔다.

그러다가 우리를 알아봤는지 자조 어린 웃음을 띠고 우리에게 다가왔다.

"난 명예에 사로잡혀서 절대로 하면 안 될 짓을 했어. 분하지만, 너희 방식이 콘테스트의 이상적인 모습……인지도 몰라."

“……내년에, 또 나와주세요. 우리도 또 올 테니까요.”

“또 온다고……? 당신들, 여기에 가게를 낼 생각 아니었어?”

“아, 사실 우리는…… 모험가야. 여기에는 여행 도중에 들른 거고—.”

그렇게 말한 순간, 도토리 팬케이크 주인이 입을 떡 벌리더니 곧 마른 웃음을 흘리고 고개를 떨어뜨렸다.

“하하하…… 설마…… 본업도 아닌 사람한테……. 참 한심하다…….”

“아니, 나도 옛날에는 이쪽 길로 벌어먹던 사람이야.”

“그런 실력이 있으면서 왜 모험가처럼 위험한 일을 해?”

다 사정이 있지. 적어도 이 세계에서 그 길로 돌아갈 생각은 없다.

게다가 봐라. 이 신체의 스테이터스를 활용하지 않으면 이 세계에 죄를 짓는 거야.

그녀도 마음을 정리했는지, 다시 든 얼굴에는 어떤 결의 같은 것이 번져 있었다.

“후…… 넌 무슨 괴물들만 있는 나라에서 왔어? 좋아, 내년에도 꼭 와. 물론 참가자로! 조합에 상담해서 대회 방식을 재검토해 볼게.”

그렇게 당당한 웃음을 보여주고 조용히 회장을 떠나는 그녀를 바라보았다.

돌아보자 그녀가 걱정되는지 많은 사람이 우리의 대화에

귀를 기울이고 있었다.

……이제 주위 사람도 어렴풋이 이해했을 것이다. 그녀가 왜 이런 짓을 벌였는지. 그리고 그녀가 방금 한 말이 무엇을 의미하는지도.

이 콘테스트는 틀림없이 새롭게 거듭날 것이다. 더 엄선된 가게들이 더 치밀히 연구한 작품을 내놓는 콘테스트, 진정한 의미의 『경쟁』으로—.

"예상하지 못한 사태가 있었지만, 마침내 우승자 발표가 있겠습니다!"

자, 드디어 운명의 순간이다. 이번에 우리는 거의 악역처럼 주위의 반감을 사는 수단까지 동원해 탐욕스럽게 손님을 모았다.

이렇게까지 했는데 순위에 들지 못했다면 굉장히 창피해진다.

"이번 싸움…… 우리가 이겼어요!"

"미안, 레이스. 그 소리 하면 질 거 같으니까 하지 마."

"후후. 나, 이 대회에 우승하면 상금으로 다 같이 맛있는 걸 먹으러 갈 거야."

"류에, 제발. 그 소리도 하지 마."

괜찮아…… 이 정도 복선 따위 간단히 묻어 버릴 만큼 우리는 최선을 다했다.

조금 건방지게 들릴지 모르나, 이것을 계기로 이 대회가 더욱 발전할 수—.

"획득 티켓 수 3,027장! 절대 승리자 앱솔루트 빅토리 님입니다! 이름이 무색하지 않은 역대 최고 기록! 압도적인 성적으로 우승하셨습니다!"

아…… 그게 우리 이름이었지. 지금 살짝 감동적으로 마무리하려고 했는데 정신이 번쩍 드네. 진짜 부끄러워서 못 들어주겠다.

"카이 군! 우승이야, 우승! 해냈어!"

"두 사람의 메이드 파워도 컸어."

두 사람이 기뻐하는 모습에 지금 끌어안은 착잡함이 걷혔다.

자자, 그럼 레이스 씨, 대표로 단상에 올라가 주십시오.

사람들의 선망과 질투 섞인 시선을 받으면서 레이스는 태연한 걸음걸이로 무대까지 올라갔다.

푸드 부스 콘테스트에서 바로 이동해 온 탓에 지금 레이스는 매혹적인 거유 누님 메이드 복장이었다. 집중되는 시선의 성격이 바뀐 느낌이 든다.

그래, 그럴 수 있지. 나도 방심하면 콧구멍 평수가 넓어지니까.

"우승을 축하드립니다! 대표 레이스 님, 소감 한마디 해주시죠!"

"이런 명예로운 상을 받게 되어 영광입니다. 이번이 첫 참가였지만, 연구와 아이디어의 힘으로 이 자리에 서게 되었습니다. 하지만— 분명히 내년에는 이렇게 되지 않겠죠. 여러분에겐 이미 이런 수단은 통하지 않을 테니까요."

"그렇군요. 내년에는 한층 더 치열한 대회가 되겠네요!"

레이스의 말은 조금 전 내가 팬케이크 가게 주인에게 말한 내용과 비슷했다.

그 말을 듣고 사람들도 내년을 대비해 연구하겠다고 다짐하는 듯 보였다.

박수를 받긴 힘들 거라고 생각했다. 하지만 예상을 뒤엎고 힘찬 박수를 받으며 우리의 푸드 부스 콘테스트는 막을 내렸다.

§ § §

"후~! 이제야 벗네. 평소 안 입는 갑옷이라서 어깨가 결려."

"자, 어깨 조물조물해줄게. 수고 많았어, 류에. 정말로 멋졌어."

"후후, 정말 그래요. 설마 숨어서 이런 일을 계획했을 줄은 몰랐어요."

방으로 돌아와서 오늘 최고의 공로자인 류에를 레이스와 함께 위로했다.

가느다란 어깨를 꾹꾹 주물러 행복한 소리를 내는 류에의 피로를 풀어줬다.

"그나저나 그런 사건이 있었다니……. 아이가 무사해서 다행이야."

"우리가 내몰아서…… 그랬겠죠. 그 아이와 어머니에게 못할 짓을 했어요."

"아니야. 결국 규칙을 어긴 건 그 가게 주인의 판단이었지. 하지만 그 사람도 그 자리에서 의무를 다했어. 이번 일은 이걸로 끝이야."

"응, 맞아. 지위가 있는 사람은 거기에 맞게 행동하고 책임을 질 각오가 있어야 해. 그런 점에서 그 사람은 아주 훌륭한 거야."

뭔가 생각하는 바가 있는지 류에가 조용히 평가했다.

"그럼…… 오늘 저녁은 어떻게 할까? 오늘은 나도 힘썼으니까 술이라도 한잔 마시고 싶은 기분이야."

"좋네요. 지금부터 가게를 찾으면 늦으니까…… 가끔은 제가 만들어 볼까요?"

"오, 그거 좋은데? 그럼 난…… 칵테일이라도 만들까?"

소소하게, 주어진 영광에 비해서는 조금 부족할지 모를 축배를 들자.

평소 먹을 기회가 없는 레이스의 요리와 평소 만들 일 없는 칵테일로…….

이 평온한 세 사람만의 시간이 왠지 몹시 사랑스러웠다.

어느새 시각은 초저녁. 하지만 이미 류에는 술기운이 올라왔는지 테이블에 올린 팔에 얼굴을 파묻으며 행복하게 미소 짓고 있었다.

"후후…… 스크루 드라이버어…… 나사도 없는데 드라이버래…… 후후."

"완전히 취했나 봐요. 후후, 이건 정말 마시기 편하네요."

"좋아해 줘서 다행이야."

내가 만든 것은 『스크루 드라이버』. 오렌지 과즙과 보드카를 섞었을 뿐인 심플한 칵테일이었다. 하지만 그 마시기 편한 맛과는 별개로 비율에 따라서는 『레이디 킬러』로 변해 버리는 조금 치사한, 엉큼한 위험을 품은 메뉴이기도 했다.

"후후…… 내가 미인이래…… 기뻐……. 나도 레이스처럼 예뻐질 수 없을까 했는데…… 후후…… 우승했어……."

"아주 근사했어요, 류에. 동생으로서 언니가 자랑스러워요."

"그래. 정말로 멋졌어. 조금 이르지만 잘까? 내일도 축제는 계속되니까."

"후후…… 즐겁네. 기뻐……."

비틀비틀 침실로 가는 류에를 부축해 조용히 침대로 안내했다.

레이스도 곤드레만드레한 류에를 훈훈하게 바라보며 조용히 곁에 누웠다.

두 사람 다 잘 자. 오늘 정말로 수고했어.

두 사람이 눈을 감는 것을 확인하고 나도 편안한 행복감에 몸을 맡겼다.

§ § §

행복한 온기를 빼앗듯 몸을 덮은 모포가 벗겨졌다.

그 약탈자를 혼내주려고 팔을 뻗어 붙잡자 작은 비명과 함께 범인이 내 쪽으로 쓰러졌다.

"에잇…… 요 녀석……."

"앗……! 놔, 놔주세요! 왜 이래요……!"

음? 류에도 아니고 레이스도 아니라고……? 그럼 범인의 정체는—.

"잠꼬대 그만하고 일어나세요, 본본!"

내 품에 안긴 검고 윤기 흐르는 머리가 흐리멍덩한 시야에 들어왔다.

흠…… 흐으으음. 제법 살집이 있어서 안으면 촉감이 좋군.

"자는 사람을 덮쳐? 음흉한 꿀돼지 같으니라고."

"끌어안은 사람이 누군데요……. 그만 놔주시고 일어나세요."

"근데 네가 왜 우리 방에 있어? 아직 아침……이지?"

"곧 있으면 점심이에요. 몇 시에 주무셨길래 이렇게 늦잠을 자요?"

목소리의 주인, 그리고 훌륭한 감촉의 정체는 우리의 총수님 오잉크였다.

그나저나 벌써 점심이라고? 확실히 늦잠을 자긴 했군. 그래도 오잉크가 이 시간부터 무슨 볼일이지?

"오늘 밤 만찬회 때문에요. 류에는 주빈이니까 의상 대여 겸 저번 일을 직접 의뢰하러 왔어요."

"아…… 그러고 보니 아직 말을 안 했지."

내가 오잉크에게 도토리 커피를 끓이러 방문했을 때 오잉크가 어떤 부탁을 했었다. 부탁이란 류에에게 어떤 이야기를 전해 달라는 것.

가능하다면 그 『이야기』는 내가 맡고 싶었는데 말이야.

오잉크가 말하기를 「당신은 틀림없이 일을 키우니까 안 돼요」라나 뭐라나.

"그래서 이야기가 틀어지면 설득해 달라고 날 깨웠어?"

"이해가 빨라서 다행이네요. 지금 류에와 레이스는 의상을 맞추는 중이니까 나오면 이야기를 꺼낼 생각이에요."

"응? 류에가 드레스를? 나도 볼래. 잠깐 저 방에 다녀올—."

드레스 아머가 아니라 진짜 드레스라고?!

그건 꼭 봐야겠다 싶어 가려고 했지만 우리 꿀돼지가 막아서는 것이 아닌가. 에잇, 방해하지 마라. 침대로 휙!

"꺅! 아, 안 돼요! 밤에 놀라게 해주려고 그때까지 안 보여준다고 했다고요."

"본인의 뜻이 그렇다면 존중하겠지만…… 응? 그럼 류에는 먼저 만찬장으로 간다는 거야?"

"네. 그리고 저는 류에의 파트너로 지명받았으니까 먼저 둘이서 파티장에 가 있을게요. 본본과 레이스는 나중에 마차를 보낼 테니까 같이 타고 오세요."

아 참, 미스 콘테스트 우승자는 만찬회에 출석할 파트너를 지명할 수 있었지.

매년 남녀 우승자가 페어로 출석하는 것이 관습이었지만 우리의 류에는 주위 기대에도 개의치 않고 동성인 오잉크를 지명했다.

……그 남성 부문 우승자는 대체 누구와 함께 갈까?

아무튼 나와 레이스도 우승자의 친구 자격으로 참가하게 됐다.

"본본, 의상은 어떻게 할래요? 일단 남성용 의상도 몇 벌 들고 왔어요."

"난 알비스에서 입은 의례복으로 할게. 갈아입을 테니까 꿀돼지, 겟 아웃."

"싫은데? 볼 건데? 빨리 벗어, 빨리."

말없이 킥 아웃했다.

자, 그럼 갈아입을까. 요리하다가 떨어뜨릴까 봐 쓰지 않았던 단안경도 쓰고…… 머리는 다시 말총머리로 하자.

몸단장을 마치고 이대로 가도 될지 물어보기 위해 여성들이 기다리는 옆방으로 갔다. 그런데 그곳에는 내 예상과는 조금 다른 광경이 펼쳐지고 있었다.

이미 의상을 모두 맞췄는지 평상복을 입은 세 사람이 테이블에 둘러앉아 진지하게 무엇을 내려다보고 있었다. 슬그머니 다가가서 그 정체를 확인하자—.

"아! 또 1회 휴식이에요? 다음, 류에 차례예요."

"이얏! ……3! 음…… 두 칸 돌아간다…… 으으~!"

"후후, 이제 제가 할게요. 에잇! 3…… 네 칸 전진한다."

"어, 어떻게 된 거죠! 이러면 레이스 혼자 압승이잖아요!"

"후후, 이제 카이 씨 에스코트는 제 차지네요!"

주사위 게임 중이었군. 게다가 상당히 큰 차이로 레이스가 이겼다.

응? 내가 모르는 사이 경품으로 걸렸나? 아니, 뭐, 딱히 불만은 없지만…….

"자, 아가씨들, 주목. 이 복장 어때? 이상한 곳 없어?"

"앗! 카이 씨! 죄송해요. 너무 집중했나 봐요. 흠…… 의례복에 단안경인가요? 마족 모습을 빼고 그 의상이라면 머리를 조금 더 손보는 게 낫겠네요. 잠시만 기다려주세요, 곧 제가 이기고 끝이니까."

"레이스, 그런 말을 해도 될까요……. 골 앞은 지옥의 후퇴 지뢰밭이에요!"

"흐흥. 맞아, 레이스! 숫자를 정확히 맞추지 않으면 그만큼 돌아가야 해."

"후후후…… 좋아요. 2 말고는 모두 크게 후퇴지만……

에잇!"

레이스의 손을 떠난 주사위는 절묘하게 회전하며 마치 그녀의 의지에 따르듯 눈이 두 개 찍힌 면을 보여줬다.

"해냈어요! 이제 플로어 입장 에스코트는 제 차지네요!"

"응? 애초에 오잉크와 류에는 먼저 같이 간다며?"

"아뇨. 파티장에서 사전 협의와 준비를 할 뿐이에요. 실제로 입장할 때는 누가 함께할지 상담하고 있었어요."

"아무리 봐도 상담이 아니라 게임 같은데?"

아무튼 나는 레이스와 함께 입장하는 듯했다.

드레스라…… 레이스는 특히 잘 어울리겠지. 이미 내 안에서 레이스는 드레스가 어울리는 숙녀라는 이미지가 고착되어 가고 있었다. 나도 레이스에게 창피를 주지 않게 차려입어야겠다.

그 후 오잉크와 류에는 선언한 대로 오후 늦게 파티장으로 이동했다.

그리고 나는 슈퍼 헤어 스타일리스트로 변신한 레이스에게 머리를 세팅받기로 했다.

"말총머리에 조금 변화를 줘서 머릿결을 강조하며 간결하게 정리해 봤어요."

"오…… 앞에서 보면 쇼트 헤어 같아. 이거면 이 복장에도 어울리겠어."

"장식이 화려하니까 머리도 그만큼 공을 들여야 통일감이 있을 거라고 생각했어요."

레이스가 해준 머리는 트위스트 포니테일이란 스타일이라고 한다.

흐음, 이렇게 머리하는 법은 어디서 배웠을까? 원래 세계에 있을 때 심심풀이로 산 패션 잡지에는 헤어스타일에 관련된 정보는 전혀 없었는데.

『가이아가 어쩌고』, 『클레버하게 저쩌고』[#1] 같은 소리가 적혀 있었지, 아마?

혹시 내가 책을 잘못 샀었나…….

좌우지간 언제든 출발할 수 있게 되었으니 이제는 고대하던 순간이 올 차례다.

이번에는 레이스가 준비하겠다며 침실로 들어갔다. 레이스의 이브닝드레스 공개식을 목이 빠지게 기다렸다. 그리고 다시 침실의 문이 열리고 레이스의 전신이 드러났다.

"와…… 이건 정말…… 남에게 보여주기 아까워."

처음 레이스와 만났을 때만큼 아니, 그보다 더 심장이 뛰었다.

함께 지낸 시간은 익숙함보다 동경을 낳았고 너무 가까운 거리는 첫 만남보다 강렬한 감동을 새겼다. 순간적으로 시

#1 『가이아가 어쩌고』, 『클레버하게 저쩌고』 일본 남성 패션 잡지 「MEN'S KNUCKLE」에 실린 문구. 「가이아가 내게 속삭인다」, 「한없이 클레버하게 안아주마」 등 우스꽝스러운 문구가 인터넷에서 화제가 됐다.

간을 잊을 정도였다.

"고맙습니다, 카이 씨. 오늘은 카이 씨 의상에 맞춰서 저도 검정 계통 이브닝드레스를 입어 봤어요."

목에서 가슴까지 크게 파인 디자인은 속히 V넥이라고 불리는 물건이었다.

특수한 속옷인지 풍만한 가슴이 관능적인 골을 만들어 냈다.

검고 우아한 옷은 레이스의 동작에 맞춰 몸에 달라붙어 아슬아슬하게 신체의 실루엣을 드러냈다.

스커트 슬릿은 상스럽지 않을 정도로만 파였고 검은 스타킹과 가터벨트가 때때로 보였다 말았다 했다. 이건 틀림없이 세상 남자들을 매료할 병기였다.

검은 천 안에 은실로 촘촘히 박힌 나비 자수도 밤의 나비인 레이스를 상징하는 것 같아서 나도 모르게 눈으로 좇게 됐다.

그러나 드레스도 드레스지만 나는 위로 올린 보랏빛 머리와 거기에 자란 작은 날개로 눈이 갔다. 자세히 보니 크게 파인 등에서도 같은 날개가 나 있었다. 다시 말해 머리색부터 눈동자 색, 마족 특유의 부위까지 모두 겉으로 드러낸 상태였다.

"오늘은 많은 귀족 출신이나 의원도 오실 거예요. 그렇다면 이 기회에 제가 마족이고 윙레스트를 떠나 여행 중이라고 알리려고 해요."

"그래? 오늘은 오잉크도 있으니까 확실하게 못 박을 좋은 기회겠군. 이제 레이스도 거리낌 없이 자유롭게 지낼 수 있겠어."

"네. 게다가…… 마침 카이 씨에게 에스코트 받는다면…… 솔직해지고 싶어요."

윽, 내 심장. 지금 분명히 내 심장이 멈췄다. 매혹이 즉사기술이야.

화장 때문인지 평소보다 분홍빛을 띠는 그녀의 볼이 더욱 붉어졌다.

아마 그건 나도 마찬가지겠지. 그렇게 생각하면서 우리는 조금 어색한 웃음을 지었다.

"그런데 레이스…… 너, 주사위 조작 잘하더라?"

"무…… 무슨 소리죠? 제가 그런 걸 어…… 어떻게 한다구요."

아니, 누구를 속이시려고. 그 던지는 폼은 분명히 노리고 한 거였다니까?

§ § §

길드 직원에게서 마중이 도착했다는 소식을 듣고 길드 홀로 나갔다. 그러자 역시나 드레스를 입은 레이스에게 남녀불문 많은 시선이 모였다.

다행인지 불행인지, 아니면 기뻐해야 할지 창피해야 할지, 나에게도 적잖은 여성의 시선이 모인 사실을 알았다. 쑥스러움에 걸음을 빨리하며 우리는 마중 나온 마차에 올라탔다.

“파티장은 도시 중앙에 있는 구 왕궁 지구였죠?”

“맞아. 지금은 행정 지구라고 해서 의원이나 관료가 일하는 곳이야. 오잉크 집무실도 거기에 있어서 내가 커피를 타러 가줬지.”

마차 창밖을 구경하며 레이스에게 파티장에 관해 설명하던 때였다.

레이스도 창밖으로 눈길을 돌렸는데 어쩐지 그 얼굴이 마음에 걸렸다. 묘하게 울적해 보이는, 뭔가 걱정이 있는 듯한…… 순간 그런 복잡한 표정으로 보였기 때문이었다.

왜 그러냐고 물어도 될지 주저됐으나 과감하게 말을 꺼내 보았다.

“아…… 별거 아니에요. 옛날에 저는 이 도시에서 구 왕가를 전복할 쿠데타에 참가했어요. 그런데 이제는 그곳으로 파티를 하러 간다니까 왠지 심경이 복잡해서…….”

“아하, 침공했던 땅에 지금은 정식으로 초대받아서 간다…… 마음이 복잡할 만해.”

“네, 정말 그래요. 인생은 무슨 일이 있을지 모르는 거네요.”

듣고 보니 레이스는 이 대륙에서 일어난 전쟁에 참전했다.

……지금 이곳에는 많은 사람이 축제를 즐기기 위해 와

있다.

이 평화는 결코 오잉크 혼자의 힘으로 일구지 않았다.

분명히 레이스를 비롯한 당시 사람들이 힘을 합쳐 쟁취하고 발전시켰기에 이 광경이 있다고, 나는 감상에 젖어 과거를 회상했다.

1장 전사들의 축제, 숙녀들의 속내

마차는 왕궁 지구 안쪽으로 들어갔다. 그 앞으로 바로크 풍 궁전이 점차 모습을 드러냈다. 성은 아니지만 그에 비견될 만큼 아름답고 장엄한 건물이었다.

베르사유 궁전도 울고 갈 위용에 그만 감상보다 먼저 감탄이 나왔다.

객차 문이 열리고 먼저 내린 나는 곧바로 돌아서서 레이스의 손을 잡았다.

에스코트라면 마땅히 이렇게 해야겠지.

"후후후, 저는 행운아네요. 고마워요, 카이 씨."

"그건 내가 할 소리지. 오히려 내가 영광이야."

그 말과 웃음에 역시 이게 정답이었다고 깨달았다.

그리고 다시 돌아섰을 때 눈앞에 펼쳐진 광경을 보고 나는 다시 말문이 막혔다.

건물도 훌륭했지만 정원, 조각품, 관목 하나하나가 모두 예술품이라고 부르기 어울리며 바닥 돌 타일에도 세밀한 조각이 들어가 이렇게 밟고 있는 것에 큰 죄책감이 들 정도였다.

진부한 표현일지 모르지만 마치 그림 속 세계로 들어온 것만 같았다.

"이게…… 소문 자자한 『상귀에 블루 팔라초』인가요……."

"흠, 푸른 피 궁전이라……."

바로크 양식다운 이탈리아어 이름에서 불길한 인상을 받았다.

"옛날에 왕족들이 이 도시까지 내몰렸을 때, 이곳에서 농성하며 마지막까지 해방군에게 저항했다고 해요. 그리고 끝내 왕족들은 모두 이곳에서 최후를 맞이했다고……."

"그렇군. 그래서 푸른 피라는 거야?"

고귀한 혈통을 『푸른 피』라고 부르고는 한다. 그래서 붙은 이름이리라.

그렇게 생각하면 이곳은 유령의 집이라고 해도 과언이 아니었다.

하필 그런 장소를 타국 요인도 초청하는 파티장으로 고르다니 오잉크도 제법 악독하다. 아니면 속이 시커멓다고 해야 하나? 나도 의도는 대충 이해한다만…….

"역사의 승자는 언제나 과시해야 한다고 했던가……."

세간에서 보면 그녀의 행동은 왕권 찬탈이었다. 그러나 그런 평가를 짓뭉개려는 듯 옛 왕가의 무덤 위에서 호화로운 파티를 열어 대내외적으로 자신들의 힘을 과시하려는 것이다.

정말로 원래 세계에서는 무슨 일을 했는지 모르겠다.

"그나저나 경외감이 들 정도로 아름답네요. 사실 저도 의원 손님에게 몇 번인가 이 만찬회에 초대받은 적이 있어요. 하지만 전 그 도시를 나오지 못해서 실물은 지금 처음 봐요."

"아캄이 살아 있는 동안에는 녀석도 이곳에 출석했을 테니까 그럴 만도 해."

레이스의 말에 그렇게 대답하자 아주 조금 볼을 부풀리며 나를 봤다.

"공식 석상에 따라간다는 건 『친밀한 관계』라고 주변에 알리는 의미도 있어요. 저는 항상 당신을 기다리기 위해서 거절했던 거예요."

"아…… 그랬구나. 미안, 레이스. 그럼 오늘은 내가 주변에 어필해야겠군."

"후후, 꼭 해주셔야 해요. 저는 이미 카이 씨 거니까."

지금의 너한테 그런 말을 들으면 또 내 얼굴이 달아오르니까 그만해 줄래?

저절로 발걸음이 조심스러워지는 돌바닥 길을 빠져나와 큰 문 앞에 도착했다.

문지기일까? 서코트를 입은 기사가 초대장 제출을 요구했다.

오잉크에게 받은 초대장을 훑어본 기사는 곧 절도 있게 경례하고 거대한 문을 열어줬다.

내부는 외관에 한층 신경을 써서 무심결에 압도되는 아름다움을 뽐냈다.

“잘 오셨습니다. 대표자의 성함을 여쭈어도 되겠습니까?”

“카이입니다. 여기 초대장입니다.”

“카이 님과 레이스 님이시군요. 두 분을 VIP룸으로 안내하도록 지시받았습니다. 저를 따라와 주시기 바랍니다.”

초로의 남성이 공손하게 응대했다. 아마 오잉크와 류에가 기다리는 방이겠지.

호기심에 자꾸 주위를 돌아보고 싶어졌지만 꾹 참고 궁전 안쪽으로 들어갔다.

도중에 웅성거리는 소리가 새어 나오는 방문 앞을 지나쳤다. 여기는 뭐 하는 곳일까 궁금해하는데 내가 묻기도 전에 남성이 답을 알려줬다.

이곳은 전에 미스 콘테스트 결승 출전자와 파트너, 그리고 관객 중에서 추첨으로 뽑힌 사람과 도시 발전에 공헌한 사람, 우수한 성과를 거두어 초대받은 모험가들의 휴게실이라고 했다.

참고로 비슷한 방이 하나 더 있었지만 그곳은 의원과 그들의 관계자, 국외 귀족 등 귀빈의 휴게실이었다.

만찬회에는 이들이 한곳에 모인다. 하지만 그랬다간 문제도 일어나리라 생각하는데 오잉크의 『이 나라는 귀천을 불문하고 누구나 기회를 얻을 수 있는 평등하고 자유로운 국가』라는 생각을 국내외에 어필하기 위한 목적이라고 했다.

원래 세계에서 일본 황실이 주최하는 행사에 일반인이 참가하는 것과 비슷한가?

마침 귀빈 휴게실 앞을 지나려던 때였다. 문이 열리고 안에서 낯익은 여성이 나왔다. 그리고 그녀는 우리를 보더니—.

"마침 잘됐다. 화장을 고치고 싶어요. 안내해 주겠어요?"

"죄송합니다, 잠시만 기다려주십시오. 바로 다른 사람을 부르겠으니—."

"죄송한데 급해서 그래요. 지금 당장 부탁드릴 수 없을까요?"

그 인물의 말에 나도 모르게 말이 튀어나왔다.

"지금은 우리가 안내받는 중입니다. 우리를 무시하고 자기부터 우선하라는 겁니까?"

문에서 나온 사람은 서디스 대륙, 엘프가 다스리는 나라에서 온 왕족.

먼 옛날 류에를 속이고 숲에 옭아맨 일족의 후예, 레일라였다.

그만 과잉 반응하고 만 자신을 제어하려고 주먹을 세게 쥐었다.

……이 여자는 그냥 길을 물었을 뿐이다. 괜히 더 엮이지 말자.

"죄송해요. 제가 몰랐— 어머? 당신은……."

"……저도 죄송합니다. 서두르고 있어서 그럼 전 이만."

설마 미스 콘테스트에서 질의응답을 한 나를 기억하나?

귀찮아지기 전에 다짜고짜 대화를 끊고 급히 그곳을 떠났다.

"실례하겠습니다. 카이 님과 레이스 님을 모셔왔습니다."

궁전 가장 안쪽에서 나와 주위에서 격리된 것처럼 떨어진 별궁으로 안내받았다.

작은 노크와 보고만 하고 남성은 조용히 돌아갔다.

"시간에 맞춰 왔네요. 들어오세요, 본본."

파티 의상을 빼입은 오잉크가 우리를 반겨줬다. 강직한 인상을 주는 의상은 결코 여성적인 디자인은 아니었다. 하지만 분명한 여성미를 뽐내고 있었다.

그리고 실내에는 또 한 명의 여성— 가녀리고도 청초한, 그러면서도 신성한 분위기를 감싼 순백색 드레스를 입은 미스 세미피나르, 우리 집 류에 아가씨도 있었다.

"류에, 무척 잘 어울려. 근사해, 정말로 예뻐."

"후후, 고마워, 카이 군. 나 이런 드레스는 처음 입어 봤어."

"류에는 갑옷과 일체화된 옷을 입으려고 했지만, 카이 씨를 놀라게 해주려고 이렇게 코디했어요. 후후, 성공했네요."

흰 드레스란 필연적으로 『신부』를 상기시킨다. 그 탓에 전에 없이 심장 고동이 빨라지고 류에를 보고 있기만 해도 얼굴이 뜨거워졌다.

내가 준 두 액세서리를 단 류에가 자랑하듯 빙글 돌아 로맨틱 튀튀 같은 스커트를 펼쳐 보였다.

머리는 평상시의 반 묶음이 아니라 조금 더 공들여 땋은 반 묶음 머리.

머리와 귀에는 내가 준 액세서리. 그리고 옅게 화장해 평소보다 조금 어른스러운 느낌을 주는 얼굴.

감정이 북받쳤다. 이대로 류에와 결혼식이라도 올리고 싶은 기분이었다.

"그건 그렇고 본본, 어떤가요? 저한테는 하실 말씀 없나요?"

"응? 아, 예쁘네, 예뻐. 늠름한 게 다카라즈카#2 같네."

"엄청 성의 없는데 정확한 평가라 화를 못 내겠네요."

아니, 사실 아주 예쁘다.

일본 미인상에 군복과 원피스를 조합한 듯한 멋과 아름다움을 겸비한 의상. 그리고 비단결처럼 흘러내리는 긴 흑발.

하지만 솔직한 감상을 말하면 지는 기분이잖아.

그나저나…… 별로 넓지 않은 방에 절세 미녀가 세 명이나 모였다.

솔직히 이 공간에 오래 있으면 내 이성과 감정이 고삐를 풀어 버릴 것 같았다.

"만찬회까지는 아직 시간이 남았고 지금 해 둘 이야기도 있어요."

그러더니 오잉크가 느리게 소파에 앉아 우리에게도 앉으라고 권했다.

#2 다카라즈카 여성으로만 구성된 일본 가극단. 중성적인 매력이 강한 배우들로 유명하다.

그러고 보니 결국 아직 말하지 않았지. 류에에게 전해 달라던 그 이야기를…….

"류에…… 길드 총수로서 『특명 임무』를 전달하겠어요."

"응? 부탁할 게 있어? 딱히 임무가 아니라도 괜찮아."

"아뇨. 이건 길드의 미래에 영향을 끼칠 수 있는 중요한 안건이에요. 조직의 수장으로서 『역사를 아는 역전의 용사』인 당신에게 정식으로 의뢰하고 싶어요."

평소와 달리 조직을 이끄는 자다운 무게를 느끼고 류에의 표정도 굳었다.

"말해 봐. 내 능력이 닿는 한 어떤 임무라도 완수할 테니까."

"……조만간 『칠성배』라는 투기 대회가 열려요. 류에, 당신은 『시범 경기』에 참가해서 『어떤 모험가』에게 이겨주셨으면 해요."

오잉크의 부탁은 『류에에게 어떤 사람과 싸워 달라』라는 것이었다.

해치우기만 한다면 물론 나라도 가능하다. 솔직히 너무 간단해서 의뢰라고 부르기도 민망했다.

하지만 그 점은 류에 또한 마찬가지였다. 그런데도 오잉크는 류에를 지명했다.

오잉크는 자신의 의도, 그리고 류에에게 무엇을 원하는가를 조용히 말해주었다.

"……그래. 이해했어. 내 방식대로 해 볼게."

"어쩌면 오명을 뒤집어쓸지도 몰라요. 하지만 꼭 좀 부탁드릴게요."

"이것도 오래 산 사람의 역할이지. 마음 재워 놓고 맡겨줘."

"뭐야, 꿀돼지. 고기 재워 놓는 거야?"

"본본? 저 지금 진지한 얘기 하거든요? 상황 좀 보고 말하세요."

"류에, 재워 놓고가 아니라 내려 놓고예요……."

오잉크의 이야기가 끝나는 타이밍에 맞춰 방에 노크 소리가 들렸다.

입실 순서는 오잉크와 류에가 마지막을 장식하고 나와 레이스가 그 전이라고 했다.

그때, 도어맨이 회장 전체에 『○○의 ○○ 님, 입장하십니다』라고 이름을 외치는데…… 『란란 목장의 오잉크 씨, 입하합니다!』는 어떨까?

회장으로 가는 길에 그런 시답잖은…… 아니, 제법 괜찮은 생각 아닌가? 아무튼 그런 생각으로 긴장을 풀려는데 내 앞에 나보다도 긴장한 사람이 한 명 있었다.

팔과 다리가 같이 나가는 탓에 뒤뚱뒤뚱 걷는 우리 류에 아가씨였다.

"류에, 많이 긴장되나 봐? 그냥 이름을 불렸을 뿐이잖아."

"그, 그렇지만 모르는 사람이 많잖아? 게다가 오늘 밤의 주인공이라는 말도 있고……. 나는 그냥 다 같이 모여서 밥 먹는 곳이라고만 생각했어."

"틀린 말은 아니야. 잠깐 인사하러 다니고 진수성찬을 즐기면 돼."

"그, 그래? 그럼…… 단 거, 아이스크림은 있을까……."

생각이 식후 디저트로 옮겨 가자마자 류에는 거짓말처럼 긴장을 잊었다.

그러는 사이 우리는 만찬회가 열리는 홀 앞, 난생처음 보는 아름다운 문 앞에 왔다. 먼저 호명될 사람은 나와 레이스다.

긴장하여 침이 넘어갔다. 그러자 옆에 있는 레이스가 살며시 내 손을 잡았고 돌아보자 부드러운 미소를 짓고 있었다.

……정말 너는 멋진 여자야. 못 이기겠어.

긴장이 풀리고 마침내 그 거대한 문이 열려 내부가 훤히 드러났다.

아…… 만찬회, 사교계란 이런 곳인가? 흡사 영화의 한 장면 같았다.

그런 평범한 감상을 떠올린 순간, 바로 우리를 소개하는 소리가 들렸다.

"올해 미스 세미피나르의 친구분이신 모험가 카이 님, 그리고 같은 친구이자 『윙레스트 프로미스 메이든의 전 오너』인 레이스 레스트 님께서 입장하십니다."

미리 정해 놓은 소개를 듣고 회장에 있는 일부 남성들이 크게 웅성거렸다.

아는 사람은 아는 고급 클럽, 그리고 모든 밤의 가게를 총괄하던 그랜드 마더의 이름. 상류 계층 남자라면 모르는 사람이 없었다. 그것이 레이스의 또 다른 일면인 것이다.

“역시 레이스는 시선을 한 몸에 받는구나.”

“그것도 지금뿐이에요. 다음은 다름 아닌 그 두 사람인걸요.”

입구에서 살짝 옆으로 빠졌다. 레이스에게 말을 걸려는 남자들이 다가왔지만 바로 도어맨이 소개한 이름을 듣고 이번에는 모든 사람의 시선이 한곳에 모였다.

“올해 미스 세미피나르로 선발된 류에 님과 파트너이자 세미피나르 의회 의장 오잉크 R. 아키미야 님. 오늘 마지막 손님께서 입장하십니다.”

순백의 공주님과 흑요의 영웅. 두 사람이 입장하며 만찬회가 시작되었다.

§ § §

“놀랐습니다! 설마 그랜드 마더가 오실 줄은 몰랐네요! 대체 무슨 심경의 변화가 있었던 겁니까?”

“저는 이 사람과 함께 인생을 걸어가기로 했어요. 여기에 오는데 다른 이유는 없었어요.”

"으…… 그, 그런가요? 헌데 그분은 어떤 분이신지—."

아니나 다를까 이 나라 유력자들이 레이스 곁으로 모여들었다. 그러나 그 간접적인지 직설적인지 모를 화법에 다들 말 그대로 격침되고 내게 질투 어린 시선을 보냈다.

거북함과 말로 표현하지 못할 우월감에 표정이 몇 번이나 무너질 뻔했다.

그리고 몇 번째일지 모를 내 출신을 캐내려는 말에 어떻게 대답할지 고민하던 때, 이야기에 끼어들듯 우리에게 말을 거는 사람이 있었다.

"카이, 만찬회는 즐기고 있나요? 어머…… 이야기 중이었나요?"

"아, 오잉크. 즐기고 있어. 이런 곳에는 올 기회가 잘 없으니까."

"오, 오잉크 의장님…… 아뇨, 막 끝난 참입니다. 그럼 먼저 실례하죠."

남자는 허둥지둥 떠났다. 방금 대화만으로 『이 남자는 오잉크 님의 친구』라고 이해하고 섣불리 신상을 캐려다가 화를 살까 봐 두려워한 결과……일 것이다.

"후후. 레이스, 대충 다 정리한 모양이네요?"

"네, 도와주신 덕분이에요. 이제야 지인들에게 인사하러 갈 수 있겠어요."

"오잉크, 나도 고마워. 네 덕에 레이스를 노리는 시선이 많이 줄었어."

"윙레스트의 숨은 대표와 친밀한 관계라는 사실은 제게도 큰 이득이니까 상부상조죠."

오잉크는 온 김에 레이스와 허물없이 대화를 나누었다. 그리고 사람들은 그 광경을 멀리서 바라봤다.

참 대단한 박력이었다. 권력과 미모를 모두 겸비한 두 사람이 함께 있는 상황은 내가 상상하는 이상으로 주위에 영향을 미쳤다.

그럼 이 사이에 낀 나는 어떤 식으로 보이려나…….

그때 이 둘만큼이나 주목을 사는 류에를 발견했다.

많은 남성, 특히 젊은 사람에게 둘러싸여 있었다. 조금 걱정되니까 몰래 상황을 살펴볼까……?

"걱정되세요? 저는 아는 사람에게 인사하고 올 테니까 옆에 가주세요."

"아, 그런 건 아닌데…… 괜찮아?"

"나중에 저한테 돌아와 주시면요. 오늘 카이 씨는 제 경품이니까."

그렇게 농담을 하면서 레이스는 오잉크와 함께 다른 여성 손님에게로 갔다.

그 호의를 받아 굶주린 야수에게 포위당한 류에를 보러 갔다.

"하늘이 공평하다는 건 거짓말이네요. 미모도 뛰어나신데 백은장 모험가라니……. 게다가 류에 님은 그중에서도 희귀한 성기사라고 들었어요."

"응, 맞아. 지금은 성기사가 얼마 없지."

"실은 저, 취미가 마물 사냥인데 언제 한번 가르침을—."

"으음, 난 수확제가 끝나면 또 여행을 떠나야 해. 미안."

"크…… 그렇다면 저희 집에라도—."

"보기 흉하게 매달리지 말고 비키시죠. 흣…… 처음 뵙겠습니다, 류에."

"이름을 함부로 부르도록 허락한 적 없어, 꼬마야. 나는 디저트를 먹고 싶으니까 다음에 봐."

……와아, 전부 단칼에 베어 버렸어. 주로 정신 면으로.

그러고 보니 류에는 친한 사람이 아니면 이름을 함부로 부르는 걸 아주 싫어했지.

가여워라. 대화를 즐길 여지도 없이 거절당한 거기 도련님, 힘내세요.

"아, 카이 군. 지쳤어. 다들 비슷한 말만 해. 입만 열면 같이 축제를 보자, 같이 어디 놀러 가자, 전속 기사가 되어 달라……. 잠깐 카이 군 옆에 있어도 될까?"

"물론. 그럼 디저트를 찾으러 갈까?"

"아, 방금 들었구나? 그거 반은 거짓말이야. 여기 디저트는 별로 안 달아. 조금 실망했어."

류에도 나름대로 남자 대처법을 아는 것 같았다.

잠깐 기분 전환이라도 하려고 발코니로 가려고 했을 때였다. 한 남자가 내 앞을 막아섰다.

"실례하네. 미스 세미피나르 류에 양인가?"

"으…… 나한테 볼일 있어? 잠깐 밤바람을 쐬려고 했는데."

또 류에와 친해지려는 사람인가 싶었지만 아무래도 이 인물은 평범해 보이지 않았다. 뭐랄까, 다른 사람에 비해 빈틈이 없다고 해야 하나?

"내가 무례했군. 내가 아니라 저쪽에 있는 여성이 이야기하고 싶다고 하셔서 물으러 왔네. 하지만 다른 볼일이 있다면—."

남자의 시선을 좇자 그곳에는 레일라가 있었다.

역시 왕가와 관련된 인물답게 많은 사람에게 둘러싸인 와중에도 여유로운 모습으로 대응하고 있었다. 과연 직함에 어울리는 품격과 행동처럼 보였다.

떨어져 있으면 이전만큼 악감정도 들지 않았다. 까다롭군, 내 감정인데도…….

"저 아이는……. 응, 알았어. 잠깐 얘기해 볼게. 부르러 와줘서 고마워."

"류에, 나는 먼저 발코니에 나가 있을게. 여자들 이야기에 끼면 눈치 보일 테니까."

"그래? 그럼 먼저 가서 기다려줘. 금방 갈게."

류에는 그렇게 말하고는 자신과 적잖은 인연이 있는 일족의 후예에게 갔다.

그리고 이곳에는 나와 이 대륙에서 보기 드문 엘프 남성만 남았다.

이 사람도 서디스 대륙에서 온 사람일까?

"……저 사람도 성기사인가? 한 번 대련해 보고 싶군."

"당신도 성기사인가요?"

"맞네. 내 소개가 늦어서 미안하군. 나는 『리샤르 리즈로트』라고 하네. 이 도시에서 경호 임무를 맡은 길드 소속 성기사지."

신경 쓰이는 혼잣말에 내가 반응하자 무척 신사적인 태도로 자기소개를 해줬다.

길드 소속 성기사…… 다른 사람과 다를 만하군. 아마 그는 뼛속까지 무인일 것이다.

"그렇다면 같은 동료네요. 모험가인 카이입니다. 잘 부탁드리겠습니다."

"방금 오잉크 님과 비슷한 타이밍에 입장했었지. 귀공 또한 특별한 사람이겠군. 앞으로 얼굴을 마주할 기회가 더 있을지도 모르니 잘 지내도록 하세, 카이 공."

인사를 나눈 뒤 그도 회장으로 돌아갔다. 적당한 긴장감을 주는 위엄 있는 사람이었다. 저게 이 세계에서 수많은 싸움을 해쳐 온 사람, 올바른 강자의 모습이겠지.

발코니에서 홀로 밤바람을 쐬며 하늘을 내다봤다.

달빛에 비친 건물 실루엣마저 그림 같다고 생각하면서 주위에서 들리는 품위 있는 담소, 그리고 만찬회를 장식하는 악단의 음악 소리에 귀를 기울였다.

내가 몹시 어울리지 않는 곳에 있는 것 같다고 생각하던 그때, 발코니 구석에 있는 사람이 어쩐지 낯이 익었다.

"저건…… 크롬웰 씨와…… 서디스 대륙 엘프?"

내 기억이 맞다면 저 엘프는 미스 콘테스트 심사위원으로 참가한 사람이다.

분위기가 험악해 보였다. 조금 양심에 찔리지만 나 자신에게 【커스 기프트】를 발동하고 [오감 강화]를 부여해 그들의 대화에 귀를 기울였다.

『거절하겠습니다. 그 사람은 자기 뜻대로 살아가고 있습니다. 그걸 방해할 생각은 없습니다.』

『하지만 그건 아주 좋은 바람막이가 될 거야. 백발에 이 나라 최고위 실력자라는 증거인 백은의 칭호를 가졌다고 하지 않나? 우리 딸을 호위하는데 저만큼 유익한 사람도 없지.』

『……아직 그런 풍습에 얽매여 있으니까 저는 그대들과 갈라선 겁니다.』

『얽매였다고……. 그래, 아니라고는 못 하겠군. 그렇기에 저 저주받은 머리에 가치가 있어.』

『함부로 말하지 마십시오. 여기는 그대의 나라가 아닙니다. 그 사람을 모욕하는 말은 삼가야 할 거요.』

그 말과 동시에 크롬웰 씨는 발코니에서 떠났다.

대화 내용으로 추측하면 저 남자는 류에를 자기 딸 호위로 두려고 지인인 크롬웰 씨에게 중개를 부탁한 듯했다.

그런데 『바람막이』라느니 『저주받은 머리』라느니 말이 험하시네.

자신을 향한 악의와 적의를 너희 나라의 풍습을 이용해 류에에게 돌릴 심산인가?

……그딴 걸 누가 허락할 줄 알아? 작작 좀 해라. 너희는 얼마나 류에를―.

"아, 류에는 지금…… 레일라에게 불려갔지."

회장 한쪽에서 류에와 레일라가 무슨 이야기를 나누는 모습이 눈에 들어왔다.

보아하니 레일라가 일방적으로 말하고 류에가 난감하게 맞장구치고 있었다.

설마…… 방금 남자의 딸이 레일라라면―.

"류에, 잠깐 볼 수 있어?"

급히 류에에게 달려가서 손을 잡았다. 그리고 레일라를 보자 대화에 갑자기 끼어든 탓인지 어리둥절하게 입을 벌리고 눈만 깜빡이고 있었다.

"우와, 깜짝이야! 카이 군, 무슨 일이야?"

"오잉크가 불러."

"어머? 당신은 저번 심사에서 이야기하신 분 아닌가요?"

마침내 내가 그때 만난 집사라고 알아봤다.

……너는, 아니, 너희는 왜 류에를 가만히 두지 않지?

이 대륙에서 너희에게 손을 댈 수는 없는데 왜 나를 자극하지?

"네, 맞습니다. 하지만 그건 어디까지나 심사의 일환이었어요. 이야기를 끊어 죄송하지만, 류에를 잠깐 데려가도 되겠습니까?"

"아쉽지만, 나중에 다시 만나러 가면 되죠. 후후, 그럼 나중에 뵈어요, 류에 양."

"으, 응…… 나, 나중에 봐…… 레일라."

반응이 이상하다. 류에의 목소리에 평소 같은 기운이 없었다.

지쳐서……는 아니겠지. 방금 대화하면서 무슨 일이 있었나?

"류에, 무슨 이야기를 했어?"

"으음, 이것저것? 무슨 음식을 좋아하냐, 취미는 뭐냐는 둥 질문 공세였어."

"피곤해 보이는데……. 좋아, 단 거라도 찾아볼까?"

"아, 설마…… 오잉크가 부른다는 건 거짓말이었어? 너무 감싸는 거 아니야?"

"……미안, 나도 모르게 그만."

"그래도 좀 난감하긴 했어. 빠져나오게 해줘서 고마워. 그럼 단 걸 찾으러 가자."

음, 역시 류에게는 당분이 필요불가결한 모양이다.

만찬회가 시작되고 두 시간 후. 슬슬 모인 사람들이 저마다 그룹을 형성하기 시작했다. 인사를 마친 레이스와 오잉크도 우리와 합류했다.

"이제 곧 시작할 시간이네요. 여러분, 일단 발코니로 자리를 옮겨요."

"응? 뭘 하는데? 돼지 해체쇼?"

"카이 씨……. 그런데 정말 무슨 일이 벌어지나요?"

"제3차 세계— 아얏. 장난이에요, 본본."

내가 있다고 일본인한테나 통할 농담#3 하지 마.

홀에 설치된 테이블과 악단의 위치를 바꿔 공간을 비우고 사교댄스를 시작한다고 했다. 이러니까 정말로 만찬회, 사교계라는 느낌이 물씬 든다.

"그립네요. 제 가게에서도 작은 무도회를 연 적이 있어요."

"그렇다면 레이스도 춤출 수 있어?"

"후후, 남자 역할로 딸들과 스텝 연습을 한 게 전부지만요."

#3 일본인한테나 통할 농담 「무슨 일이 벌어지는 겁니까?」, 「제3차 세계대전이다.」. 일본 인터넷에서 밈으로 통하는 영화 『코만도』의 대사.

"어, 어쩌지……. 내가 출 수 있는 건 풍어 기원 춤과 칼춤밖에 없는데."

그게 뭔데? 더 보고 싶잖아. 의식용 춤이라도 추나?

"본본은 출 수 있나요? 레이스 같은 여성을 벽의 꽃으로 둘 생각은 아니시겠죠?"

"……그래도 기본 스텝은 알아."

일단 사교댄스도 교양의 하나라며 연수에서 배웠다.

파티장 웨이터 노릇도 할 수 있게 철저히 교육받았지만 설마 참가자 측 매너까지 교육할 줄은 몰랐다. 음, 그렇게 다재다능하지 못한 나에게는 조금 힘겨운 경험이었다.

"어머, 의외네요. ……레이스, 첫 곡은 양보할게요. 즐기고 오세요."

"괜찮을까요? 우후후, 기쁘네요. 카이 씨, 잘 부탁드릴게요."

딱히 적극적으로 참가하고 싶지는 않았지만 레이스와 함께라면 기쁘게 받아들이자.

참고로 류에는 『난 절대 못 하니까 구석에 숨어 있을래!』라며 도망갔다.

그리고 잠시 후, 홀에 공간이 생기고 악단이 느릿한 곡을 연주하기 시작했다. 손님들도 파트너에게 댄스를 신청했고 파트너를 정하지 못한 사람은 용기를 내서 이성에게 말을 걸었다.

세련된 남성. 파티에 익숙한 여성. 긴장한 젊은이에 호기심을 드러내는 여성.

각양각색, 천차만별. 이 만찬회에 모인 인간 군상을 보여주는 광경이었다.

"그럼 미스…… 저랑 한 곡 추실까요?"

"네. 영광이에요."

레이스의 손을 잡고 앞으로 나갔다. 먼저 춤추는 사람을 방해하지 않게 빈 곳으로 가서 기억 속 깊숙한 곳에서 규칙과 포즈를 건져 올렸다.

레이스의 허리에 손을 둘러 살짝 내 쪽으로 당긴다. ―그리고 첫 스텝을 밟았다.

흔들거리며 하지만 리듬에 맞춰 함께 걷듯이 스텝을 밟았다.

긴장 때문에 시선을 발치에서 떼지 못하여 눈앞에 있는 레이스도 제대로 바라보지 못했다. 그렇지만 몸이 차츰 이 동작에 적응해 갔다.

시선을 들 여유가 생길 즈음해서는 레이스뿐 아니라 주변도 신경 쓸 수 있게 됐다.

"카이 씨, 잘 추시네요."

"레이스 덕분이야. 한심하지? 여자가 리드해줘야 한다니."

"……언제나 제 손을 잡고 끌어주신 건 당신이에요. 그러니까 오늘 정도는―."

레이스가 몸을 더 밀착했다. 몇 센티미터면 입술이 닿을 거리까지.

"오늘 정도는 제가 멋 부리게 해주세요. ……괜찮죠?"
—나 참. 오늘은 정말로 너희에게 가슴이 설레기만 해.

음악이 끝남과 동시에 주위에서 박수를 보냈다.
이제 보니 홀 중간에는 나와 레이스 둘만 남아 있었다. 다른 사람은 모두 관객에 섞여 우리의 춤을 구경한 듯했다.
역시 레이스는 사교계의 꽃이었다. 그것도 특별히 크고 아름다운 꽃.
많은 귀부인이 모인 이곳에서도 레이스는 인생과 경험이 겉으로 드러나듯 누구보다 빛나 보였다.
그리고 노골적으로 나를 노려보지 말아 주실래요, 남자들!
발코니로 돌아오자 마침 류에가 단체 손님을 터덜터덜 돌려보낸 참이었다.
역시 류에에게 춤을 신청하는 사람은 많았나 보지만……
이것만은 어쩔 수가 없지.
일단 이럴 경우 여성이 거절하면 조용히 물러나는 것이 매너였다.
그리고 반대로 여성이 남성에게 춤을 신청할 경우 가급적 받아들이는 것이 남자 측의 매너.
물론 거절할 때는 상대의 마음을 헤아려 부드럽게 에둘러 하는 것이 암묵의 규칙이었다.
"혹시나 해서 묻는데, 류에는 뭐라고 하면서 거절했어?"

"응? 아이스크림을 너무 먹어서 배가 아프다고 했어. 다음 사람한테는 술을 너무 마셨다고 했고, 마지막에는 너무 배가 불러서 못 움직이겠다고……. 후후, 다채로운 화술로 빠져나왔어!"

"그걸 남들 다 들리는 곳에서 하면 안 되지. 거짓말이라고 다 알아 버리잖아."

역시 류에는 류에였다. 그나저나 같이 있었을 오잉크가 보이지 않는군. 대체 어디 갔지?

"오잉크라면 지금 춤추고 있어. 신청하는 사람이 많아서 한 명당 한 바퀴로 교대하면서."

눈길을 돌리자 오잉크가 계속해서 파트너를 바꾸며 능숙한 스텝을 보여줬다. 그것도 한 바퀴마다 교대한다고 절대 건성으로 추지도 않았다.

그 한 바퀴로 조금이라도 상대의 기억에 남도록 똑바로 눈을 쳐다봤다.

그 미모로 쳐다보고 댄스에도 정중하게 맞춰주니 심취하는 사람이 생길 만도 했다. 바로 지금 그녀와 춤추는 『알바』처럼…….

아마 마지막 차례였나 보다. 한 바퀴로 끝날 댄스가 두 바퀴째까지 이어졌다.

"조금 강압적으로 리드하네요. 저러면 오잉크 씨가 맞출 수밖에 없어요."

"저것도 다 계산된 행동인지도 모르지. 한 바퀴 더 추고 싶었나 봐."

"……저도 강하게 끌어주는 남자를 좋아하는 마음은 이해해요. 하지만 오잉크 씨는 벌써 여러 명을 상대한 뒤예요……. 강하게 끌어주는 것과 상대를 돌아보지 않는 건 별개죠."

의외로 레이스가 불쾌해했다. 나도 마냥 좋게 보이지는 않지만, 저건 저거대로 재미있다고 생각했는데, 음…….

댄스가 끝나고 오잉크에게 열렬한 박수가 쏟아졌다.

탐탁지 않지만 나도 우리 꿀돼지의 멋진 뒷다리 놀림에 아낌없는 박수를 보냈다.

그런데 그때, 알바가 나를 돌아보고는 마치 이겼다는 듯 웃어 보였다. 그건 대체 무슨 감정이지? 무슨 생각으로 나를 그렇게 보지?

하지만 그 의문은 돌아온 오잉크의 말에 흩어지고 말았다.

"돌아왔어요. 후후, 본본, 어떤가요? 저도 제법이죠?"

"나 참, 남자를 몇 번을 갈아치우는 거야? 꿀돼지 아니랄까 봐 욕심도 많아."

"후후, 그럴지도 모르죠. 하지만…… 한 명쯤은 제가—."

아직 볼이 조금 붉었다. 땀은 흘리지 않았지만 얼굴에는 분명히 피로한 기색이 번져 있었다. 그런 그녀가 허공에서 꺼낸 작은 병을 들이켰고—.

"야! 그거 최고급 포션이지?!"

"제 아이템 박스에는 온갖 레어 아이템이 잠들어 있으니까요. 자본주의의 돼지를 우습게 보지 마세요."

하나로 1등급 장비를 한 세트를 맞출 수 있는 게임 시절 유산을 쭉 들이켠 오잉크가 발랄하게 내 앞에 섰다.

이렇게까지 했는데 여성에게 『그 말』까지 하게 할 수는 없지.

오잉크가 입을 열기 전에 내가 먼저 손을 내밀었다.

"지금이라면, 한 곡 정도는 더 출 수 있지?"

"후후, 오늘은 제법 신사처럼 구네요? 그럼 잘 부탁드려요, 본본."

말로는 하지 않았다. 나와 너 사이에 『Shall we dance?』 같은 말은 어울리지 않아. 그렇지?

§ § §

"신기한 기분이에요. 설마 당신과 춤추는 날이 올 줄은 몰랐네요."

아까보다 조금 빠른 리듬으로 세련된 스텝에 열심히 따라간다.

허리를 강하게 당겨 앞서가지 못하게, 약간 경쟁하듯이…….

"정말로 당신은 아는 게 많네요. 옛날부터 그렇게 생각했어요."

"얕고 넓은 지식이야. 지식으로 따지면 네가 훨씬 대단하지."

다른 사람을 피하기 위해 다소 급하게 턴. 하지만 그조차 그녀는 아름답게 보이도록 연출했다.

"……그건 그렇겠죠. 하지만 당신이 들려주는 이야기는 제가 모르는 것들뿐이었어요."

벌써 몇 바퀴를 돌았을까? 이미 한 곡 내내 춘 것 같았다.

신기했다. 화면 안쪽에 있던 친구와 이 이세계에서 손을 잡고 많은 사람이 지켜보는 곳에서 춤추는 지금 상황이…….

"사교장을 즐겁다고 생각하는 날이 다 오네요. 일본에 있을 때는 상상도 못 했어요."

"……괜찮아? 그런 이야기를 나한테 해도."

"후후, 상관 없어— 욥."

홀에 떨어진 누군가의 손수건을 피하려고 오잉크가 뛰었고 거기에 맞춰 스텝을 크게 밟았다. 말도 없이 난이도 높이지 말아줬으면 좋겠다. 조금 위험했어.

"……저는 운이 좋았던 걸까요…… 아니면 나빴던 걸까요?"

갑자기 오잉크가 중얼거렸다. 연주에 묻힐 정도로 작은 소리였다.

"응? 그게 무슨 소리야?"

"아니에요. 그냥 혼잣말이었어요."

여유롭게 추궁을 피한 오잉크가 왠지 조금 밉살스러워서 나는 반사적으로—.

"코앞에 파트너를 두고 혼잣말을 하시면 안 되지, 아키미야 양."

"……?!"

순간 그녀의 스텝이 살짝 꼬이며 방향 전환으로 균형을 잃었다.

그러나 넘어지지 않게 허리에 감은 팔에 힘을 넣었다.

오잉크도 순간적으로 자기 몸을 크게 젖혀 아주 자연스럽게 **그런 연기**로 보이게끔 포즈를 잡았다. 옛날 TV에서 본 스케이팅 선수의 기술 같았다.

그렇게 남들에게는 전혀 실수를 못 느끼게 하며 악곡은 끝을 맞이했다.

"후우…… 비겁해요, 본본."

"나 오늘 처음 알았어. 네가 이 세계에서 쓰는 풀네임."

"후후, 서류상으로는 그렇죠. 평소에는 잘 안 써요."

웬일로 오잉크의 개인정보를 알게 된 기회였다. 그것은 어쩌면 자기 자신이 누구인지 잊지 않기 위한 그녀 나름의 노력인지도 모른다.

나는 이곳으로 오자마자 바로 버렸다. 일본에 있을 때 이름을…….

그건 어쩌면 내 마음이 약하다는 증거가 아닐까.

이제 한숨 돌리려고 발코니로 가서 보이에게 와인을 한 잔씩 받았다.

잔을 기울이자 그곳에 한 인물이 비쳤다.
안 좋은 예감을 느끼면서도 그 순간이 오기를 기다렸다.
그리고—.
"오잉크 님! 저와 한 번 더 춤춰주시면 안 되겠습니까?"
"알바? 지금은 잠시 쉬고 싶은데요."
돌아보자 그 인물이 있었다. 붉은 머리 모험가, 오잉크의 광신자인 알바.
초조한 표정으로 그는 애원하듯 오잉크에게 팔을 뻗었다.
팔을 거둘 기색은 전혀 없었다. 오잉크의 입에서 작은 한숨이 새어 나왔다.
……이 상황에서 강하게 거절하기도 어렵겠지, 너의 입장이면.
"알바. 손바닥 방향이 잘못됐어. 그러면 『억지로 끌고 가겠다』는 의미지. 손바닥을 위로 들어. 손위 여성에게 그건 예의가 아니야."
그래서 대신 지적해줬다. 그랬더니 예상대로 그는 곧바로 팔을 빼고 나에게 살의 담긴 눈을 돌렸다. ……역시 이렇게 되겠지.
"……퍽이나 자세히 아는군. 그렇다면 이건 아나? ……오잉크 님 앞에서 창피를 준 걸 후회하게 해주마."
그 순간, 그는 장갑을 벗어 나에게 던지려고 했다.
『결투를 신청한다』는 의미를 가진, 서양 문화권에서 오래 전부터 내려온 행동.

그러나 그는 결국 장갑을 던지지 못했다. 누군가 그 팔을 붙잡은 것이다.

"미안하지만, 그렇게 둘 수는 없어."

"너는……. 놔라, 상관없는 사람은 참견하지 마."

알바의 팔을 잡은 것은 호전적으로 웃는 류에였다.

그 가느다란 팔에 얼마나 강한 힘이 나오는지 알바의 팔은 미동도 하지 않았다.

그리고 상황을 지켜보던 오잉크가 반론을 허락하지 않겠다는 의지를 담아 강한 어조로 말했다.

"알바. 당신은 올해 새롭게 백은장이 된 기념으로 시범경기에 출전할 예정이었죠? 당신 상대는—."

"그렇다면 이 남자로 해주십시오. 오잉크 님의 직속 부하라고 들었지만, 이런 실력도 확실하지 않은 자를 곁에 두다니."

"아뇨. 당신 상대는 류에예요. 방금 의뢰했어요. 한 수 가르쳐달라고."

명백히 알바를 도발하는 말투였다.

오잉크가 류에에게 싸워달라고 부탁한 상대는 바로 이 남자였다.

작년 우승자이자 공적을 인정받아 백은장이 된 알바.

하지만 그 무렵부터 그의 문제 행동이 눈에 띄게 됐다.

누군가는 기고만장해졌다고도 하고 누군가는 본성이 나

왔다고도 했다.

그러나 드러내놓고 그를 타이를 수 있는 사람은 이 도시에 없었다.

솔직히 말해서 오잉크가 이 대륙을 거점으로 삼으면 해결될 문제 같기도 했다.

그러나 오잉크의 생각은 달랐다. 『주민이 선택한 의원들이 국가를 운영하는데, 영웅인 자신에게 자꾸 기대는 상황』을 바람직하지 않게 생각했다.

기구하게도 내가 알비스를 떠난 이유와 같았다.

하지만 떠난 땅에 불온 분자를 남겨 두는 것도 오잉크에게 좋지 않았다. 그래도 주어진 일을 만족스럽게 해내고 윗사람 앞에서는 모범적으로 행동하는 그를 강하게 나무랄 수 없었다. 무엇보다 그런 그에게도 일정 수 추종하는 모험가가 있었다. 그들이 길드에 공헌하는 것도 틀림없는 사실이었다.

그렇기에 오잉크는 자신이 직접 손을 쓰지 않고 빙 둘러서 그를 타이르자고 생각했다. 그것이— 현존하는 최고참 모험가 류에와 싸우게 하는 것이었다.

백은장으로 **처음 뽑힌** 류에의 말이라면 그도 진지하게 들어주리라 생각해서였다.

"이 여자와…… 대체 왜……!"

"나로는 부족해? 선배로서 너를 시험해 주려고 하는데."

"알바…… 당신이 카이와 싸우고 싶다면 우선 이 사람에게 인정받으세요."

알바는 아직 납득하지 못한 눈치였나. 하지만 지금 앞에 있는 류에를 쓰러뜨리지 않으면 자신의 소원을 이룰 수 없다고 결론지었는지 마지막으로 나를 힐끗 보고는 파티장을 떠났다.

억지로 밀어붙인 감은 있지만 이로써 오잉크의 계획대로 일이 진행될 것이다.

……단순한 만찬회인 줄 알았는데 역시 이런 자리는 무섭다.

모두 자신만의 꿍꿍이를 품고 웃음으로 얼굴을 가린 가면 없는 가면무도회.

가능하다면 내 가면이 벗겨지기 전에 떠나고 싶었다.

그러나 나의 그 소원은—.

"여기 있었네요. 죄송하지만, 잠깐 시간 좀 내주실래요?"

우리를 찾는 목소리에 허무하게 무너지고 말았다.

돌아보지 않고도 누구 목소리인지 알았다. 원하지는 않았지만 오늘만 몇 번은 들은 목소리였다.

그곳에 있는 사람은 브라이트의 핏줄. 레일라 럭스벨 브라이트였다.

눈부신 황금 머리칼을 나부끼는 그녀는 이번 만찬회의 네 번째 꽃이나 다름없었다.

하지만— 나는 역시 적이라는 생각을 떨칠 수 없어 내내 이유를 만들어 거리를 두고 있었다.

"레일라…… 뭔가 볼일이라도 있어?"

"아뇨, 이번에는 그쪽 남성분과 할 이야기가 있어서요. 성함을 여쭈어도 될까요?"

다시 거리를 두려고 머리를 굴리던 차에 이 여자는 하필이면 나에게 볼일이 있다고 한다. 제발 이러지 말자. 나도 내 감정을 막을 자신이 없으니까.

하지만 내 바람과는 상관없이 그녀는 기어코 내 정면으로 왔다. 이번 만찬회의 주최자인 오잉크의 체면을 구길 수도 없는지라— 나는 『카이』라고 작게나마 이름을 밝혔다.

"카이 님이라고 하시는군요. 그럼…… 저랑 한 곡 춰주실 수 없을까요?"

"죄송하지만, 이미 익숙하지 않은 춤을 두 번이나 춰서 더는 어려울 것 같습니다."

즉석에서 춤 신청을 거절했다. 이 정도는 용납될 것이다. 내가 오늘 이미 두 번 춤춘 것은 파티장에 있는 모두가 아는 사실이었다. 하지만—.

"제 소원이에요, 안 될까요? 몇 분만이라도 좋으니까 부탁드려요."

자신도 순순히 물러날 생각은 없다는 양 푸른 눈동자가 그저 올곧게, 그리고 강하게 내 눈을 바라보았다. 마치 자신이 규칙이라도 된다고 말하듯이…….

“오늘 파티에서 가장 이목을 끈 남성은 틀림없이 당신이에요. 제 마지막 댄스 파트너는 당신 말고는 없어요. 어떤가요?”

국외 귀빈에게 이렇게 열렬한 신청을 받으면, 게다가 이미 많은 눈길이 이쪽을 주목하는 이 상황에서 거절하는 건…… 아무래도 어렵겠군.

“알겠습니다. 그럼 조금만 더 힘내 보겠습니다.”

오잉크, 류에, 레이스의 걱정스러운 눈길을 받으면서 세 번째로 홀 중앙에 섰다.

그리고 그 걱정이 내 감정에 대한 불안이라고 생각하자 갑자기 나 자신이 한심해졌다.

가면을 쓰자. 그 정도는 나도 할 수 있겠지. 마음을 가라앉히고 가짜 표정을 씌우자.

그리고 가늘고 부드러운, 힘만 줘도 부러질 것 같은 그녀의 손을 잡았다.

머릿속에 희미하게 그려지는 참극을 떨쳐내려고 그녀의 허리에 손을 감고 춤에 집중했다.

마주 본다. 은은한 꽃향기가 나는 눈앞의 여성과.

“……드디어 붙잡았네요.”

그런 그때, 몸을 밀착한 그녀가 어이없다는 투로 말을 걸어왔다.

“당신은 말 걸 새도 없이 사라져 버리는걸요. 잠깐 잡아두고 이야기해 보고 싶었어요."

"댄스는 구실이었다?"

새로운 곡이 시작됐다. 오늘 밤만 벌써 세 번째인, 이미 익숙해져 버린 스텝을 밟으며 상대가 나에게 어떤 말을 하려는지 예상하기 위해 머리를 굴렸다.

역시 왕가의 혈통은 이런 곳에 익숙한지 오잉크나 레이스에 밀리지 않는 솜씨로 거침없이 곡에 맞춰 발을 내딛었다.

"당신…… 나를 피하는 거죠? 아니지—."

내딛었다. 스텝뿐 아니라 내 마음에까지.

"싫어해요. 어때요? 제 말이 맞죠?"

"……적어도 그쪽은 그렇게 생각하나 보군. 그런데 왜 다가오려고 하지?"

"난 류에 님과 친해지고 싶어. 그런데 그 사람 옆에는 당신이 있잖아? 그래서—."

다음 턴에서 그녀는 손을 이은 채 몸을 떨어뜨려 멋지게 포즈를 잡았다.

그러고는 돌아와서 자신이 정의라고, 옳다고 말하듯이—.

"당신과 먼저 친해지려고. 그 사람과 친구가 되고 싶으니까."

그 순간 발코니에서 나눈 대화가 뇌리를 스쳤다. 크롬웰 씨와 그 엘프의 대화가.

얼마나— 너희는 대체 얼마나 류에를 이용할 생각이냐고, 순간적으로 피가 거꾸로 솟아 시야가 붉게 물드는 착각이 들었다.

정신이 들자 곡이 간주에 접어들려고 하고 있었다. 그렇다면 여기까지다.

더는 할 이야기는 없다는 의미로 홀 입구 근처에서 스텝을 멈췄다.

"미안하지만, 이만 실례하지. 쫓아오지는 마. 기분이 조금 안 좋으니까."

대답을 기다리지 않고 홀을 뒤로한 나는 왔던 길을 따라서 궁전 밖으로 나갔다.

밤의 어둠 속에서도 정원은 여전히 아름다웠다. 나는 그곳 중앙에 있는 분수로 갔다.

물가라서 그런지 공기가 시원한 그곳에서 근처 벤치에 앉았다.

아마 레일라도 류에를 곁에 두는 장점을 알아차렸겠지.

어쩌면 아버지에게 이미 지시를 받았나…….

흰머리를 기피하는 문화라……. 과연 누가 그런 풍습을 남겼을까?

깊이 생각할 것도 없었다. 류에를 속박한 엘프들이다. 아마 그렇게 류에를 닮은 사람을 적으로 삼아 자신들에게 유리한 방향으로 역사를 전해 왔겠지.

"……여긴 오잉크의 꿈으로 가득 찬 나라야."

크게 숨을 뱉었다. 이 감당하기 힘든 감정도 함께 빠져나가길 바라며.

그런데, 여기까지 피해 왔는데, 그런데도—.

“왜 그렇게 완강히 피하시죠?”

그곳에 있었다. 표정을 찡그리고 따지려고 쫓아온 듯한 그녀가…….

“제가 그녀의 친구가 **되어 주겠다**고 말하는데 왜—.”

이번에는 정말로 시야가 붉게 뒤덮였다. 너무 화가 나서 관자놀이가 칼로 찌르듯 아팠다.

목이 뜨겁다. 팔에 힘이 너무 들어가서 관절에서 이상한 소리가 났다. 의식이 끊어질 것 같았다.

그리고 손에 전해지는 감촉을 확인하듯 손가락 하나하나에 조금씩 힘을 담았다.

부드러운, 희고 가는, 당장에라도 부러질 것 같은, 쓸데없는 소리를 내는 기관.

그것이 망상이 아니라고, 머리에 그려진 허상이 아니라고 깨닫게 해준 것은 그녀에게서 새어 나온 가느다란 호흡과 오열이었다.

“컥…… 아…… 아아…….”

이성이 돌아왔을 때는 내 양손이 그녀의 흰 목을 감싸고 있었다.

아니, 그게 아니었다. 분명히 힘이 들어가 있었다.

"윽…… 아…… 으아……."

"앗?!"

조금 늦게 손을 놨다. 그리고 후회보다 먼지 자신에 대한 놀라움과 공포에 손을 들여다봤다.

그러나 동시에— 이것은 좋은 기회라고, 생각이 잘못된 방향으로 가고 있다고 스스로 알고 있음에도, 그 말을 발치에 웅크린 그녀에게 뱉었다.

"하나 정정하지. 나는 널 싫어하는 게 아니라—."

목을 잡은 레일라가 일어나서 공포와 당혹감이 섞인 표정으로 나를 봤다.

"널 미워해. 다음번에도 억제가 된다는 보장은 없어. 이제 우리에게 접근하지 마."

1초라도 빨리 떠나려고 레일라가 무슨 말을 꺼내기도 전에 돌아섰다.

레일라는 그래도 쫓아올까? 아니, 그럴 리는 없겠지.

자기 몸에 위험이 닥친 이상 더는 찾아오지 않을 것이다.

궁전으로 돌아갈 때 정원이 보였다. 그러나 그곳에는 이미 레일라는 없었다.

조만간 문제가 될지도 모른다. 하지만 그래도 후회하지는 않았다.

잊자. 그때가 올 때까지 내 속에만 담아 두자.

파티장에 있는 사람들은 아무것도 모르니까. 그냥 오늘

밤 축제를 즐기고 있으니까.

"생각을 바꿔. 가면을 벗어. 지금 나는 어떤 얼굴을 하고 있지?"

고개를 절레절레 젓고 마음을 바꿔 다시 무대로 돌아갔다.

많은 이의 생각이 소용돌이치는 만찬회라는 이름의 전쟁터로…….

발코니까지 오자 오잉크를 포함한 모두가 모여 있었다.

없어진 나를 걱정했나 보지만 다행히 레일라가 나를 쫓았다는 사실은 모르는 눈치였다. 하지만 그 대신—.

"겨우 모였네요. 그럼 이 사람이 세 분에게 할 이야기가 있다고 하니—."

오늘 밤은 더는 여유가 없건만, 아직도 파란이 이어질 예감이 들었다.

우리 세 명 앞으로 오잉크가 데리고 온 사람은…….

2장 싸움의 이유, 각자의 이유

눈앞 땅에서 튀어나온 얼음 칼날을 피하려고 몸을 비틀었다.

팔을 스치며 몸에는 차근차근 피해가 쌓여 갔다. 하지만 거기에 정신이 팔린 순간 다른 한 명의 날카로운 발차기가 훤히 드러난 복부로 날아들었다.

"윽! 막아도 이래?!"

"맨손 방어는 꽤 아프지?"

잽싸게 자세를 바로잡은 상대가 거리를 두고 다시 후방에서 지원한 마법과 함께 돌진해 왔다.

맨손으로 상대하기는 벅찬 상황. 곧바로 어둠 마술을 써서 흑요석처럼 빛나는 막대기를 만들어 그 맹공에 대비했다.

"후우…… 졌어. 역시 검도 마왕 룩도 없으면 두 사람한테는 못 이기겠어."

"우리도 진심을 다하진 않았어. 난 마술만 썼고 레이스는 마궁 없이 싸웠잖아."

"하지만 후반은 공격하기 어려웠어요. 그 마술은 방심할 수가 없네요."

길드 뒤편에 있는 연습장을 지나서 더 안쪽에 있는 훈련 시설.

온갖 설비를 갖추고 마술로 보호받는 이곳은 편리하고 인기가 많아서인지, 이 시기에는 어느 정도 실력이 있는 사람만 이용할 수 있었다.

아무리 훈련이라도 그녀들에게 무기를 들고 싶지는 않으나, 이 시설에 한해서는 그 제약을 풀고 마음껏 솜씨를 겨룰 수 있었다.

그 이유는 이 시설 전체에 새겨진 방대한 마술식의 힘으로 신체적 피해가 모두 체력이나 기력, 마력 등 보이지 않는 요소의 대미지로 치환되기 때문이었다.

물론 한계를 넘은 피해를 입으면 최악의 경우 신경쇠약으로 죽을 수도 있기에 항상 주의를 기울여야 하고, 계약서를 작성하지 않으면 이용할 수 없었다.

다시 말해 이곳이라면 최소한의 위험만 부담하면 실전에 가까운 훈련을 할 수 있다는 뜻이다.

"오늘로 사흘째인데 역시 카이 군은 평소 쓰는 검이 아니면 싸움 실력이 떨어져. 정확히는 익숙하지 않은 것 같아. 물론 일반적인 모험가라면 손가락 하나 대지 못하겠지만……."

"그 마술로 만드는 무기도 검으로 하는 편이 낫지 않을까요?"

"음…… 결국 결론은 그건가? 그럼 이러면 어때?"

그러면서 이번에는 간단한 검을 만들어냈다.

분류로는 바스타드 소드 즉, 한 손 검이었다. 일단 내가 탈검을 얻기 전까지 애용하던 무기이기 때문에 이 몸에도 익숙할 터였다.

"아, 내 검과 비슷한 크기네? 혹시 같은 기술도 쓸 수 있어?"

류에가 기뻐하며 자기 무기를 뽑아 기술을 비교해 보자며 제안했다. 아니, 아무리 그래도 오랜 세월 싸워 온 검사와 비교하면 부끄러운데.

"그럼 내일부터 이걸로 훈련해 볼게. 이거면 탈검과 전투 스타일도 비슷하고 나한테 익숙할 것 같아. 이번 목적에는 적격이야."

"그러게. 그러면 나는 이제 어쩐다……."

"다른 볼일이 없으면 조금만 더 제 훈련을 도와주시겠어요?"

"좋았어! 그럼 나는 지팡이로 싸울 테니까 레이스는 마궁 없이 하자."

"나는 오잉크에게 다녀올게."

두 사람이 전투 자세를 취한 채 다녀오라고 인사했다. 그리고 동시에 뛰쳐나가 싸움이 시작되는 것을 보고 나는 개인용 훈련 공간을 뒤로했다.

왜 류에뿐 아니라 우리 세 명이 모두 훈련을 하는가?

그 이유를 알려면 만찬회 밤까지 거슬러 오른다.

§ § §

"드디어 모였네요. 그럼 이 사람이 세 분께 할 이야기가 있다고 하니—."

"……그렇게 오래되지는 않았지만, 다시 만나서 반가워."

오잉크가 데리고 온 사람은 이 만찬회의 다섯 번째 꽃.

이 나라 의원 중에서 유일하게 오잉크와 대등한 의장이며 옛날 이 나라에 소환된 해방자『요시다 이구조』의 손녀이기도 한『이루 요시다』였다.

"안녕하세요, 손녀님. 전에는 참 고마웠습니다."

"……! 네, 정말로 큰 신세를 졌죠. 다양한 의미로."

그날 좋지 않게 헤어진 그녀가 지금 가슴에 큰 갈등을 품었는지 형용하기 힘든 표정으로 내 앞에 섰다. 힘들겠군, 입장을 신경 써야 하는 사람은…….

"이루…… 당신이 함께 와달라고 부탁했잖아요? 용건을 전하세요."

"당신들에 관해 나도 조사해 봤어. 이 대륙에 온 뒤의 행적을……."

이루는 남의 눈치도 살피지 않고, 자신의 지위도 돌아보지 않고 말릴 틈도 없이 고개를 숙였다.

"당신들에게 사과할게. 미안해. 그날 밤 모든 행동과 발언을 사과하고 싶어."

고개를 든 이루는 또 나를 똑바로 쳐다보며—.

“그리고 진심으로 고마워. 당신들은 할아버지가 소중히 여긴 땅, 내 추억이 어린 아기다르를 지켜줬어. 화산 분화로부터 마을을 지켰다고 들었어. 정말로 고마워.”

“……별말씀을. 아기다르는 나도 소중히 하고 싶은 곳이었어.”

“거긴 좋은 마을이었지……. 깨끗한 물이 온 마을을 흐르는…….”

“네, 그랬죠. 사람들도 모두 순박하고 착했어요.”

그러고 보니 아기다르는 이구조 씨가 돌아가신 땅으로도 유명하다는 사실을 떠올렸다.

그렇다면 당연히 그녀도 그곳에 깊은 인연이 있으리라.

“더는 그 유언에 관해 따지지 않을게. 다만 내가 협력할 수 있는 일이 있다면, 할아버지의 소원을 이루기 위해 내가 할 수 있는 일이 있다면, 뭐든 말해줘.”

유언— 그 편지 말인가? 거기에 적힌 내용은 몹시 단순했다.

『내가 애용하는 괭이를 가지고 성묘를 와서 묘비에 술을 뿌려달라.』

요약하면 정말로 그게 전부였다. 하지만 이 일련의 행동에 관해 『이 글을 읽은 사람만 와달라』, 『내용을 남에게 전하지 말라』라고도 적혀 있었다.

그래서 불신을 사고 불화를 빚었지만…… 조금은 말해도 되겠지.

"내용은 자세히 말할 수 없어. 단, 그분이 생전에 애용한 괭이, 농기구가 필요해."

"괭이…… 이루, 이구조 씨 유품 중에 괭이가 있나요?"

"괭이라…… 자주 밭을 일구시긴 했는데…… 앗."

짐작 가는 구석이 있는지 작게 소리를 냈다. 하지만 바로 난감한 표정을 지으며 『어쩌지』 하고 중얼거렸다.

뭐야? 혹시 옥○에 유품을 팔아넘기기라도 하셨나?

"카이 군. 괭이가 뭐야?"

"날이 수직으로 달린 도끼 같은 거야. 땅을 고르기 위해 쓰지."

"아, 아기다르에서 나도 써 봤어. 퍽퍽 찍어서 땅을 갈아엎는 그거구나?"

그 광경을 머리에 떠올리고 무척 마음이 훈훈해졌다.

"할아버지…… 농사지을 때는 항상 『어떤 물건』을 농기구 대신 쓰셨어. 부러지지 않고 튼튼하다면서. 아마 그거라고 생각하는데……."

"……?! 그건 설마…… 그분이 쓰셨다고 하는 그……."

"『신창 플뤼겔』. 이 대륙에 전해지는 최강의 창이야. 할아버지가 칠성 해방 여행을 떠날 적에 받았다는, 말 그대로 신과 같은 힘을 가진 무기."

와아…… 이름부터 게임 속 히든 던전이나 히든 보스에서 나올 것 같은 최상급 아이템인데…… 그걸로 밭을 갈았다고요?

"호쾌한 사람이란 건 알았지만, 그게 무슨 문제야?"

"……그 무기는 할아버지의 종자였던 기사에게 계승됐어. 그러니까…… 난데없이 빌려 달라고 해도 쉽게 넘겨주지는 않을 거야."

이미 다른 사람 손에 넘어간 물건…… 그것도 보통 물건이 아니었다. 느닷없이 찾아가서 빌려 달라고 부탁한다고 넙죽 건네줄 리 없겠지.

"……밑져야 본전이야. 부탁은 해 볼게. 오잉크와 내가 같이 가면 혹시 모르니까."

"그 기사라는 분은 오늘 만찬회에 나왔어?"

이야기를 듣던 류에가 좋은 생각이 떠오른 것처럼 물었다.

이루는 출석했다고 대답하고 그 인물을 찾아 주변을 둘러보기 시작했다.

"찾았다. 저기 보여? 저쪽 발코니에서 와인을 마시는 남자야."

"이런 곳에는 그다지 나오지 않으시는 분인데 이번에는 신경 쓰이는 사람이 있다고 하셨죠."

이루와 오잉크가 가리킨 곳에는 방금 나와 류에에게 말을 건 리샤르 리즈로트라는 성기사가 있었다. 으아…… 부탁해도 절대로 안 빌려주게 생겼는데, 저 사람.

"으음, 저 사람이라면 아까 조금 말을 나눴어. 잠깐 기다려줘!"

류에는 그렇게 말하고는 말릴 새도 없이 달려갔다. 안 좋은 예감만 든다.

지켜보니 리샤르 씨가 바로 놀라는 기색을 보이고— 아, 잠깐 생각에 빠졌다.

굉장히 곤란한 눈치인데 설마 이렇게 쉽게 빌려주려나?

고민하는 그를 데리고 류에가 우리 쪽으로 돌아온다. 그러자 둘의 얼굴을 본 사람들이 퍼뜩 물러서며 길을 텄다. 아마 그도 상당히 유명인사인 모양이다.

"리샤르 군을 데리고 왔어! 조건에 따라서 창을 빌려주겠대!"

"안녕하십니까, 오잉크 총수님? 그리고 이루 님."

이 상황에 적응하지 못하는 것처럼 어색하게 웃으면서 찾아온 그가 두 사람에게 인사했다.

아유, 우리 애 때문에 미안합니다. 게다가 이름에는 또 군을 붙이고 말이야.

그리고 레이스 누님, 왜 내 뒤에 숨습니까?

"……그냥 조금 낯을 가려서요……."

흠, 레이스가 이러는 것도 별일이군. 리샤르 씨와 무슨 인연이라도 있나?

"안녕하세요, 리샤르. 아마 이미 들으셨겠지만—."

"이구조 님께 받은 창을 빌려 달라고 하셨지요. 안타깝지만, 아무리 이루 님과 오잉크 님의 부탁이라도 흔쾌히 받아들일 수 없는 이야기입니다."

"싸워서 이기면 빌려준다고 했잖아! 방금 한 말은 거짓말이었어?"

"……워낙 투정을 부리셔서 아까는 그렇게 대답할 수밖에 없었습니다."

류에, 투정까지 부렸어? 어떡해, 창피해서 못 살겠어. 죄송해요, 리샤르 씨.

"하지만 제가 이분과 겨뤄 보고 싶은 것은 사실입니다. 저를 꺾을 정도의 무인이라면 잠시 빌려드려도 문제는 없겠지요."

"어떻게 하죠, 리샤르. 류에 양은 이미 시범경기에서 알바와 싸우기로 했어요. 하지만 당신 말은 당신이 인정하는 상대라면 빌려준다는 뜻이군요?"

"흠…… 알바와 이분이. 그건 부럽지만, 그럼 누가 저와 싸운다는 말씀이신지?"

"그건―."

§ § §

그야 나도 큰 무대에서 싸워 보고 싶다는 생각은 했다. 기회만 된다면 한번 해 보고 싶었다. 하지만 설마 정치적인 이유로, 그리고 국민감정까지 얽힌 싸움을 하게 될 줄은 몰랐다.

리샤르 씨와 싸우게 된 사람은 나였다. 하지만 만찬회 뒤에 오잉크에게 불려가서 이렇게 엄명받았다.

「그 사람을 압도적인 힘으로 찍어 누르지 마세요」라고…….

리샤르 씨는 다른 모험가와는 입장이 조금 달랐다. 그것은 그가 한때 이구조 씨와 함께 칠성 해방을 한 실적이나 과거 독립 전쟁에서 섬기던 폭군에게 저항해 백성 편에 선 경력, 그리고 전쟁 후 한시도 도시에서 떨어지지 않고 외적으로부터 이 땅을 지켜 온 말 그대로 『정의의 수호자』이기 때문이었다.

그런 성기사를 한때 마족이 다스리던 도시에서 마왕이 해치운다. 아니, 그런 짓을 하면 어떻게 될 줄 알고! 국민 정서에 완벽하게 반하는 행위 아닙니까!

그런 고로 마왕 룩은 물론 방대한 힘을 품은 탈검도 사용 금지.

애초에 그 검을 꺼내면 알비스에서 싸웠던 나를 목격한 사람이 내 정체를 알아차릴 가능성도 있었다.

그래서 나는 현재 모습 그대로, 그리고 그 검 없이 백전노장에게 도전해야만 했다.

뭐, 솔직히 말하면 스테이터스나 장비의 힘만으로 밀어붙이는 상황에 불만도 있었다. 좋은 기회니까 심기일전해서 훈련하자는 마음도 있다.

그렇게 생각하는 사이 길드에 있는 오잉크의 집무실에 도착했다.

왕궁 안에도 집무실이 있지만 그쪽은 어디까지나 의원으로 일하기 위한 곳이었다.

바로 노크하려는데 안에서 이야기소리가 들렸다. 아무래도 손님이 와 있는 듯했지만 나도 오라는 시간대로 왔으니까 눈치 볼 필요는 없겠지. 우선 가볍게 노크했다.

"피○라#4입니다. 주문하신 베이컨 가득 돼지 삼매경 피자입니다."

『점심에 그런 소리 하지 마세요……. 들어오세요.』

괜히 장난을 치면서도 길드장 집무실에 입장했다.

그곳에는 지금까지 이야기를 나누던 손님도 있었다.

"딱 좋을 때 왔네요. 카이, 소개할게요. 길드 세미피나르 지부를 통괄하는 『골드』 부길드장이에요. 이 대륙 의원 중 한 명이기도 해요."

오잉크가 소개한 남자는 키가 큰 나도 올려다봐야 할 정도로 거구였다.

마치 바위에 옷을 입힌 것처럼 근육이 발달한, 장년을 조금 넘은 남성.

척 보기에도 싸움꾼 같은 것이 엔드레시아의 부길드장이라는 직책과는 대척점에 있을 타입으로 보였다.

"지금 소개받은 대로, 오잉크 총수님이 안 계신 동안 이 대륙을 맡은 골드다. 그쪽은— 흠, 보아하니 총수님과 꽤 친밀한 사이 같군. 내 예상으로는……."

"주인입니다. 이 돼지의 사육을 맡고 있죠. 오늘 사료는

#4 피○라 일본의 유명한 배달 피자 브랜드 피자라.

아직 안 줬습니다."

"카이! 어휴…… 저 사람은 제 오랜 친구예요. 형식상으로는 제 직속 부하지만, 비상시에는 그의 지시에 따라주세요."

"알겠습니다. 얼마 전 발행한 SS랭크 카드는 그를 위한 것이었나요?"

연륜 덕분인지 골드 씨는 오잉크를 놀리는 나에게 화내지도 않고 그냥 재미있다는 듯이 표정을 풀었다. 이 대륙은 광신도밖에 없는 줄 알았더니 저 사람은 달라 보였다.

"그런데 총수님, 혹시 이 카이가 그를 상대할 사람입니까?"

"네, 그럴 예정이에요. 카이, 골드는 방금 이 도시에 『그들』을 데리고 와줬어요. 마중 보내서 미안하지만, 일단 국빈이니까요."

국빈…… 지금 데리고 왔다면 엔드레시아 근처에서 누가 왔나?

하지만 내가 상대해야 한다고? 국빈한테 접대라도 하라는 건가?

"생각보다 일찍 이 대륙에 넘어왔는지, 이미 직접 대륙을 돌아보고 있었다고 합니다. 그 덕분에 상당히 일찍 도착했지만요."

"나도 당연히 아는 것처럼 이야기를 진행하는데…… 미안, 하나도 못 알아듣겠어."

왜 그런 것도 모르느냐는 표정으로 보지 말아 주실래요?

"하마지…… 렌이에요, 렌! 전에 말했죠? 그들이 이곳으로 온다고."

"아~! 그런 이야기를 했었지. 칠성배에서 렌이 우승하면 마지막 지명전에서 붙어달라고. 요즘 너무 많은 일이 있어서 까맣게 잊고 있었어."

"잊을 걸 잊어야죠……. 하지만 솔직히 이제 그가 우승한다고 생각하지 않아요."

그건 동감이다. 그도 그럴 것이 이 대회에는 『그녀』도 출전하니까.

"응? 내 눈으로 봐도 그 꼬마는 제법 걸출했습니다. 가능성이 있다고 보는데요."

"후후, 올해는 작년 이상으로 강자가 모였어요. 서디스에서도 꽤 대단한 사람이 왔고, 무엇보다…… 골드, 당신과도 연관 있는 어떤 사람도 출전할 거예요."

오잉크가 의미심장하게 씩 웃으며 나를 봤다.

"골드는 모험가 시절에 알비스에서 활동했거든요."

오케이, 이해했어. 즉, 레이스와 아는 사람일 가능성이 크다는 말이군?

"곧 얼굴을 마주할 테니까 기대하세요."

"흐음, 알겠습니다. 그럼 저는 쌓인 일을 처리하러 가보겠습니다."

골드 씨는 오잉크의 말뜻이 이해되지 않는다는 얼굴로 퇴장했다.

그럼 이제 본론으로 들어갈까? 나를 부른 진짜 이유를 들어보자.

"후우…… 훈련은 잘돼 가나요? 제약이 붙은 싸움은 본본이라도 힘들죠?"

"그렇지, 뭐. 오늘 겨우 전투 스타일을 확립했어."

"그런가요……. 리샤르에게는 이길 수 있겠나요? 참고로 말해 두자면, 싸우기 전에 확실히 거리를 확보해 두지 않으면 저도 고전을 면치 못할 상대예요."

"네가 그 정도로 경계할 상대야? 그거 무서운데. 최대한 노력해 볼게."

무난한 대화였다. 하지만 이것이 본론이 아니라는 것쯤은 얼굴을 보면 안다.

실내에 팽팽한 긴장감이 퍼지고 공기가 서서히 차가워지는 것을 느꼈다.

"본론을 꺼내, 오잉크. 나는 피하지도 도망가지도 않아."

"……만찬회 밤에 당신과 레일라 님 사이에 무슨 일이 있었는지 말해주실래요?"

갑자기 파고드는 언어의 칼날. 역시 전해졌군.

"글쎄? 내 인내심이 한계를 넘어서 그 애를 목 졸라 죽일 뻔했다는 정도인가?"

"그 사람은 그냥 후손일 뿐이에요. 당신이, 당신이 손을 대도 될 정당한 이유는 없어요. 그날 이후 그녀의 상태가 이상하다는 보고를 받았어요. 그리고 마지막으로 그녀와 만난 사람은 아마도 당신이죠. 설마설마했지만, 정말로……."

그것은 조직의 고위자, 나라의 고위자로서 당연한 분노였다.

나도 자각은 한다. 그 순간 나는 제정신이 아니었다. 제정신을 유지할 수 없었다.

그리고 슬프게도, 나는 전혀 후회하지 않았다.

"아직도 류에를 이용해 먹으려고 계획하는 상대에게 내가 아무 짓도 안 할 거라고 진심으로 생각했어? 죽이지 않은 나를 칭찬하고 싶을 정도야."

"……! 알고 계셨나요? 하지만 그건 어디까지나 그녀의 아버지가—."

"그렇다면 왜 그 애는 류에에게 집착하지? 왜 날 회유하려고 댄스를 신청했지?"

"그건……."

아마도 오잉크에게도 그 아버지란 자가 류에를 스카우트하고 싶다고 말했을 것이다. 하지만 오잉크가 거절했으니까 그 자리에서 크롬웰 씨를 구슬려 보려고 했겠지.

왜 그렇게까지 하지? 그렇게 너에게 오는 비난이 강한가? 그 나라의 적의와 경멸을 한 몸으로 감당해야 할 만큼 백발이 나쁜가?

"……이봐, 오잉크. 사실은 알고 있었지? 서디스 대륙에서 백발이 어떤 취급을 받는지. 류에에 관해서는 몰라도 적어도 풍습은 알았을 거야."

"마인즈 벨리에서 두 사람과 재회했을 때부터 그런 걱정은 했어요. 하지만 만약 그때 말했다면 당신은 어떻게 했을까요……? 아직 류에가 전부였던 당신에게."

"……아마 이 대륙을 무시하고 직접 서디스로 쳐들어갈 방법을 찾았겠지. 그 정도로 그때의 나에게는 류에밖에 없었으니까."

"……저는 당신이 함부로 적을 늘리는 삶을 살지 않았으면 좋겠어요. 적어도 지금 당신은 다른 곳으로 눈을 돌릴 여유가 생겼어요. 인연 있는 사람을 함부로 하지는 않게 됐죠. 그러니까— 당신은 다시 냉정하게 자신을 되돌아봐야 해요."

"……이 꼴로 서디스에 가면 틀림없이 파멸하겠군."

충분히 일리 있는 이야기라고 생각했다. 지금도 이 감정을 정리하지 못하겠으니까.

친구인 그녀가 이렇게까지 말하는데 자신을 돌아보지 않을 만큼 나도 망가지지는 않았다.

"……약속할게. 두 번 다시 내 쪽에서 그들에게 접근하지 않겠다고."

"화해할 순 없나요? 레일라 님과."

"미안하지만 그건 안 돼. 설령 최고급 선물을 들고 와도, 손수 요리를 만들어 와도 그 자리에서 버리……지는 않겠지만, 먹은 뒤에 맛없다고 할 거야."

"……옹고집이네요, 이해하기 힘들 정도로. 그래도 먹을 건 먹나요?"

"음식에 죄는 없지. 이래 봬도 음식은 절대로 함부로 하지 않는 사람이야."

잠깐의 정적. 그리고 오잉크가 머뭇거리며 다시 입을 열었다.

"본본. 나라를 위해 당신을 억압하려는 절 경멸하나요?"

"……아니. 그건 지위 있는 사람의 의무고 네 말도 다 옳아. 이상한 건 나고 비난받아야 할 것도 나지. 그러니까 네가 밉지는 않아."

"그렇다면 조금만 더 양보해서 레일라 님을 만나 보면 안 될까요?"

"만나면 틀림없이 감정 조절이 안 될 거야. 지금은 포기해."

어떻게 된 까닭인지 레일라를 보면 감정이 안 좋은 방향으로 움직인다. 만난다면 분명히 또…….

그런데 그때 오잉크가 한숨을 푹 쉬고 책상에 얼굴을 파묻었다. 그것은 마치 이 이야기는 일단 여기서 끝내자는 선언 같았다.

"저도 제법 긴장했었다구요. 이번 일로 정말로 당신과 갈라설지도 모른다는 생각에……."

"나라고 너한테 미움받기는 싫어. 은혜를 원수로 갚기는 싫으니까."

"……사실은 레일라 님에 관한 일은 이대로 모른 척할 수도 있었어요. 하지만, 어떤 정보가 들어와서 당신을 그냥 두면 안 된다고 판단했어요."

그러더니 오잉크는 다시 표정을 험악하게 굳혔다. 그 정보란 대체 무엇인가?

"지금보다 조금만 그 과도한 증오를 희석해야 할 가장 큰 이유. 그건 엘프들과 적대하기 때문도, 한 나라에 싸움을 걸기 때문도 아니에요."

뜸을 들이며 그 이야기를 나에게 하기 두려워하듯 오잉크가 말했다.

"직속 부하, 첩보원에게서 보고가 들어왔어요. 『어떤 나라의 최고 중요 인물 두 명』이 얼마 전 이 대륙으로 건너왔다고 해요. 아마도 이쪽 상황을 살피러 왔다고 생각해요."

그 이야기에 무심코 호흡이 멈췄다. 그래, 그 두 명이 왔단 말이지…….

"축제 냄새를 맡았나……. 와 있었군, ㅇ키 마우스와 ㅇ니 마우스."

"누가 환상의 나라에서 왔대요! 서디스 대륙에서 다리아와 순이 왔다고요!"

"나도 알아. 그냥 농담인데 뭘 진지하게 받아들여?"

"잘 들어요. 지금 그 두 사람이 눈을 떴다고 말씀드린 거예요. 그런데 적의를 풀풀 풍기는 당신이 그 나라와 싸우기 시작하면 대체 무슨 일이 벌어질지 상상도 하기 싫어요!"

"……아무리 나라도 이 세계에 오고 배운 게 있어. 무조건으로 그 녀석들이 내 편이 되어줄 리 없다는 것쯤은 충분히 이해해."

신기한 기분이었다. 그 두 사람이, 그날 밤 함께 술을 마신 친구들이 이 근처에 와 있다니. 내 여행의 목적 중 하나가 당장에라도 달성될 것 같았다.

"미안해, 오잉크. 다만, 류에에 관한 것만은 절대로 양보할 수 없어."

"그건 저도 그래요. 더는 류에를 이용하게 두지 않아요."

"지금 당장만 해도 조직 정화를 위해 이용 중이면서? 알바한테 트라우마 생길라."

"으…… 뭐, 뭐라도 보상을 할 테니까 봐주세요……."

"그럼 먹을 걸 보내줘. 그 훈련 시설은 사용 제한도 있으면서 푸드 코트 음식은 죄다 품절이야. 스포츠 드링크 말고는 제대로 파는 게 없다니까?"

이제 시리어스 모드는 끝이라고 말하듯 서로 편하게 말을 나눴다.

그래서 나도 모르게 그런 사소한 푸념을 늘어놓았다. 그러나 그때 왠지 오잉크가 다시 의미심장하게 씩 웃는 것을 나는 똑똑히 보았다.

"그래요…… 알았어요. 제 의뢰로 하는 훈련이니까 내일부터 맛있고 영양 많은 음식을 보내드릴게요. 기대해주세요."

"오, 돼지 통구이야? 오잉크, 이리 와. 온몸에 골고루 양념 칠해줄게."

그렇게 평소와 다름없는 농담을 주고받으며 조금 위험한, 낮은 곳에서 외줄 타기를 하는 듯한 대화를 끝냈다. 나도 조금만 더 바뀌어야겠다. 그렇게 결심하면서…….

§ § §

"레이스, 레이스! 나는 1일 1회 한정인 특별 훈련 구역에 다녀올게!"

"네. 그럼 저는 여기서 사람을 모집해서 대인 훈련을 할게요."

"알았어. 너무 무리는 하지 마~!"

가벼운 발걸음으로 달려가는 류에를 바라보며 모의 전투로 흐트러진 호흡을 가다듬었다.

검도 마술도 없이 지팡이를 쓴 무술만으로 싸웠는데 나는 류에에게 이길 수 없었다.

하지만 류에 또한 나를 쓰러뜨릴 수 없었다. 한마디로 비등한 상태.

카이 씨는 말했다. 「나는 장비의 힘에 기대는 경향이 크다」라고. 그렇지만 그것은 나도 마찬가지다. 카이 씨가 남겨 준 이 마궁이라는 무기를 쓰게 되면서 나도 이 힘에 기대어

오지 않았던가.

“그리워……. 나는 무척 약해서 항상 이크스에게 도움을 받았지…….”

활만으로는 부족해서 나이프 쓰는 법을 배우고 호신술 같은 것도 배우고…….

나는 뭐든 받아들였다. 내가 거둔 아이들과 단골손님이 선생님이었다.

그 경험은, 내가 걸어온 길은 조건에 따라서 류에를 따라잡게 해줬다. 그것이 어쩐지 자랑스럽고 동시에 응어리졌던 내 마음에 불을 붙였다.

“정말로 나는 염치없는 욕심쟁이가 되어 버렸네요.”

나는 떠올렸다. 사랑하는 두 사람이 싸움의 길을 걷게 된 그날 밤의 일을…….

§ § §

“그래? 리샤르 씨는 정정당당하게 자기 힘으로만 싸우겠다고?”

“그럼 카이 씨는 맨손으로 싸워야 하나요?”

“아니, 마술로 무기를 만들면 돼.”

만찬회가 끝나고 호텔로 돌아온 우리는 방금 두 사람의 출전이 결정된 시범경기에 관해 이야기했다. 약 한 달 후 개최되는 『칠성배』에서는 시범경기로 길드가 인정한 강자들의 고차원 전투가 벌어질 예정이었다.

카이 씨는 유언을 지키기 위해, 류에는 선구자로서 후배를 교육하기 위해 싸움을 받아들였다.

"맞아, 류에도 알바를 너무 압도하지 않는 편이 좋지 않을까? 성격이 그 모양이면 주변에 화풀이하거나 문제를 일으킬지도 몰라."

소파에 앉아 늘어져 있던 류에가 그 소리에 등을 꼿꼿이 세웠다.

"……져서 분한 마음에 화를 내는 건 이해해. 하지만 그렇다고 주위에 큰 피해를 주는 사람은, 내 개인적인 의견을 말하자면— 없는 편이 나아."

그때, 오래 느끼지 못했던 정체 모를 박력에 몸이 떨렸다.

"그런 인간이 정말로 백은장에 어울릴까? 뿌리부터 썩었다면 솎아 내는 게 선배의 역할이야."

당연한 일처럼 한 치 망설임 없이 대답한 류에에게 나도 질문을 던졌다.

「그런 사람을 아는가? 그런 경험이 있는가?」라고…….

"지긋지긋할 정도로. 내가 모험가가 된 건 정말 먼 옛날이야. 싸움이 끊이지 않아 규율이나 관리는 생각할 여유도 없던 시절이지. 그때는 무작정 전투력을 키우려고 닥치는 대로 사람을 입단시켰어. 그러다 보니 당연히, 실력자들의 횡

포를 걷잡을 수 없게 된 거야."

류에는 말했다. 고대의 어마어마한 재앙과 싸우던 배후에서 일어난 갖가지 사건을…….

안 좋은 예시지만, 아캄 같은 인간도 많은 것 같았다.

힘만 있으면, 랭크가 높으면 뭐든 용서된다. 그런 풍조가 만연해 있었다.

"그래서 당시 길드는 금 랭크 위에 백은을 만들었어. 금을 견제하고 때로는 단죄할 수도 있는, 권력 면에서도 무력 면에서도 절대적인 강자를."

그 절대적 강자가 바로 류에였다. 아마도 당시부터 강대한 힘을 가졌으리라.

그리고 류에는 백은장으로서 타의 모범이 되고자 언제나 최전선에서 싸웠다.

"백은장은 모두의 희망이었어. 반드시 문제를 해결해 준다, 언제든 믿을 수 있다, 그런 영웅 같은 존재였어. 지금 나를 보면 상상하기 어렵겠지만."

류에는 농담처럼 말하며 웃었다. 확실히 지금은…… 조금 맹한 구석이 있다.

"……그러니까 류에는 진심으로 알바를 몰아세워서 본성을 파악할 생각인가요?"

"응. 내 나름의 방법으로 해 보려고. 단, 반대로 말하면 지금 말한 영웅적인 백은장은 정말로 상대하기 힘들어. 누가 뭐래도 다른 이들의 희망을 짊어졌으니까."

류에가 이번에는 카이 씨를 시험하는 눈으로 돌아봤다. 그것은 마치 선생님이 학생을 보는 듯하여 평소와 다른 관계성이 느껴졌다.

"리샤르 군은 틀림없이 이상적인 백은장이야. 강한지는 몰라도 아마 상대하기 힘들어. 절대로 마지막까지 포기하지 않고 물고 늘어지는, 그런 눈빛이었어."

"……바라던 바야. 한 달 후까지 나도 전력을 다해 실력을 쌓아 전투에 대비할 거야."

굉장히 부러웠다. 강자로 군림해 마치 도전을 기다리는 듯한 류에와 강한 힘을 가졌으면서 마치 도전자처럼 싸움에 대비하는 카이 씨가.

나도 그 소녀에게 배우지 않았나. 『자신만의 경치를 곁에서 전한다』는 사고방식을…….

그런데도 나는 원한다. 나도 두 사람과 같은 무대에 서고 싶다고.

아아— 그래. 이건 갈망이다. 아직 내 안에도 강해지고 싶다, 높은 곳에 오르고 싶다고 바라는 『전사』의 마음이 남아 있는 거다.

이건 질투도 경쟁의식도 아니다. 내 안에서 끓어오르는 전사의 본능이다. 그렇다면—.

"……바라도, 되겠죠?"

"응? 레이스, 뭐라고 했어?"

나는 다시 염치없이 말했다. 이 감정을, 이 갈망을 채우기 위해, 더 높은 경지에 이르기 위해.

게다가 다시 한번 무대에서 싸우는 모습을 보여주는 것은 내 의무기도 하니까…….

"카이 씨. 이번 칠성배 말인데요, 저도 일반 참가로—."

§ § §

"다음 분, 나와주세요."

나는 무릎 꿇은 남성에게 손을 내밀고 줄 선두에 서 있는 사람에게 말을 걸었다.

대회에 나가기로 결의한 밤을 떠올리면서 나는 하염없이 싸웠다.

다행히 아직 고전하지 않고 열일곱 명에게 연승했다.

맨손으로 이렇게 싸울 수 있다는 자신감이 생기는 반면, 거만하게도 『너무 약해서 시시하다』라는 생각이 머리를 스쳤다.

그리고 열여덟 번째 남성에게서 항복 선언을 들은 나는 전투 자세를 풀었다.

그리고 보니 계속 남자만 도전해 온다. 여자도 많이 이용하고 있는데도…….

"후우…… 오늘은 여기까지 할게요. 여러분, 고마웠습니다."

어느샌가 길게 줄 선 사람들에게 말하자 모두 조금 아쉬운 눈치로 개인 훈련을 하러 돌아갔다. 하지만 그곳에 한 젊은 청년이 남아 있었다.

지금 이 훈련소는 랭크B 이상이나 그에 준하는 실적을 가진 사람만 들어올 수 있었다.

그렇다면 그는 젊은 나이에 여기까지 올 실력을 갖췄다는 뜻일까?

"저, 저기…… 마지막으로 나와도 싸워주면 안 될까……."

그 청년이 쭈뼛쭈뼛 나에게 다가왔다.

보기 드문 흑발에 눈매가 조금 날카로운 청년이었다. 가까이 다가오자 상상 이상으로 젊어 보였다. 아마 열일곱이나 열여덟 살쯤 됐을까? 보아하니 검사 같았다.

그 나이에 이곳에 선 그에게 나도 관심이 생겨 내 말을 번복하고 전투 자세를 잡았다.

"알겠어요. 그럼 오늘 마지막 상대를 부탁드릴게요."

"좋아! 잘 부탁해."

서로 거리를 뒀다. 나는 가죽 글러브와 부츠, 그리고 투척 나이프.

청년은 한눈에 봐도 우수한 아름다운 롱 소드.

시작 신호는 없었다. 칼끝을 눈높이까지 든 그가 달려오면서 싸움의 막이 올랐다.

"하압!"

힘차게 뛰어 단숨에 코앞까지 다가온 그가 머리까지 치켜든 칼을 내리쳤지만 칼 옆면을 쳐서 튕겨 내고 곧바로 목으로 손을 뻗었다.

하지만 그 순간, 눈앞에 다가온 작은 빛 덩어리 때문에 즉시 공격을 중단하고 멀찍이 떨어졌다.

"마검인가요? 그렇다면 고전하겠네요."

그리고 이번에는 내가 달려들어 그의 공격을 유발함과 동시에 검의 궤적과 그 연장선상에서 벗어나도록 돌아갔다. 그러자 빛 덩어리가 조금 전까지 내가 있던 곳으로 날아들었다. 대충 알겠다. 저 빛은 대상을 향해 날아가지 않고 칼의 궤적을 좇는다.

상상 이상의 재빠른 몸놀림으로 내 팔의 사정권에서 벗어난 그에게 나이프를 투척했다.

그러자 청년은 아름답고 정확한 동작으로 나이프를 쳐서 떨어뜨렸다.

……대단해. 무기뿐 아니라 검을 다루는 실력도 제법 뛰어나 보인다.

게다가 그 아름다운 궤적과 자세가 하나의 그림처럼 반듯했다.

어디선가 제대로 가르침을 받고 부단한 노력을 쌓았으리라.

"……강하네요. 그 나이에 이 정도로 싸울 수 있는 사람은 잘 없어요."

"당신도 그래. 강하군. 역시 아직 강한 사람은 많은 모양이야."

하지만 그럼 못 써요. 연상의 여성을 『당신』이라고 부르다뇨.

스스로 건 제약을 조금만 풀기로 했다.

다시 파고들었다. 그의 횡 베기를 땅에 기다시피 자세를 낮춰 피한다.

그리고 그대로 이 순간까지 봉인했던 다리를 써서 잽싸게 발을 후렸다.

반응이 조금 늦어, 두 다리를 노렸는데도 한쪽 발만 무너뜨리는 데 그쳤다.

균형을 잃은 그가 냉큼 거리를 벌렸다. 거기로 다시 나이프를 투척하자 이번에는 튕겨 내지 못하고 그의 왼쪽 무릎에 명중했다.

이 전투장의 효과로 외상 대신 체력과 힘이 떨어진 그의 무릎이 꺾이고 결국 그 자리에서 엉덩방아를 찧었다. 그 후—.

"……졌어."

"네. 결판이 났네요. 상대해주셔서 감사합니다."

달려가서 목에 나이프를 들이대자 그가 패배를 선언했다.

전투장을 뒤로하고 벤치에 앉았다. 눈을 돌리자 그는 아직 싸움이 끝난 그곳에 앉은 채로 움직이지 않고 있었다.

마침내 일어나서 나를 돌아본 그와 눈이 맞았다. 무척, 무척 분해 보였다.

"왜…… 나는 이렇게 약한 거야……. 맨손으로 싸우는 여자에게도 못 이기다니……."

그 혼잣말을 듣고 나도 모르게 「잠깐 이야기할까요?」라고 말을 걸었다.

그는 위기에 내몰린 짐승 같은 위태로운 분위기를 풍겼다.

"뭐야? 패배한 사람한테 무슨 볼일 있어?"

"넘겨들을 수 없는 말이 들렸거든요. 그런 말 하면 안 돼요. 맨손이라느니 여자라느니, 그런 건 힘과는 아무 관련도 없으니까요."

"……나도 알아. 사실 나도 그 정도는 안다고."

"그리고…… 위로하는 건 아니지만, 이렇게 보여도 저는 A랭크 모험가예요."

"뭐?! 나보고 젊다고 했으면서 그쪽도 그 나이에 A랭크?!"

청년은 경악했다. 나는 그것이…… 창피하지만 조금 기뻤다.

겉모습이 변하지 않는 건 나도 안다. 그래도 젊다는 소리를 들으면 기뻤다.

"……참고로 묻겠는데, 몇 살로 보이시나요?"

"어? ……한…… 스물다섯?"

"후후후후후…… 아쉽게도 저는 마족이라서 외모로 나이는 알 수 없을 거예요."

이 세계에 오고 정확히 몇 년이 지났는지 구태여 헤아리고 싶지는 않았다.

"그, 그랬어? ……그럼 그 녀석도 혹시……."

청년은 뭐라고 말을 중얼거리며 생각에 빠졌다. 그러다가 문득 물었다.

"당신…… 아니지, 누나는 랭크를 올리는 데 시간이 오래 걸렸어?"

"네, 오래 걸렸죠. 처음에는 훈련만 했어요."

"그래……. 보통은 시간이 걸리겠지."

그러고는 자기 사정을 이야기하기 시작했다. 팽팽하게 당긴 현과 같은 인상을 주는 청년의 표정에서 조금 힘이 빠진 느낌이 들었다.

그가 말하길, 자신은 『의뢰 정지 처분』을 받았다고 한다.

그것은 제명 직전인 무척 엄중한 처벌. 의뢰를 받지 못하면 직접 몬스터를 사냥해 부위를 환금하지 않는 한 돈도 포인트도 모을 수 없었다.

"나는 멍청했어. 그래서 파티원 모두에게 폐를 끼쳤지……."

"연대 책임을 졌나요? 하지만 해산하면 멤버는 벌칙 대상에서 제외될 텐데요?"

"……그래도 따라와 줬어. 구박은 많이 했지만, 그래도 와 줬어. 그러니까 나는……."

땅을 보고 이야기하던 그가 고개를 들었다. 그 얼굴에는 결의에 차서 열의를 불태우는, 그런 소년 특유의 훈훈하면서도 매력적인 표정이 떠올라 있었다.

"이번 대회, 성적에 따라서는 백은장도 될 수 있다고 들었어. 그러면 이 벌칙도 철회될 테고 지금까지 날 지탱해준 동료들에게 은혜도 갚을 수 있어. 게다가— 아마 거기에는 내가 싸워보고 싶은 녀석도 출전해. 그 녀석에게 도전할 수 있다면……."

벤치에서 일어난 청년이 나를 가만히 바라봤다. 강하고 불타는 듯한 눈동자로…….

"누나에게도 안 져. 우승은 내가 차지해, 반드시."

그렇게 선언한 그는 내 대답도 기다리지 않고 발길을 돌려 떠났다.

그건 선전 포고였다. 그렇다면 나도 이러고 있을 순 없지.

의뢰 정지 처분. 사실상 모험가에게 자발적 탈퇴를 종용하는 중벌.

그래도 그는 포기하지 않고 이곳까지 왔다.

"……기어 올라오는 거리가 멀수록 남자는 멋지게 성장하는 법이랍니다."

기분 좋고 순수한 마음을 목격하여 내 마음도 고양됐다.

그는 충분히 경계해야 할 경쟁자다. 정말로 이번 대회가 기대된다.

§ § §

오잉크와 대화한 다음 날. 오늘도 훈련소에서 몸을 움직였다.

어젯밤 레이스에게 들었는데 이곳에서 연습 상대를 세워 놓고 한 명씩 차례대로 상대했다고 한다. 그건 전투 스타일을 바꾼 나에게도 적절한 훈련 방법이라고 생각해 이른 아침부터 이렇게 연습 상대를 모집했는데—.

"다음 사람…… 응? 네가 다음 상대야?"

"아, 오빠, 얕보는 거야? 후후, 날 지금까지 싸운 사람들과 똑같이 취급하면 큰코다쳐."

서른한 번째 대면한 상대를 보고 무심결에 말을 걸었다.

나이는 열다섯 정도로 보였다. 하지만 정면에 있는 소녀에게는 『네 개의 귀』가 있었다.

머리카락을 헤치고 나온 엘프 특유의 댓잎 같은 귀와 머리 위로 자란 고양이 같은 귀. 내 기억이 맞다면 이 소녀는 구면이다. 전에 길드에서 잠깐 말을 나눴을 것이다.

"얕보는 게 아니야. 조금 의외라서 그럴 뿐이지. 너, 전에 나랑 만난 적 있지?"

"응~? 아, 혹시 전에 줄 서면서 이야기했나? 그 푸드 코트에서."

맞다. 전에 푸드 코트에서 줄 섰을 때 내 앞에 서 있던 여자아이였다.

분명히 그때 그녀는 게살 볶음밥을 시켰다. 흠, 오랜만에 먹고 싶군.

생각이 딴 길로 샌 사이 그녀는 빠르게 전투 준비를 마치고 나와 대치했다.

마치 무희처럼 노출이 심한 의상을 입고 거기에 어울리지 않는 건틀릿을 장비했다.

아마도 그녀는 격투가겠지. 그녀 말마따나 그 자세에서는 감히 얕볼 수 없는 위풍과 박력이 느껴졌다.

"잡담은 여기까지만. 그럼 시작할게, 오빠. 너무 빨리 망가지진 마."

소녀는 말이 끝나기 무섭게 그 작은 체구를 더 낮게 낮춰 무시무시한 속도로 달려들었다.

순간 놀라서 반응이 늦었으나 내가 내리친 검신의 아랫부분이 그녀의 머리를 향했다.

다시 말하지만 검신의 아랫부분이었다. 거기까지 접근을 허용하고 만 것이었다. 그리고 당연히 힘이 제대로 실리지 않은 그 부분에 그녀의 주먹이 꽂히면 내 반격은 완전히 막혀 버린다.

그리고 그녀는 『양손』에 건틀릿을 착용했다. 그 말인즉, 빈 한쪽 손이 무방비한 배를 노리고 날아드는 모습이 천천히 내 눈에 비쳤다.

"으극!"

"어라?"

맹렬한 충격과 함께 순식간에 온몸의 힘이 쭉 빠졌다. 이곳 효과로 피해는 체력이나 힘 손실로 변환된다. 즉, 그 초근거리에서 날린 쇼트 펀치 한 방에 그런 파괴력이 실렸다는 뜻이었다. 뭐야, 이 꼬마는? 몸이 어떻게 된 거야?

"오빠, 순간적으로 뒤로 뛰었지? 제법이네. 필살의 일격이었는데."

"……무시무시한걸, 꼬마. 오늘 나한테 제대로 공격을 맞춘 건 네가 처음이야."

"후후, 그야 그렇지. 난 여기 오고 져 본 적이 없어."

그녀는 여유를 보여주듯 장난스럽게 섀도복싱 시늉을 했다.

이거 참…… 내 기억이 맞다면 그녀는 서디스 대륙에서 왔다. 설마 그쪽 사람은 모두 이 애처럼 강하지는 않겠지?

"그럼 한 번 더 간다? 한 방 버텼으니까 조금 더 세게 할게."

그녀가 다시 맹렬한 속도로 달려왔다. 반격하려고 이번에는 집중해서 그녀를 눈으로 좇았다. 하지만 자신을 놓치지 않고 따라오는 시선을 알아챘는지, 달리는 것만큼 맹렬한 기세로 방향을 전환하여 순식간에 시야에서 사라졌다.

"몇 번이나 당하진 않아."

즉석에서 몸을 옆으로 돌렸다. 그리고 그쪽에 상대가 없다는 것을 확인하고 곧장 뒤로 소배트를 날렸다. 예상대로 발바닥에 큰 타격감을 느꼈으나 아마도 버텼다.

강한 충격이 다리로 전해졌다. 그러나 이번에는 그대로 몸을 회전시켜 검을 휘둘렀다.

연속 공격을 받아내지 못하고 첫 공방의 나처럼 크게 뒤로 물러난 그녀에게 지체 없이 『웨이브 모션』을 날리자 충격파는 노린 대로 착지 직전인 그녀를 덮쳤다.

“으엑! 원거리는 반칙! 으악~!”

“해치웠나?!”

플래그였다. 지금 날린 검술은 원거리 공격이라서 단발 위력이 떨어지므로 아마 결정타는 되지 못한다.

흐트러진 자세로 착지한 그녀의 표정에서 장난기가 가셨다.

“판단력이 좋은데? 고대 검술까지 쓰고…… 한 단계 더 올려 볼까?”

다음 순간, 그녀의 몸에서 푸른 연기 같은 것이 피어올랐다. 혹시 보조 마법인가?

……뭔지는 몰라도 오라가 나오니까 멋있는데. 살짝 부러웠다, 꼬마야.

하지만 딴생각을 할 여유는 곧 사라졌다. 눈앞에 있던 그녀의 모습이 사라져 버렸기 때문에.

반사적으로 있는 힘껏 뒤로 뛰어 벽을 등졌다. 그리고 보이진 않지만 감을 믿고 정면에 전력으로 일격을 날렸다.

그 순간, 귀를 찢는 충격음이 퍼졌다. 그리고 그 충격으로 체력이 증발했는지 소녀가 무릎 꿇었다.

감은 맞았다. 뒤를 칠 가능성을 없앤 이상, 그녀라면 정면에서 올 거라고 생각했다. 소배트 연계를 한 번 봤기 때문이다.

“아이고…… 졌네. 제법 진심으로 덤볐는데, 오빠 강하네?”

“그건 내가 할 소리야. 봐, 내 검이 거의 부러지려고 하잖아.”

“아, 미안. 물어주지는 못 하지만…….”

“됐어, 이건 마술로 만든 검이니까 알아서 고치면 돼.”

마술 수준의 마력 밀도로는 부러질 가능성도 있군. 다음에는 마법이나 마도로 만들어야겠어.

……마술이 아니면 섬세한 조형이 불가능한 게 문제지만 나중에 연습해야지.

좌우지간 훈련은 이것으로 종료됐다. 그녀에게 손을 내밀어 일으켜준 뒤 나는 전투장을 떠났다.

§ § §

예상대로 아직 점심시간 전인데도 훈련소 푸드 코트에서는 매진이 속출했다.

방금 싸운 『비오』라는 귀 네 개 꼬마는 또 게살 볶음밥을 먹으러 길드로 돌아갔지만, 나는 슬슬 올 때가 된 두 사람을 기다리는 중이었다.

주위에서 풍기는 음식 냄새와 위장이 접전을 벌이다가 버티다 못해 항복 선언을 하려던 그때 류에와 레이스가 찾아 왔다.

“안녕, 카이 군. 꽤 일찍 나왔네?”

“안녕하세요? 여기 계신 걸 보면 이미 아침은 드셨나요?”

“아니. 아쉽게도 이 모양 이 꼴이라서 못 갔어. 너희가 오면 이동하려고—.”

그때, 그녀들 뒤에 선 수상한 인물을 알아챘다.

머리부터 발끝까지 새카만 인물. 얼굴도 베일로 가린 그 모습은 마치 무대의 쿠로코[#5]를 연상케 했다. 굳이 이름을 붙인다면『서양풍 쿠로코』라고 해야 할까?

“으악! 넌 누구니? 그런 복장으로 뒤에 있으면 깜짝 놀라잖아!”

“……누구시죠? 저희에게 무슨 용무라도?”

두 사람의 말에도 반응하지 않고 서양 쿠로코는 아무 말도 없이 사각형 상자를 나에게 내밀었다.

겉보기에는 흔하디흔한 도시락 상자 같은데…….

“이걸 나한테……? 대체 뭐야?”

쿠로코는 그냥 말없이 열라고 제스처했다. 그리고 열어 보자—.

“오, 샌드위치? 정말로 도시락이잖아? 혹시 오잉크가 보냈어?”

#5 쿠로코 가부키 등 연극에서 눈에 띄지 않는 검은 옷을 입고 무대 장치나 인형을 움직이는 사람.

서양 쿠로코가 또 말없이 고개를 끄덕끄덕했다.

설마 이 애가 오잉크가 말하던 직속 첩보원인가……?

"아, 좋겠다, 카이 군! 내 거는 없어?"

쿠로코는 미안한 기색이 역력했다. 얼굴을 가렸는데도 표정이 보이는 것만 같았다.

"흠. 쿠로코 양반, 오잉크에게 내일부터 3인분 준비해 달라고 부탁해줘."

오늘은 하나로 세 명이 나눠 먹자. 마침 샌드위치는 세 개가 들어 있었다.

그러자 쿠로코는 알겠다고 고개를 끄덕이고 마지막으로 깍듯이 인사한 후 사라졌다.

거동이 어쩐지 코믹하다. 뭔가 행동이 초보자 같다고 해야 하나? ……이상한 사람이네.

"그럼 먹자. 전부 내용물이 다른 것 같으니까 두 사람이 먼저 골라도 돼."

"아! 그럼 나는 이 튀김이 있는 게 좋아!"

"그, 그러면 저는…… 이 토마토가 든 걸로……."

런치 박스 안에서 류에가 바로 가장 큰 내용물이 든 것을 골랐다.

남은 것은 샐러드 샌드위치와 아마 돼지고기가 든 샌드위치였다. 레이스는 고기가 든 샌드위치에서 눈을 떼지 못하면서 손은 샐러드 샌드위치로 가져갔다.

"레이스 군, 그래선 안 돼. 식욕을 해소하는 방법이 서툴러. 네가 정말로 먹고 싶은 건 이거지?"

"우…… 창피해요……. 그럼 감사히 받을게요."

고기 좋아하는 누님 귀여워. 괜찮아요, 이쪽 샐러드에도 햄이 있으니까.

"우물우물…… 응? 뭐지…… 나 이거 어디선가 먹어 본 적 있어."

그런데 그때, 튀김 샌드위치를 냉큼 골라잡아 한입 베어 문 류에가 그것을 바라보며 뭔가 이상하다는 표정을 지었다.

"엄청 맛있어……. 근데 어디서 먹었는지 기억이 안 나……. 이상하네."

"흠, 보아하니 생선도 육고기도 아닌 것 같은데. 어떤 맛이야?"

"단맛이 있고 쫀득쫀득해. 으음…… 맛은 있는데……."

한입 먹어 보자고 말했지만 류에는 「싫어, 이건 내 거」라며 입에 욱여넣어 버렸다.

싱글벙글 웃으며 식탐을 부리는 모습에 피식 웃음이 나왔다. 어지간히 마음에 들었나 보다.

"이거도 맛있어요. 허니 머스터드 맛 포크소테네요."

돌아보니 레이스는 빵 표면에 탄 자국이 보였다. 토스트인가 보다.

그리고 내 샐러드 샌드위치도 짠맛 강한 햄과 야채의 밸런스가 절묘했다.

음…… 도시락치고는 꽤 공이 들어간 좋은 요리였다.

양은 조금 부족하지만 맛에 만족한 우리는 푸드 코트를 뒤로했다.

"그럼 오늘은 어떻게 할까? 카이 군은 이미 많이 싸운 거 같은데 쉴래?"

"으음, 나는 마법 연습이나 할까? 마술로 만든 검은 강도가 약하더라고. 오랜만에 집중해서 술식 연구라도 해 볼까 싶어."

"오, 그거 좋은데? 나도 가끔은 술식 개발이나 해 볼까?"

"마술인가요? 저는 마술은 잘 모르니까 괜찮으면 배울 수 있을까요?"

"옳지. 나 가르치는 건 자신 있어. 오랜만에 선생님이 될래."

그런 연유로 이번에는 세 명이 마술 훈련을 하려고 개인용 훈련 공간으로 이동했다.

이 시설에는 관전 가능한 대련 공간과 자신의 기술이 외부로 유출되길 꺼리는 사람을 위한 개인용 훈련 공간이 있었다.

지금 가는 곳은 후자이며 여기에 하나 더 특수한 훈련 시설이 존재했다.

전에 류에가 그곳을 이용했다고 하는데 류에 말에 따르면

『비밀투성이』라고 했다.

내일은 그곳에 가 보는 것도 나쁘지 않겠지.

"좋아. 우선 레이스가 지금 쓰는 마술 속성을 알려줄래?"

"저는 불과 빛, 바람이에요. 그렇지만 정말로 실력이 없어서 전투에 쓰진 못해요."

"흠. 일단 하나씩 보여줄래?"

바로 레이스에게 지시했다. 그나저나 류에는 오늘 선생님이 된다면서 조금 전부터 빤히 훈련 시설의 문과 벽을 주시하며 꼼짝도 하지 않았다. 왜 저러지?

"그럼 불부터…… 얍!"

레이스가 오른손으로 왼손 손목을 잡고 힘을 담았다. 그러자 왼손 손바닥에서 작은 불꽃이 생겼다.

"뭐야, 빠르게 발동할 수 있잖아? 그럼 이번에는 진심으로 해 봐."

"앗, 네! 할게요. ―하아아아!"

……흠, 성냥 하나만 한 불꽃이 그녀에게 호응해 성냥 세 개 크기로 커졌다.

"……저, 이게 한계예요."

"응? 아니…… 어?"

이상하다. 출력이 너무 낮지 않나? 레이스는 마궁사다. 마력 방출에 특화한 직업이었다. 겨우 이 정도일 리 없는데…….

"마력량도 발동도 문제없는데…… 류에 할멈, 잠깐 와 봐~."

"응? 아, 미안. 여기 술식이 신경 쓰여서 그만."

다가온 류에에게 지금 상황을 설명했다. 그러자—.

"레이스는 누구한테 마술을 배웠어? 이크스 씨?"

"아뇨, 독학했어요. 그 애를 거둘 때는 이미 마술은 포기한 뒤였어요."

"아…… 그게 원인이겠네. 마술은 명확하게 어떤 현상이 어떤 식으로 일어날지 상상하지 않으면 제대로 발동하지 않아. 레이스는 책으로 배웠어? 그게 잘 안 되니까 마음속으로 『나는 마술에 재능이 없다』라는 이미지가 고착된 거야."

"그렇군. 내가 배울 때는 항상 류에가 모범 답안을 보여줬지."

"카이 군의 경우는 내가 보여주지 않은 것까지 독학으로 배웠지? 사실 그것도 정상은 아니야. 마치 원리나 결과가 머릿속에 들어 있는 것 같았어."

흠, 그건 아마도 게임에서 봤거나 화학 지식이 있기 때문일 것이다.

그렇다면 레이스도 이미지를 덮어씌우면 제대로 쓸 수 있겠지.

"그런 이유라면 나도 알려줄 게 있겠어. 이번에는 나한테 맡겨줘."

"그래? 그럼 나는 계속해서 이곳 술식을 해석하고 올게."

당장 벽에 손을 대고 끙끙 앓는 류에를 두고 나는 레이스에게 돌아섰다.

그러자 어딘지 모르게 긴장한 분위기로 일어선 레이스와 눈이 맞았다.

“자, 잘 부탁드립니다, 선생님.”

“하하하, 그렇게 어려운 소리는 안 해. 가벼운 질문을 할 뿐이야.”

우선 현재 레이스는 어떤 이미지를 가졌는지…… 아니, 언제 마술을 쓰는지 물어보기로 했다. 아마 그 이미지가 굳어졌을 가능성이 크니까.

“낙엽이나 장작에 불을 붙일 때 써요. 아, 그리고 보세요. 이렇게 손끝으로 쓰면 손님 담배나 향에도 쉽게 불을—.”

앙증맞은 불이 떠오른 손가락을 자신만만하게 불어서 껐다.

……이러니 그런 크기밖에 못 만들지.

“레이스, 이건 그냥 예시인데 큰 고기가 있다고 쳐. 전에 만든 로스트비프만 한 크기야. 이걸 약한 불로 오래 구우면 어떻게 돼?”

“아까워라……. 그런 방법이면 퍽퍽하고 맛이 없겠죠.”

“그럼 그렇게 되지 않으려면 어떻게 해야 할까?”

당연히 고화력으로 표면을 단숨에 익히는 것이 정답이다. 즉, 큰 불이 필수란 뜻이다.

하지만 우리 육식 누님은 자신만만하게 이렇게 대답했다.

“……냄비에 넣고 끓여요! 약불로 푹 익혀 스튜를 만드는 거예요.”

"아니, 왜 약불을 고집해? 정답은 단숨에 구워 익힌다. 레이스도 그런 조리법은 쓴 적 있지? 그걸 마술로 해 보는 거야."

"아하…… 화덕으로 빠르게 구운 적은 있어요. 그런 불 말인가요……."

그러더니 레이스는 눈을 감고 고민스러운 신음을 흘렸다. 조금만 더 힌트를 주자.

눈을 감은 레이스에게서 떨어져 류에 곁으로 갔다. 그리고 가방을 빌렸다.

전에 쓴 고깃덩이가 아직 있었을 터. 바로 그것을 꺼내서 레이스 앞에 턱 내려놓았다.

"자, 레이스. 표면을 빠르게 익혀. 그 후에는 내가 완성할게."

"앗, 네. 그럼 겉만 익힐게요."

그 순간, 아무 어려움 없이 큰 불이 고기를 감쌌고 순식간에 겉에 검은 자국이 생겼다.

……집중하는데 기습적으로 일을 맡긴 결과가 이거다.

"네, 성공하셨습니다. 봐, 레이스. 역시 하니까 되지? 지금 한순간 요리에 집중해서 마술을 못 쓴다는 이미지가 머리에서 사라진 결과야."

"어?! 이거, 지금 제가 한 건가요……?"

"응. 아마 이미 몸이 기억했을 테니까 한 번만 더 해 보자."

그런 고로 고기 추가 대령이요. 당분간 로스트비프는 원 없이 먹겠군.

"얍!"

레이스가 기합소리와 함께 배구공 크기의 불덩이를 날렸다. 이미 고깃덩이 없이도 자유자재로 불을 꺼내게 됐다. 이것으로 불 마술은 완전히 마스터했다. 고기야, 고생 많았어.

마술 교육이 성공적으로 끝난 차에 문득 전에 레이스와 한 약속이 떠올랐다.

"레이스, 전에 내가 어둠 마술을 알려주겠다고 약속하지 않았어?"

"아, 그러고 보니 여행을 막 시작했을 즈음 말씀하셨죠. 불만으로도 벅찬데 새로운 속성까지 배우기는 아무래도 어렵지 않을까요……."

나는 자신 없어 하는 레이스에게 어둠 마술을 습득할 때 깨달은 점을 들려줬다. 그것은 속성이라기보다 추가 요소. 이미 완성된 불이나 얼음에 더하는 것뿐이라고.

"검은 마력을 불어넣는다, 고요……? 저기, 마력은 무색 아닌가요?"

"아…… 그런가? 이것도 내 이미지인데."

"힘이 강한 마족 중에는 카이 씨처럼 마력의 흐름을 보는 마안을 가진 사람도 있다고 들었어요. 아쉽지만 저는 카이 씨 같은 마안은 없어서……."

"아, 내 마안에는 아무 효과도 없어. 이건 정말로 이미지가 그렇다는 말일 뿐이야."

"그러고 보니 그랬죠……. 마력의 색이라……."

이건 원래 세계에 흘러넘치던 오락 작품의 영향이었다. 그 덕분에 마력이니 뭐니 하는 판타지 요소에도 유연한 발상과 이미지를 가질 수 있었다.

그렇지만 만약 공기에 색이 있다는 소리를 들으면 나도 상상할 자신이 없었다.

"재미있는 이야기를 하네? 마력의 색이라고?"

"아, 류에. 맞아. 사실 나는 언제나 불이라면 빨강, 얼음이라면 파랑이란 식으로 상상했거든."

"흠…… 현상을 일으키기 전의 마력은 특징이 거의 없지만, 마력이 주변 환경의 영향을 받는 것도 맞아. 색이란 건 상상하기 쉬우니까 의외로 좋은 방법일지도 몰라."

류에도 눈을 감고 집중해 앞쪽에 무지막지하게 큰 얼음 기둥을 만들어냈다.

"그러네. 조금 효율이 올랐어. 이거 제법 좋은 발상이야, 카이 군."

그렇게 말한 류에의 눈동자는 푸르고 깊은 빛을 띠고 있었다. 마치 모든 것을 들여다보는 듯 탐구자 같은, 선생님 같은 일면이 드러나는 그리운 얼굴이었다.

……그러고 보니 그 무렵에는 지금만큼 부드럽고 맹한 분위기는 아니었지.

그 후 빛을 잃은 마력, 검은 마력을 이미지하는 법을 알려 주기 위해 빛의 삼원색을 해설해 보거나 실제로 얼음으로 프리즘을 만들어 빛을 분해하는 등 시행착오를 거쳤고, 마침내 레이스의 손에서 검붉은, 이색적인 불꽃이 태어났다.

"돼, 됐어요! 카이 씨, 이게 어둠 마술이군요?!"

"내 검은 불과는 조금 다른데…… 잠깐만. 지금 확인할게."

나에게 【커스 기프트】를 발동해 [상세 감정]을 부여해서 레이스의 스테이터스를 열람했다.

【스킬】 요리, 재봉, 공작, 간이 조합, 마력 집중, 재생술,
궁술, 마궁술, 봉술, 단검술, 격투술, 불 마법←New,
얼음 마술, 바람 마술, 어둠 마술←New

옳거니, 어둠 마술이 있다. 그나저나…… 레이스, 스킬이 왜 이렇게 많아?

전투와 관련된 스킬이 상당히 많아 보이는데……. 역시 격동의 시대를 산 영향일까, 아니면 여자 홀로 아이들을 키우느라 터득한 기술들일까.

"레이스, 어둠 마술이 습득됐어. 다만, 어둠 마술로 만든 불은 그다지—."

온도가 없어 공격력은 기대하지 못한다고 알려주려고 레이스의 검붉은, 마치 응고하는 피 같은 불로 손을 뻗었다.

그러나 그 순간, 화끈한 통증이 퍼졌다.

“앗뜨! 뭐야? 내가 대미지를 입었어……?”

“아, 카이 씨! 괜찮으세요? 저기, 아무리 여기가 안전하다지만—.”

“아니…… 그런 것치고는 감각이 이상해. 한 번 더 만들어 볼래?”

몇 차례 검증한 결과, 레이스의 불에는 어떤 특성이 있는 것으로 판명됐다.

놀랍게도 HP와 MP 양쪽에 대미지를 준다는 것이었다. 그뿐 아니라 레이스의 보고에 따르면 더욱 무서운 마술이란 사실도 밝혀졌다.

“체력은 줄지 않아서 확인할 수 없지만, 불에 카이 씨가 닿은 순간 제 MP? 라는 숫자가 회복되는 걸 느꼈어요. 다시 말해 이 불은…… 흡수해요.”

“왜 내 마법과 차이가 나지……. 좀 부러운 효과야.”

“어쩌면 마술을 발동할 때 재생술을 병용하는 탓인지도 몰라요. 아까부터 반복 연습을 하느라 마력이 부족하지 않을까 걱정돼서…….”

“……그 말은 재생술의 특징을 어둠 마술이 이어받았다는 건가…….”

냉정하게 생각하면 레이스는 상당히 강하지 않을까? 근접 전투를 시켜도 일반인보다 강하고 본바탕부터 최고위 원거리 직업. 게다가 재생술이 있어 연비가 좋고 이번 마술로 회복까지 가능해졌다. ……전형적인 강캐의 느낌이 난다. 아니면 공식 사기캐.

“불 마술은 이제 완성했다고 봐도 되겠어. 다음은 얼음으로 넘어갈까?”

“네! 기뻐요, 새 무기가 늘어나서……. 내일 바로 시험해 볼게요.”

레이스 강화가 순조롭게 진행되는 가운데, 조금 전부터 조용한 류에를 봤다.

구석에 앉은 류에를 중심으로 깊은 어둠, 뭔가 검은 연기 같은 것이 스멀거리는 게 보였다. 엥? 뭐야, 류에한테 웬 그림자가 꼈는데?

마치 만화에서 삐친 감정을 연출하는 듯한 그녀에게 다가간 순간, 이번에는 그 연기가 슈르륵 소리를 내며 한곳으로 수축하기 시작했다.

뭐야? 이번에는 마치 청소기 코드 감기 같다.

“됐다! 카이 군, 봐! 나도 어둠 마술 검을 만들었어!”

“오, 오오? 무슨 연기가 퍼진 것처럼 보였는데.”

“내가 어둠과 상성이 안 좋은지 가느다란 실밖에 안 나오지 뭐야. 그래서 되는 대로 실을 늘려서 검 모양으로 수축시킨 거야.”

“그것도 얼음에 어둠을 부여한 거죠? 그, 그럼 저도—.”

우리를 보던 레이스도 의욕을 내비치며 얼음 마술을 발동했다.

데자뷔를 느끼는 흐름인데…… 아, 역시나. 손바닥에 아이스 볼이…….

"보세요. 실은 얼음 마술은 조금 자신 있어요. 술을 만들 때 자주—."

말없이 집어 들어 입에 넣었다. 와그작와그작, 뿌득뿌득. 글쎄, 생활 밀착형 마술은 그만두라니까.

"아앗!"

슬픈 표정을 짓는 레이스에게는 미안하지만 이러시면 안 됩니다.

나는 다시 이미지를 바꾸려고 레이스에게 예시를 들었다.

"레이스, 예를 들면 여기 큰 고기가—."

"저기 혹시…… 저는 고기가 아니면 마법을 못 배운다고 생각하시나요……?"

이쯤 되니 불만이 나온다. 확실히 여성에게 경솔한 말이었는지도 모르겠다.

"저는 물론 고기를 좋아하지만, 가장 좋아하는 건 어떤 커다란 생선이라구요."

"그러니까 냉동 생선을 이미지해서 훈련하고 싶다?"

먹을 것에 빗대는 것 자체는 괜찮다는 말이군요? 저야 귀여우니 괜찮다고 생각합니다.

흠, 그나저나 냉동이라면 확실히 생선이 낫겠지만 레이스에게 그런 이미지, 특별히 기억에 남는 생선이라도 있나?

“사실 윙레스트를 떠날 일이 거의 없었는데, 옆 항구 마을에는 몇 번 시찰이나 관광을 갔어요. 그때 엔드레시아에서 실려 온 성인 인간보다 큰 생선이 무척 인상 깊었어요. 너무 비싸서 딸들에게 사가지는 못했어도, 딱 한 점 먹을 수 있었죠.”

아무래도 그 한 점의 맛을 잊지 못하고 지금도 가장 좋아하는 음식으로 기억에 새겨진 모양이었다. 그리고 거대한 생선이 통째로 냉동된 그 광경도…….

흠…… 아마 참치 비슷한 생선일까? 엔드레시아에서는 그런 것도 잡히나…….

좌우지간 류에 가방에 손을 쑤셔 넣어 해당하는 물건이 없을지 뒤졌다.

그러자 손바닥에 뭔가 차가운 것이 닿았다. 그것을 단숨에 끄집어내자—.

“오오…… 하나가 통째로 있지는 않지만, 엄청 큰 토막이군.”

블록 형태로 자른 거대한 참치 살이 나오는 것이 아닌가?

아직 눈을 감고 당시 기억을 떠올리려는 레이스에게 말을 거니—.

“서, 설마 그건……! 진짜인가요?! 진짜 튜너 참치예요?!”

“아, 이름이 튜너 참치야? 의심의 여지가 없는 참치지만, 이건 냉동이 아니야. 사력을 다해 얼리지 않으면 점점 신선도가 떨어지겠는걸?"

"……알겠어요. 제 모든 힘을 동원해서 얼리고야 말겠어요……."

이때 레이스의 얼굴은 지금까지 봤던 어떤 얼굴보다 진지했다나 뭐라나.

§ § §

"미안, 내 마법만 개발해서. 레이스, 카이 군 둘 다 수고했어."

"괜찮아, 괜찮아. 나도 가르치면서 알게 된 것들이 있었어."

"그래? 그럼 이제 샤워라도 하고…… 레이스?"

"네? 왜 그러시죠?"

"……아니, 아무것도 아니야. 여기 조명 때문인가? 뭘 잘못 본 거 같아."

"아하, 레이스한테서 고기 냄새가 나니까 고기만두— 아, 아닙니다."

어느 정도 성과를 얻었으므로 마술 훈련을 일단 끝내고 샤워실로 갔다.

"후…… 샤워실이 넓어서 좋아. 이다음에는 어떻게 할까?"

큰 헬스장에 있을 법한 샤워실에서 땀을 흘리는데 다른 모험가가 들어왔다. 이 시간에 훈련을 마치는 사람이라면…… 나처럼 아침 일찍 나온 사람인가?

"응? 오, 아까는 고마웠어. 그나저나 당신도 엄청난 사람과 훈련하더군?"

"……미안한데 누구였더라?"

"섭섭하네. 아침에 도전한 사람인데 얼굴 정도는 외워줘."

"아…… 서른 명 넘게 싸우다 보니…… 미안."

들어온 남자가 친근하게 다가왔다. 아, 참고로 그는 알몸이었다. 국부를 가리려고도 하지 않았다.

살짝 신변의 위협을 느끼니까 더 다가오는 건 노 땡큐다.

"진짜 몰라? 나 이름까지 댔는데……. 『도손』이야. 이번엔 기억해줘."

"흠…… 아, 혹시 마법사야? 돌을 만드는."

그제야 겨우 그가 누구인지 기억났다. 나처럼 마법으로 무기를 만들어 투척하거나 장애물을 만들어서 싸우는 사람이었다. 야아, 게임 시절과 달리 전략에 제한이 없어서 가능한 기발한 전법에 감탄했었지.

"오, 기억났어? 참고로 이번이 초면은 아니야. 얼마 전에 아이가 마차에 치일 뻔한 적 있지? 그때 교통정리원을 잡은 게 나야."

"아…… 그런 사람이 있었지. 정말로 미안. 얼굴까지는 기억이 안 나."

"하하하, 그야 그렇겠지. 그러고 보니 그때부터 그 미인들과 함께였지?"

오늘 아침 싸운 사람이 올해 미스 세미피나르와 훈련실에서 나오는 것을 보고 말을 걸었다고 한다. 남자라면 어쩔 수 없지.

"그쪽도 오늘 훈련은 끝이야? 아니면 나랑 이야기하려고 왔어?"

"돌아가려는 참이야. 오늘은 딸과 마누라랑 같이 우리 동네 수확제에 가려고."

"뭐야? 결혼했어? 나보다 훨씬 재미있게 살고 있잖아."

"헤헤, 그렇지. 아주 딸이 귀여워 죽겠어."

"그런데 동네 수확제라는 건 또 뭐야? 이 도시 수확제와는 별개야?"

"주거 지구 봤지? 난 거기 살아. 거기는 농가가 많아서 서로 작물을 가지고 품평회를 열거나, 소소한 볼거리를 제공하기도 하고, 음식을 나눠 먹으면서 수확을 축하해. 그런 작은 동네잔치지."

"흠…… 재밌겠네. 그거 외지인도 보러 가도 괜찮아?"

"되고말고. 단, 참가비로 몇 푼 내거나 요리를 제출해야 해. 만약 오게 되면 만나러 와. 우리 딸이랑 마누라 좀 자랑하게."

"젠장, 기혼자라고 여유 부리긴! 아마 갈 테니까 그때 보자."

가족이 기다린다고 하며 도손은 먼저 샤워실을 나갔다.

흐음…… 이야기를 듣기로는 가족 같은 분위기를 즐기는

축제 같으니까 숨 돌릴 겸 가보고 싶다. 나도 샤워실을 나와 두 사람에게 상담해 보기로 했다.

시각은 오후 세 시. 따사로운 햇살이 한풀 꺾이고 한가로운 분위기가 감도는 시간.

두 사람에게 상담해 꼭 가고 싶다며 승낙을 받았지만 기왕 온 김에 도시를 구경하면서 천천히 걸어가기로 했다.

주거 지구는 길드 직할구에서 중앙에 있는 행정 지구를 낀 반대편이었다. 걸어서 가기에는 조금 멀어도 시간을 느긋하게 보내기에는 적당한 선택이었다.

목적지로 안내해줄 길의 선을 따라서 우리는 1열로 서서 출발했다. 선두에는 류에가 섰다.

"이 푸른 선을 따라가면 되지? 그럼 출발!"

여전히 자신이 정한 규칙대로 선에서 벗어나지 않게 나아가는 류에.

덩달아 선 위를 신중하게 따라 걷는 레이스. 그런 두 사람이 흐뭇했다.

그로부터 얼마간 걷다가 뭘 발견했는지 우리 리더가 멈췄다.

"카이 군. 저 강변에 있는 건 햄이랑 샌드위치를 가져온 사람 아니야?"

"아, 정말이네요. 놀고 있는 걸까요?"

"나무랑 밧줄…… 그네라도 만들려고 하나?"

밧줄을 도르래처럼 가지에 걸었고…… 흠, 한쪽 끝이 올가미고 반대쪽을 잡고 있군.

그때, 쿠로코가 자기 목에 천천히 올가미를 걸고 햄에게 지시를 내렸다.

설마 목매달기? 어린아이 완력으로는 어차피 안 되겠지만…….

"저건 무슨 놀이지? 재미있나?"

"뭔가 수상하네요……. 당기고 놓고, 당기고 놓고……."

"……목을 늘리려는 건가, 아니면 무슨 훈련인가……."

군자는 위험한 곳에 가까이 가지 않는다. 위험한 사람 같으니까 이번에는 햄 아가씨에게도 관여하지 않도록 주의해야지. 『그런 성적 취향』이 있지 않기만 빌 뿐이다.

그 후로도 거리를 따라가자 역시 축제 기간이라 그런지 여기저기서 작은 행사가 열리고 있었다. 길거리 공연 대회에, 무기나 방어구의 성능을 겨루는 대회, 규칙은 잘 모르겠지만 카드 게임 대회도 있었다.

다양한 인종, 연령의 사람이 동호인끼리 모여 교류하며 경쟁한다.

축제를 즐기는 주민을 광경을 구경하는 사이 차츰 큰 건물이 줄고 공동 주택과 단독 주택이 눈에 들어오기 시작했다.

"보아하니 여기가 주거 지구 같네요. 후후, 예쁘게 장식하고 즐거워 보여요. 왠지 그리움이 드네요."

"와아…… 뭐지? 처음 오는 곳인데 나도 그립다고 느꼈어."

벽돌 건물과 길이 얽힌 이국적 정서를 풍기는 장소.

해가 기울고 조금씩 주황빛으로 물드는 하늘이 난색(暖色) 벽돌을 더욱 따뜻한 색으로 덧칠했다.

여기저기서 채소나 과일을 본뜬 장식이 걸렸고 조금 들뜬 분위기가 흘러드는 이곳은 두 사람 말대로 그립고도 즐거운 분위기에 차 있었다.

"축제는 어디서 하지? 길이 복잡해 보이니까 누구한테 물어보는 게 빠르겠어."

"아, 그럼 내가 아이들한테 물어볼게! 얘들아~!"

아이라면 사족을 못 쓰는 류에가 재밌게 노는 아이들에게 달려갔다.

그러나 갑자기 모르는 누나가 맹속도로 달려오자 깜짝 놀란 아이들은 혼비백산 도망쳤다.

류에가 시무룩하게 돌아왔다.

"그래그래, 아이들이 귀여워서 달려간 거지? 다 이해해."

"이렇게 된 이상…… 좋아, 이제 됐다."

네, 여기서 류에의 페이버릿 아이템 『장수풍뎅이 헤어 밴드』 등장입니다.

하지만 그런 기괴망측한 류에가 움직이기 전에 레이스가 나섰다.

"얘들아, 미안해. 누나가 물어보고 싶은 게 있어. 돌아와

주면 안 될까?"

무심코 나까지 다가가고 싶어지는, 귀를 녹이는 상냥한 목소리에 숨었던 아이들도 쭈뼛쭈뼛 다가왔다. 그리고 덩달아서 류에까지.

"이 근처에서 하는 축제에 가고 싶어. 그런데 언니들은 길을 몰라서 어쩌면 좋을지 모르겠어. 어디서 축제를 하는지 알려줄 사람 없니?"

"나 알아! 데려다줄까?"

"나도! 언니, 같이 가!"

순식간에 아이들의 마음을 사로잡은 레이스가 많은 아이에게 둘러싸여 이동했다.

그리고 조금 뒤쪽에서 의기소침한 류에가 터덜터덜 따라갔다.

그리고 또 그 뒤에서 내가 웃으며 따라갔다.

"여기야! 여기서 축제를 해!"

"와, 정말이네. 다들 고마워. 그럼…… 자, 이건 너희에게 주는 선물이야."

"와, 사탕이다! 고마워, 날개 달린 누나!"

도착한 곳은 분수와 공동 우물, 벤치가 있는 공원 같은 광장이었다.

이미 큰 롱 테이블이 여러 개 놓였고 특설 무대까지 설치했다.

이미 거나하게 취한 아저씨들의 웃음소리와 뛰어다니다가 혼나는 아이들의 소음.

마치 일본의 작은 축제, 반상회 축제 같은 분위기였다.

"흰 언니, 기운 내. 자, 사탕 줄게."

"우으…… 착하구나……. 그럼 언니 뿔, 선물로 줄게."

"와~! 고마워, 언니!"

아이들과 헤어진 후 두 사람과 합류해 접수처로 보이는 천막으로 향했다.

아무래도 이곳에서 외부 참가자임을 증명하는, 직접 만든 티가 나는 명찰 목걸이를 주는 모양인데…… 참가비는 어떻게 지불할까? 직접 만든 요리를 내도 된다고 했지?

아, 좋은 생각이 떠올랐다. 아까 훈련에서 대량으로 만든 겉만 구운 고기…… 사실 안쪽까지 익혀 로스트비프로 만들어 뒀다. 이걸로 들여보내 줄까?

"실례합니다, 요리를 내고 참가하고 싶은데 괜찮을까요?"

"어머나! 외지 사람이 요리를 들고 오는 건 또 별일이네! 한번 보여줄래요?"

로스트비프를 테이블 위에 떡하니 올려놓았다.

그러자 그 박력에 접수처 안쪽에서 술판을 벌이던 아저씨들이 모여들어 「이거 맛있겠다」, 「빨리 먹어 보자」라며 떠들었다.

"이런 훌륭한 요리를 받아도 돼? 이거라면 대환영이지! 자, 이걸 목에 걸어."

우리를 보고 명찰 세 개를 내밀었다. 하지만 그러면 미안하다며 류에가 커다란 유리병을 테이블에 쾅 내려놓았다. 그 내용물은—.

"난 이거! 타르타르소스라는 거야. 내가 만들 줄 아는 몇 안 되는 요리거든."

"오오, 소스인가? 처음 보는군……. 한번 맛을 봐도 될까?"

"물론이지. 아마 튀김에 어울릴 테니까 찍어 먹어 봐."

아하, 전에 가르쳐준 타르타르소스를 만들어서 모아뒀군.

이번에는 아저씨들이 거기에 감자튀김을 찍어 먹었고 또 탄성을 질렀다.

"이것도 맛있어! 자, 아가씨 목걸이야."

명찰을 목에 건 류에가 기뻐하면서 나에게 보여줬다. 자, 그럼 마지막은 레이스다.

레이스도 이미 아이템 박스에서 냄비를 꺼내 놓았다. 그것을 테이블에 올렸다.

이렇게 말하면 미안하지만 두 사람 다 음식을 숨겨 놓고 있었다는 게 왠지 재밌다.

레이스가 제출한 요리는 역시 라타투유였다. 흔한 요리라고 걱정하는 듯했지만 「가정마다 맛이 달라서 재미있다」라며 레이스에게도 명찰이 주어졌다.

그렇게 무사히 축제 참가 자격을 얻은 우리는 축제 분위기가 나는 광장에 발을 들였다.

"뭔가 기대돼. 저쪽에 요리들이 있으니까 마음대로 먹어도 된대. 그리고 와인도 자유롭게 마시라고 했어."

"무대에서는 마침 채소 품평회를 하나 봐요. 엄청 큰 호박이 줄줄이 있는데…… 저건 먹을 수 있을까요?"

무대 옆 테이블에 앉아 가지고 온 요리를 먹으며 품평회를 구경했다.

무대 위에서는 이미 모두 취했는지, 벌겋게 달아오른 얼굴로 서로의 채소를 헐뜯거나 반쯤 싸울 기세로 말싸움을 해댔다.

대단히 거칠지만 즐거운 분위기였다. 이런 분위기는 좋다.

"응, 이거 제법 맛있군. 둘 다 한입 먹어 봐."

그리고 나도 미니 호박 자체를 그릇으로 쓴 호박 그라탱을 맛봤다.

그러던 그때, 머리에 장수풍뎅이 뿔이 난 작은 여자아이가 뛰어왔다.

"와~! 언니, 우리 엄마가 한 밥 먹는다! 맛있어?"

"앗, 아까 그 애잖아? 너희 어머니가 만드셨어? 너무 맛있어."

"정말?! 엄마~! 언니가 엄마 밥 맛있대~!"

여자아이가 돌아본 곳에는 그녀의 부모님으로 생각되는 남녀가— 응?

"또 만났구만, 카이 씨. 정말로 왔군그래?"

"물론, 온다고 했으니까. 그쪽이 찾아줘서 다행이야……… 도손?"

"얀마, 이름이 나오는데 왜 이렇게 오래 걸려! 까먹었지? 지금 내 이름 까먹었지?"

세상에 이 리틀 장수풍뎅 걸의 아버지는 아까 훈련소에서 헤어진 도손이었다.

미안하게 됐어. 당신 얼굴이 워낙 특징이 없어서……. 훈련 중 장비도 평범한 가죽 갑옷이었고 말이야.

§ § §

"어, 그럼 아내분도 옛날에는 모험가였어? 그나저나 미인이시네. 요리도 잘하시고. 너, 다른 모험가한테 엄청 질투 샀지?"

"헤헤, 집사람은 모든 모험가에게 동경의 대상이었지만, 질투라고 할 건 없었어. 왜냐하면 나는 인망이 두텁거든, 인망이!"

"본인이 말하니까 되게 없어 보이네. 자, 내가 가지고 온 고기니까 이거나 먹어."

남자들끼리 건배했다. 이 세계에 오고 이런 동성, 그것도 동년배 지인이 생긴 적은 없었다. 이런 거리낄 것 없이 나누는 대화가 어쩐지 신선했다.

류에와 레이스 쪽을 보자 도손의 아내와 무슨 이야기에 열을 올리고 있었다.

그리고 류에는 무릎에 도손의 딸을 다소곳이 앉혀 놨다. 정말로 행복해 보인다.

"가족이란 건 좋구나. 행복하겠어?"

"미인을 양 옆구리에 끼고 다니는 카이 씨가 할 소리는 아니라고 보는데?"

우스갯소리를 하며 아내분이 만든 그라탱을 퍼먹고 도손도 두꺼운 고기를 씹었다. 그리고 서로 와인으로 입에 든 음식물을 흘려보내고 푸하, 하고 숨을 내뱉었다.

"이봐, 도손. 칠성배에 나갈 거지? 규모가 얼마나 돼?"

"응? 카이 씨는 처음이야? 규모라…… 매년 천 명 이상 참가하고 3일간 진행하는 1차 예선, 그리고 본선 진출자를 정하는 2차 예선, 그 후에는 시범 경기를 열고 본선 시작. 그 본선도 5일 넘게 걸리니까 무조건 보름은 넘어가."

"정말로? 그럼 지금 이 도시에 있는 전투직 태반이 출전한다고 봐야 하나?"

상상을 초월하는 규모에 가슴이 조금 설렜다. 으음, 백은 장은 출전이 금지지만 나도 본선 출전을 목표로 참가하고 싶어졌다.

"우승은 어려워도 본선에는 도달하고 싶어……. 카이 씨야

일도 아니겠지만.”

“응? 본선에 나가면 뭔가 있어? 상금이라도 주나?”

“길드 포인트가 나와. 승격도 꿈은 아니지. 지금 이 대륙에는 큰 의뢰가 별로 없고, 위험한 마물을 퇴치하는 원정에도…… 나는 이제 못 나가니까.”

그렇게 말하면서 도손은 자기 가족을 다정한 눈으로 바라봤다.

모험가 랭크가 일정 이상이 되면 매월 고정 급여도 나온다. 가족이 더 편하게 살 수 있도록 도손도 랭크를 올리고 싶을 것이다.

하지만 그는 이미 자기 목숨을 자기 의지만으로 저울질할 수 없는 몸이었다.

그렇기에 큰 위험이 없으면서도 큰 보수를 얻을 수 있는 이번 대회에 걸어 보려는 것이었다. 가졌기에 따라오는 고민, 갈등, 이유라고 하겠다.

“나랑 만나면 좀 봐주면서 해! 딸을 사설 학원에 보내고 싶어. 그러려면 계약금이 필요해. 집 대출금도 있고 가족 여행도 가고 싶고, 돈 나갈 곳이 많아.”

“그런 소리 하지 마. 그렇게 싸우기 힘들게 만드는 건 비겁하잖아.”

“헤헤, 농담인데 뭘 그래. 잠깐 친구들 좀 보고 올 건데, 카이 씨도 갈래?”

"으음, 난 여기 있을게. 술주정뱅이가 우리 집 아가씨를 건드리면 큰일이잖아?"

"그건 그렇지."

한바탕 웃은 도손은 가족에게 말을 건 뒤 다른 곳으로 갔다.

곧 저녁이다. 슬슬 나도 두 사람에게 벌레가 꼬이지 않도록 근처에 가 있자.

그녀들의 자리에 앉자 마침 도손의 아내와 딸이 집으로 돌아가려는 참이었다.

"유익한 얘기를 많이 들었어. 카이 군, 남자를 잡으려면 혀를 길들이는 게 제일이래. 이쪽 보고 입 벌려 봐. 한 방에 휘어잡아 줄 테니까."

"왜 무섭게 팔을 뒤로 빼? 그런 뜻이 아니야!"

"맛있는 요리로 남자의 마음을 사로잡는다는 뜻이에요. 하지만…… 이미 저희 혀를 길들였으니까 힘들지도 모르겠네요."

"그래? 그럼 어디를 잡아야 하지?"

이미 취기가 돌았는지 류에는 허공에서 손을 주물럭거리며 다가왔다.

들뜬 것이다. 이 분위기에, 이 황혼에, 그것들이 주는 편안함에…….

"어느새 사람이 많이 늘었군. 류에와 레이스가 걱정이야."

"후후, 괜찮아요. 익숙한걸요."

"왠지 그리워……. 좋아, 내가 오랜만에 예언을 하겠노라!"
뜬금없이 류에가 헤죽헤죽 웃으며 자신 있게 예언을 시작했다.
"우선, 나랑 레이스가 술을 마시는데 술 취한 아저씨가 집적거려. 예를 들면 「으헤헤, 아가씨, 여기 와서 한잔 따라봐!」라면서."
묘하게 그럴싸한 성대모사로 취객 흉내를 내자 레이스가 웃음을 터뜨렸다.
오늘따라 꽤 취했는데? 오빠는 너희가 살짝 걱정돼.
"그걸 카이 군이 「내 여자에게 손대지 마」라는 식으로 화내면서 아저씨를 날려 버려!"
"그거 예전에 내가 한 예언이랑 똑같잖아? 분명히 그때는—."
일전에 술집에서 일어난 사건을 기억에서 들추었다. 이거 참 그립구만. 아직 반년밖에 안 지났는데 먼 옛날 일처럼 느껴진다.
그런 추억 여행을 가로막듯 레이스가 내 어깨를 흔들었다.
"카이 씨, 믿어지지 않겠지만, 정말로 예언이 적중했어요……."
"아하하, 나 대단하지! 하지만…… 이번에도 살짝 빗나갔네? 저기 봐."
그럼 이번에는 누가 이 클리셰의 희생양이 됐나 볼까?
사건 현장은 접수처 가까이 있는 테이블. 그리고 홍당무가 된 아저씨들이 방금 류에가 생각한 대사와 완전히 똑같은 소리를 읊고 있었다. 그러나 거기서 또 익숙한 대사가 이어졌다.

"어이, 형씨. 그런 귀여운 아가씨들을 독점하고, 치사한 거 아냐?"

응? 독점이라고? 구경하고픈 마음에 그 테이블로 살금살금 다가가서 취객에게 둘러싸인 인물을 확인했다. 그곳에 있던 것은—.

"미안하지만 내 동료들은 그런 목적으로 함께 있는 게 아니야. 기분 전환을 하러 왔으니까 가만히 놔뒀으면 좋겠어. 괜히 사고 일으키기 싫어."

검은 머리에 검은 눈동자. 조금 눈매가 날카로운 그 청년을 나는 잊지 않았다.

한때 몇 번이나 충돌하고 검을 맞댄 적도 있는 일본에서 소환된 해방자.

"어르신들, 젊은 애를 괴롭히면 안 됩니다. 보아하니 이 애들은 모험가잖아. 여기서 다투면 다른 모험가들도 가만히 있지 않을 거야."

"넌 또 뭐…… 아, 알았어. 갈게, 간다니까……."

어둠 마술은 편리해. 순식간에 나이프를 들이댈 수 있으니까.

식겁해서 떠나는 그들을 지켜보다가 **예전보다** 어른스러운 대응을 보인 그를 돌아봤다.

"야, 오랜만이야. 거의 반년만인가— 렌 군."

"카이본! ……네가 왜 로스트비프를 들고 이런 곳에 있어?"

"열심히 축제를 만끽 중이지. 그나저나 설마, 또 네 명을 같이 보게 될 줄은 몰랐어."

그와 마찬가지로 놀란 표정을 지은 기가 센 소녀뿐 아니라 여전히 졸려 보이는 소녀와 수녀복과 비슷한 의상을 입은 소녀에게로 눈을 돌렸다.

이 두 사람은 한 번 렌 군을 포기하고 나를 따라오려고 했다. 졸린 표정의 아이는 포기했다기보다 그냥 목적을 위해 움직이는 인상이었지만…….

그때 나눈 이야기 때문에 거북한지 수녀복 아이는 눈을 맞추려고 하지 않았다.

그 묘한 기류를 감지한 기센 여자아이가 나를 쏘아붙였다.

"태평하게 말을 걸 처지야?! 너, 각오해! 너도 대회에 나오지?!"

"공교롭게도 이 오빠는 랭크 때문에 나갈 수 없단다. 하지만—."

"내가 우승하면 도전할 수 있다. 그렇지?"

렌 군이 강렬한 눈빛으로 나를 바라봤다. 그 눈에 담긴 것은 의외로 증오나 원한이 아닌 순수한 투쟁심으로 보였다. ……뭐야, 오잉크도 생각보다 사람 보는 안목은 없군.

"그래. 그런 규칙이지. 나는 네가 이겼을 때 도전할 수 있게 등록해 놨어. 그렇지만—."

실의에 빠졌던 그가 어떤 길을 걸어 여기까지 왔을까. 나로서는 알 수 없으나, 적어도 나쁜 길은 아니었으리라. 함께 걸은 자들이 있는 것을 보면 말이다.

왠지 묘하게 기분이 후련해진 것이 스스로도 웃겨서 그만 심술을 부리고 말았다.

"그래도 네가 우승할 가망은 없지 않을까~? 대단한 사람들이 엄청 많이 모였거든."

"……! 아뇨, 렌 님은 안 져요! 예전의 렌 님으로 생각하신다면 큰코다칠 거예요!"

내 도발적인 농담에 고개를 숙였던 소녀가 강하게 반발했다.

……기어 올라온 건 렌 군만이 아니었나. 너도 돌아올 수 있었구나.

"……말 잘했어. 렌 군, 넌 정말로 좋은 동료를 뒀어. 결과가 어떻든 네가 싸우는 모습이 보고 싶어졌어."

무조건적인 신뢰도 목적의식을 따른 추종도 아니었다. 다른 생각을 품고 한번은 포기하려고 했지만, 결국 그의 잘못을 고치려고 움직였는지도 모르겠다.

그리고 그런 그녀가 있었기에 너도 자신을 돌아볼 수 있었겠지…….

"응…… 아, 쿠션 줬던 사람이다. 오랜만이야……. 오늘도 폭신해."

"……너, 그거 들고 왔어? 길드 비품이야, 그거."

그리고 여전히 마이웨이를 걷는 슬리핑 걸. 정말로 좋은 동료들이야!

§ § §

렌 일행은 숙소로 가야 할 시간이라며 거기서 헤어졌다.

자리로 돌아오자 레이스가 나를 신기하게 바라보고 있었다. 레이스는 전에 훈련 시설에서 렌 군과 한 번 대련한 적이 있다고 했다. 그래서 나와 그가 무슨 관계인지 궁금하게 여겨 엔드레시아 대륙에서 일어난 사건을 들려줬다.

"그랬나요……. 지금과는 인상이 많이 달랐네요."

"나는 왠지 거만해서 마음에 안 들었어! 그래도 생각을 고쳐먹었다면 내 이름을 함부로 불렀던 것도 포함해서 용서해줄 수는 있어."

"류에, 너무 과음했어. 어서 정화 마법을 써."

류에는 얼굴이 새빨개져서 렌 군을 씹어 댔다. 귀엽긴 하지만, 슬슬 말려야지.

"으응…… 후우, 이제 나쁜 아이가 아니라면 다행이지 과연 어떨지……."

"그 마법 참 편리하네. 그래도 와인은 이제 그만 마셔."

"네~. 그럼 다음은 어떻게 할까……. 무대 위에서 뭔가 이것저것 하네?"

무대를 보자 언제 준비했는지 거대 호박 대신 다트와 당구, 가드 게임용 테이블이 설치됐고 심지어 팔씨름 대회까지 열리고 있었다.

오, 재미있겠다. 놀아 보는 것도 괜찮겠어. 어디 보자…….

"저기, 카이 씨. 카드 게임을 하고 와도 될까요……?"

그때, 레이스가 안절부절못하며 나에게 물었다.

돈을 건 도박 같지만…… 레이스라면 절제하면서 놀겠지.

"다녀와. 너무 빠지지는 말고."

"네! 그럼 잠깐 놀고 올게요!"

"아, 나도 할래! 같이 가, 레이스."

두 사람이 신나게 뛰어가고 무대에 오르자 환성이 터졌다.

류에는 괜찮을까? 이미 머릿속에서 「으앙, 돈 다 잃었어~」라고 우는 모습이 선명하게 그려지지만…… 그것도 하나의 경험이겠지. 그냥 두자.

그런 생각을 하던 때 팔씨름이 열리는 곳에서 큰 환성이 들렸다.

흠, 구경하러 갈까? 딱히 경품으로 걸린 주방용품 세트와 여름 채소 세트에 눈이 멀어서 이러는 건 아닙니다. 아니고 말고요.

인파를 헤치고 들어가자 현재 연승 중인 남성과 내 눈빛이 마주쳤다.

"어, 카이잖아? 설마 이런 행사에도 올 줄 몰랐어. 제법 축제를 즐길 줄 아는군."

그곳에 있는 사람은 길드 제복보다 훨씬 어울리는 탱크톱 차림의 골드 씨였다.

뭐지? 이 사람, 길드의 실질적 이인자에 이 나라 의원 아니었어?

오히려 골드 씨가 있는 게 더 신기하다고 말하자 그는 웃으면서 이유를 알려줬다.

"여기는 내가 사는 곳이야. 방금 그 일행을 이곳까지 안내한 참이지."

"아, 그랬나요? 렌 군과는 방금 만났습니다."

"그래? 소동을 일으키지 않아 다행이군. 그런데…… 한 판 해볼 텐가?"

골드 씨가 앉지 않겠냐고 눈짓했다. 다섯 명을 연속으로 이기면 상품을 주는데 현재 4연승 중이라고 했다.

"좋죠. 내일 저녁밥은 여름 채소 스튜가 되겠네요."

가벼운 신경전을 펼치며 자리에 앉아 거의 바위나 다름없는 그의 손을 맞잡았다.

"적어도 입은 살았군……. 시작한다, 젊은 놈!"

"시작한다, 덩치!"

생각지도 못한 내 대답에 그의 얼굴에서 순간 힘이 빠지고 그와 동시에 시작 신호가 떨어졌다.

그렇다면 선공은 내가 가져간다. 한순간의 허점을 찔러 모든 힘을 담았다.

마왕 룩이 아니어도 내게는 레벨이 있다. 내 능력치는 보통 사람과는 궤를 달리했다.

그러나, 천칭은 기울지 않았다. 미동만 했을 뿐 바위 같은 팔은 겉모습대로 굳건하게 자리를 지켰다. 그리고 눈 깜짝할 사이에 어드밴티지를 잃은 내 팔이 조용히 밀리기 시작했다.

"놀랐어……. 가늘어 보이는 팔이지만, 근육이 옹골지군. 대단해."

"무슨…… 이게 단순 완력이라고? 어이가 없군……."

여흥이라도 지고 싶지 않았다. 어금니를 꽉 깨물고 배로 소리를 내며 필사적으로 견뎠다.

스태미나라면, 스태미나라면 지지 않는다. 버텨라, 아직 안 졌다.

골드 씨의 얼굴을 힐끗 살피자 아직 희미한 여유를 보였지만 서서히 힘이 약해지는 것이 느껴졌다. 그렇다면 조금만 더 버티면—.

"포기할 줄도…… 알아야지!"

"윽, 끄으으으!"

그 기합과 함께 힘을 넣으리라 예상한 덕분에 나도 타이밍에 맞춰 혀를 깨물었다. 그 격통으로 일시적으로 한계를 넘은 힘을 쥐어짜서 맹공을 버텼다.

하지만 우리를 지탱하는 테이블은 그러지 못했는지 우지끈 소리를 내며 박살 나 버렸다. 그런데도…… 우리의 팔은 원위치에서 꼼짝하지 않았다.

마치 보이지 않는 테이블이라도 있는 것처럼 공중에 고정돼 떠 있는 팔.

바닥없는 팔씨름. 긴장을 풀면 몸까지 넘어가 버릴 듯한 서든데스 매치로 들어갔다. 하하하, 어이가 없네. 이 인간, 진짜 괴물인가?

"설마 이 정도일 줄은 몰랐어! 그렇게 채소가 가지고 싶냐!"

"그런 건 잊은 지 옛날이에요! 이런 젠장, 슬슬 못 버티겠는데."

젖산이 쌓여 팔에 둔한 피로감이 축적되어 갔다.

제길, 그냥 비겁한 수든 뭐든 써서 끝내고 싶어. 물론 내가 승리한다는 전제로…….

뭔가 없나? 한순간이라도 그의 집중을 흐트러뜨릴 뭔가가…….

시야 한쪽에 카드 게임에 빠진 레이스가 언뜻 보였다.

그러고 보니 그는 알비스에서 모험가를 했었다고 했지.

"……골드 씨는 언제 모험가가 되셨죠?"

"으으…… 갑자기 무슨 소리야? ……대략 20년 전, 혁명전쟁 조금 전……이었지."

"그렇다면…… 당시 존경하던 선배 한두 명쯤…… 있지 않으셨나요?"

말을 꺼낼 때마다 팔이 흔들렸지만, 그래도 가까스로 버텼다. 그리고 나는 네 매력을 믿고 승부를 보겠어, 레이스! 분명히 당시 모험가들에게 동경의 대상이었을 테니까!

"……왠지 당신 얼굴을 보니까 연상 마족 여성을 존경하지 않았을까 싶어서요."

"으응?!"

"좋아, 지금이다!"

그 거구가 넘어지며 의자가 튕겨 날아갔다. 주위에서 함성과 찬사가 쏟아졌다.

해냈다, 이겼다. 이기면 그만이다. 치사하다는 말은 칭찬이지.

"크으! 너, 그거…… 어떻게 안 거야? 얼굴만 보고 안다고?!"

"하하하, 비밀입니다. 이렇게라도 하지 않으면 못 이길 것 같아서요."

착각인지 몰라도 얼굴이 붉어진 골드 씨와 함께 대량의 채소를 들고 원래 자리로 돌아왔다.

상품 한번 푸짐하구만. 가지에 토마토에 옥수수, 게다가 다시마 같은 것까지 있다.

아직 이해를 못한 것처럼 보이는 골드 씨를 위로하려고 근처에 있던 와인을 따라서 내밀자 옆에서 뻗어 나온 팔이 와인병을 채 가 버렸다.

"꿀꺽…… 꿀꺽…… 푸핫! 안 마시고는 못 배겨!"

"류에…… 병나발은 경박해 보여. 게다가 과음이야."

"억울해! 다 짜고 날 속인단 말이야! 패가 안 좋다, 이번에는 망했다 하는 얼굴인데 막상 까보면 엄청 좋은 패거나 그냥 허세야!"

도박에 져서 홧술을 마시는 엘프 아가씨(미스 세미피나르 우승자)가 있다는 게 사실인가요?

"카드 게임은 원래 그렇게 해. 심리전도 게임의 일부야."

"그래도 나는 싫어. 정정당당하게 비겁한 수 없이 이겨야 의미가 있지!"

으윽. 그만둬, 류에. 그 공격은 내게 잘 통해[#6]. 지금 막 치사하게 이기고 왔다고!

"흠, 류에라면 또 다른 SS랭크 인정자인가? 처음 만나는군."

"응? 너는 누구야? 덩치가 정말 크네. 굉장히 강해 보여."

"하하하, 내 이름은 골드야. 지금은 모험가를 은퇴하고 이 대륙의 부길드장을 맡고 있지."

"와! 그럼 오잉크 동료겠네. 잘 지내자, 골드 군."

류에의 태도에 기운이 빠졌는지, 아니면 류에의 발언에 내가 정신적 충격을 받아 화가 가라앉았는지, 그는 겨우 웃는 얼굴로 돌아왔다.

#6 그 공격은 내게 잘 통해 만화 『나루토』의 대사 「그런 술법은 내게 안 통해」를 패러디한 일본의 인터넷 밈.

"총수님의 동료라……. 글쎄, 어떨까? 이 대륙 사람은 총수님을 지나치게 신성시하는 경향이 있어. 나는 오히려 너희 같은 사람이 그 사람 곁에 있어 줬으면 해."

문득 그가 쓸쓸하게 토로했다. 그것은 순수하게 오잉크를 걱정하는 말이었다.

"……우리는 여기 남을 수 없어요. 하지만 골드 씨는 그녀석을 제대로 보고 걱정해주시잖아요. 그건 대등보다 소중한 관계, 마음이라고 생각합니다."

"크크, 그러냐! 그럼 이 고기 맛있어 보이니까 나한테도 하나—."

『이, 이제 봐줘! 이러면 게임을 계속할 수 없다고!』

그러던 그때, 무대 위 카드 게임 테이블에서 비명 같은 고함이 울려 퍼졌다.

그곳에서는 딜러 남자가 머리를 숙이고 제발 게임에서 빠져달라고 부탁하고 있었다. 그리고 그 상대는— 레이스 누님, 뭐 하시는 겁니까…….

"저 친구는 유람선 카지노에서 딜러도 하던 사람인데 그걸 털어먹었어?"

심지어 프로였어! 설마 주사위 굴릴 때처럼…… 무슨 수작을 부렸나?

양손으로 작은 주머니를 한가득 끌어안은 레이스가 얼굴을 붉히며 돌아왔다.

"저, 저기…… 너무 많이 땄나 봐요……."

"여흥인 게임에서 어떻게 하면 그렇게 이기는 거야, 레이스……."

"이왕이면 스릴 있는 승부를 하지 않겠냐며 한도액을 높이는 바람에……."

아, 이 사람, 도박시키면 안 되는 부류다. 승부에서 스릴을 찾는 사람이다.

이번에 위험은 없지만 스릴은 있는 게임을 알려줄 테니까 그걸로 참아주면 좋겠다.

그 왜, 일본에 그런 거 많잖아. 유희의 왕이라거나 도박의 묵시록이라거나…….

레이스는 아이템 박스에 주머니들을 주섬주섬 담았다. 그러자 골드 씨가—.

"수납술…… 게다가 그 모습은…… 실례지만, 당신은……."

그렇다. 레이스는 이제 위장하지 않는다. 그리고 그녀는 옛날 모습 그대로였다.

레이스도 이 남성을 알아보고 부드러운 어조로 말을 걸었다.

"골드 의원님이시죠? 복장 때문에 못 알아봤어요."

"만난 적이 있어. 그랜드 마더, 나는 당신 가게를 방문한 적이 있어. 하지만 그 모습은…… 아, 그랬군……. 지금이라면 알겠어. 당신은 틀림없이—."

떨리는 목소리로 말하던 골드 씨가 레이스 곁으로 다가왔다. 눈에는 눈물이 고였다.

"……그때는 눈치채지 못하셔서 잊으신 줄 알았어요."

"저, 전 그런 가게는 처음이라서 주변을 돌아볼 여유가…… 아니, 이런 소리를 하려는 게 아니야. 저는, 우리는 모두 당신이 알비스 전투에서 죽었다고만……!"

레이스는 그 싸움 도중 도시에 남기고 온 아이들이 걱정돼서 전선을 이탈했다.

그리고 그 후 비극과 아캄의 위협에서 벗어나기 위해 종적을 감췄다.

그 시대의 모험가라면 레이스가 전투 중에 사망했다고 생각해도 어쩔 수 없었다.

"……오랜만이에요, 골드. 당신들에게는 사과해야만 해요. 전우를 버리고 도망쳤으니까요. 죄송해요, 당신들에게만 괴로운 싸움을 떠넘겨서……."

"당치도 않습니다! 우리는 당신이 있었으니까 앞으로 나아갔습니다! 살아 계셨다면 왜 지금까지…… 아니, 오잉크 총수님은 알고 계셨겠죠…… 그럼!"

"저는 이미 여러분을 이끌 생각이 없어요. 그 역할은 당신이 짊어지고 계시지 않나요?"

어쩌면 레이스가 칠성배에 출전하기로 결심한 것은 골드 씨처럼 과거의 전장에 남겨 둔 동료들에게 지금 자신이 살아가는 모습을 보여주기 위함일지도 몰랐다.

골드 씨가 그녀의 말을 듣고 정신을 차렸다. 위엄을 세우고 외모에 어울리는 모습을 되찾았다.

"……그 말이 맞군. 내가 그만 그리움에 젖어 옛날로 돌아가 버렸어……. 그래, 난 지금 부길드장이고 이 나라의 의원이야. 미래를 창조할 젊은이를 이끌고 가는 게 내 역할이니까."

"후후, 정말로 훌륭한 사람이 되셨네요. 저도 가슴에 박힌 가시가 하나 빠진 기분이에요."

그러고 미소 짓는 레이스에게 골드 씨는 자세를 바로 하고 허리를 깊이 숙였다.

마치 신세 진 사람에게 이별을 고하듯.

다들 이 싸움에 다양한 이유를 가지고 도전하려고 한다. 명예를 위해, 사욕을 위해, 가족을 위해, 자신을 위해, 동료를 위해. 선수 개개인이 모두 양보할 수 없는 이유를 가슴에 품고 전투에 나서려고 한다.

어쩐지 나만 남겨진 것 같은 기분이 들어 조금 쓸쓸해졌다.

노을에 물든 거리가 어둠으로 덧칠되어 가는 풍경을 보며 그렇게 생각했다.

§ § §

"고맙습니다, 여기까지 태워주시고."

"고맙긴. 나도 길드에 일이 남아서 와야 했어."

골드 씨의 마차로 길드까지 온 우리는 그와 헤어져 상층 객실로 가려고 했다. 하지만 웬일로 1층까지 내려와 있던 오잉크를 발견해 그녀에게 다가갔다.

오잉크 앞에는 그 조금 이상한 쿠로코도 함께 있었지만 우리를 보고는 헐레벌떡 사라지고 말았다. 흠, 무슨 첩보 활동이라도 하는 중인가?

“웬일이야? 이런 시간에 홀에 내려오고.”

“어머, 본본. 나갔다 오셨어요?”

“주거 지구에서 열리는 수확제가 있다고 해서 보고 왔어.”

“아, 거기요?”

오잉크는 고개를 끄덕이고는 우리에게 어떤 제안을 해 왔다.

“오늘 할 일을 모두 끝내서 지금부터 시간이 남아요. 혹시 괜찮다면 오늘 있었던 이야기를 들려주실래요? 재미있는 이야기를 들을 수 있을 것 같아요.”

“그러지, 뭐. 오늘 있었던 일들을 생각하면 이야깃거리가 떨어질 걱정은 안 해도 돼.”

“그거 좋네. 그럼 오잉크도 우리 방으로 와! 나도 들려줄 이야기가 있어.”

“오신다면 물론 환영해요. 가서 선물도 받아 왔으니까 간단한 요깃거리라도 만들게요.”

이 이벤트로 가득한 하루는 아직 조금 더 이어질 모양이었다.

우리는 이제 내 집처럼 느껴지는 객실로 함께 올라갔다.

방에 도착하자마자 우리의 총수님은 바로 소파에 드러누워 한숨을 푹 쉬었다.

무섭도록 빠른 태도 변화에 보는 내가 한숨 쉬고 싶을 지경이었다.

"정말 너무 지쳤어요……. 사실 오늘 엔드레시아에서 사람이 왔거든요. 기억하세요? 레콘 공작 일로 귀족 파벌이 구심점을 잃었다고, 빨리 돌아오라면서 에둘러 재촉해 와요. 저는 어디까지나 길드장일 뿐인데 그 왕은 대체……."

"오자마자 드러누워서 투덜대지 말고 일어나. 재미있는 이야기를 들려줄 테니까."

소파에서 테이블로 이동한 오잉크에게 우선 오늘 렌 군과 재회했다는 사실을 전했다.

그리고 내가 그들에게 느낀 인상, 레이스가 들었다는 그의 생각도…….

이야기를 다 들은 오잉크는 어딘지 모르게 분한 표정으로 감상을 말했다.

"사람이 그렇게 쉽게 변한다고 생각하지 않아요. 하지만 쉽다는 기준도 사람마다 다르겠죠……. 아무래도 저는 사람의 마음, 심경 변화에 둔감했나 봐요."

"벌칙은 조만간 풀어줘. 만약 걱정되면 잠시 이 대륙에서 일을 시키면 되잖아."

“그거 좋은 생각이네요. 이 대륙은 넓고 평화롭지만, 작은 문제가 끊이지 않는 땅이니까요. 그들의 성장에 분명 도움이 될 거에요.”

분위기가 가라앉았다. 하지만 그런 분위기를 뜬금없이 깬 것은 다들 알다시피 우리의 류에 아가씨였다.

“오잉크한테 질문! 사실 훈련소 전체에 걸린 술식을 해석해 봤어. 거기서 대미지 전환과 충격 감소, 그리고 방음 및 방화처럼 일반 건물에 사용되는 술식을 고도로 조합한 복합 술식이 있다는 걸 알았는데—.”

“아, 네. 용케 해석하셨네요? 그것도 일단은 기밀 정보인데.”

“응, 비밀로 할게. 아무튼 문제는 그 시설 가장 안쪽, 특수한 훈련 구역이야. 거기는 어떤 구조야? 그곳에 없는 물건이 나타나거나 자유롭게 움직이거나 하던데.”

내가 아직 간 적 없는 구역에 의문을 가진 모양이었다. 류에가 말하길, 그 구역에서는 실제로 없는 마물과 싸우거나 훈련소보다 큰 미궁이 출현하는 등 모 이상한 던전 같은 구조라고 했다. 뭐야, 그런 재미있는 게 있었다고?

“그건 내 예상으로는 술식 내부야. 그래서 그런 대규모로 여러 장치를 내포한 술식은 듣도 보도 못했어. 이래 봬도 나는 이 길로는 모르는 게 없다고 자부하던 터라 살짝 충격 먹었어. 가능하면 이걸 고안한 사람과 꼭 대화를 나누고 싶어.”

“그 구역은 원래 크롬웰 스승님이 우리가 가진 아이템 박스를 재현할 수 없을까 연구하던 때 저랑 함께 고안한 거예요. 하지만 결국 물품을 수납하는 창고를 만들 수는 있어도 내부 구조 변화나 현상 재현…… 일종의 환각이지만, 그런 복잡한 기능은 끝내 구현하지 못했죠."

"그래도 실제로 존재하잖아? 그럼 그건 대체 누가 만들었다는 말이야?"

오잉크는 아마 마술을 이용한 VR 공간을 만들려고 한 것 같았다. 하지만 결국 크롬웰 씨가 만든 것은 류에의 집으로 이어지는 창고뿐이었다.

그렇다면 한 명이 더 있었겠지. 그 장소에 깊이 관련된, 류에 이상의 지식을 가진 자가…….

"시설 최심부에 설계서 하나와 실물 일부가 있었어요. 거기서 생긴 마도구의 힘으로 그곳이 탄생했죠. 하지만 그 인물이 누군지는 아직도 몰라요."

"……혹시 그건 하룻밤 사이에 갑자기 탄생했어?"

"네, 예상하신 대로. 크롬웰 스승님은 『빗물의 기적』이라고 하셨죠."

"그렇구나……. 그럼 어쩔 수 없지. 그나저나 빗물의 기적이란 게 정말 있긴 하구나."

두 사람의 입에서 낯선 말이 나와서 뜻을 묻자 레이스가 해설해줬다.

"사실 먼 옛날부터 내려오는 일화에서 유래한 일종의 관용어예요. 빗물이 떨어져 생긴 모양이 우연히 미발견 술식이었다는 내용이에요."

"실제로 막혔던 연구가 다음 날 갑자기 완성되는 사례는 지금까지 몇 번이고 있었어요. 지금은 당연하게 사용되는 마차용 마물과의 계약 술식도 그 좋은 예죠."

"그것만이 아니야. 내가 용신을 봉인하던 그 빙결 마도도 그래. 아무리 고민해도 완성하지 못했는데 어느 날 눈을 뜨니까 완성돼 있었어."

"그건…… 천 년 전 이야기 아니야? 그런 녀석이 정말로 있어?"

지구에는 잠든 사이 구두를 만들어주는 요정에 관한 이야기가 있다. 하지만 이건 그 이야기와는 규모가 너무 달랐다. 류에조차 그 기적의 당사자라는 사실에 놀라움을 금치 못했다.

"완성된 물건에는 언제나 하나의 서명이 있어요. 류에도 그랬나요?"

"응. 일어나니까 내 노트 구석에 이름이 쓰여 있었어."

그리고 두 사람이 동시에 그 이름을 말했다. 빗물의 기적 『레이니 리네아리스』의 이름을…….

§ § §

"직접 보니 정말로 유사 VR 같군."

다음 날 아침, 우리는 바로 그 특수한 훈련 구역에 가 봤지만 하루 사용 횟수가 제한된 탓에 이른 아침부터 대기자가 줄 서 있었다.

그리고 내 차례가 돌아와서 입장 게이트를 넘은 순간, 눈앞 경치가 일변했다.

흰 벽 사이로 난 좁은 통로. 그리고 앞에 보이는 넓은 원형 운동장.

운동장을 살펴봤다. 땅은 딱딱한 흙바닥이었다.

"실전 형식이군……. 그럼 상대는 누구지?"

그때, 눈앞에 빛 알갱이가 쏟아지고 어떤 생물의 실루엣을 만들어 갔다.

이윽고 그것은 진짜 몬스터, 게임 시절에 가장 흔했던 『고블린』으로 바뀌었다. 녀석은 내가 놀라건 말건 신경 쓰지 않고 다짜고짜 덤벼들었다.

"내 레벨이 얼만데 이런 게 나와?"

검을 만들 것도 없이 가벼운 돌려 차기 한 방에 고블린은 터져 죽었다. 불쌍한 녀석.

그러자 또 빛 알갱이가 쏟아지고 다음 상대를 만들어 냈다.

그 후로 같은 광경이 몇 번 반복되고 차츰 나타나는 몬스터도 강해졌다. 하지만 그것들도 싸울 보람 없는 몬스터뿐. 모두 일격에 해치워 버렸다.

"이래서 훈련이 되려나……."

그때였다. 내 혼잣말에 반응한 것처럼 쏟아지는 빛 알갱이가 커지고 올려다봐야 할 만큼 부풀어 올랐다.

그 실루엣은 무척 익숙한 것이었다. 그래, 너는—.

"네크로 더스터 드래곤…… 과거 칠성이 등장할 줄이야. 사람 놀라게 하는군."

게임 마지막 날 싸워 내가 [찬탈자의 증거] 시리즈를 모으는 계기를 줬던 몬스터였다. 좋다. 지금 내가 얼마나 싸울 수 있는지 너로 시험해 보마.

몇 번이고 도전한 상대였다. 그 행동 패턴이 물론 게임과 똑같을 리는 없었다. 그러나 관계가 전혀 없지도 않았다. 브레스 타이밍이나 발톱의 움직임. 날갯짓의 전조나 미묘한 자세 변화가 추후 동작을 나에게 알려줬다.

나는 싸우고 있다. 게임 시절의 내 수준까지는 안 되더라도 필사적으로 따라붙을 수준까지는 이 세계에서도 싸우고 있었다.

오래 맛본 적 없는 전투의 고양감에 취하며 내 검이 수없이 상대의 몸을 파고들었다. 그리고 싸움이 10분가량 이어졌을 무렵—.

"……이렇게까지 하면 더는 못 움직이겠지. 끝이다."

두 다리와 날갯죽지를 깊이 잘라 내서 움직이지 못하게 된 녀석의 목을 쳤다.

모습은 닮았지만 힘은 상당히 약하게 설정됐다.

거구가 빛으로 돌아가 사라지는 모습을 보면서 흥분한 마음을 가라앉히고자 심호흡하고 검을 없앤 뒤 몸에서 힘을 뺐다.

다음 상대가 나타날 기미도 없었다. 아마도 지금 그게 마지막이었나 보다.

"……그런데 이거 어떻게 돌아가야 하지? 왔던 길도 사라졌고, 뭔가 방법이……."

"원래대로라면 이미 당신은 돌아갔을 거예요. 하지만 당신이 너무 강해서 조금 보복하고 싶어졌어요. 후후후, 정말로 강한 사람이야."

내 혼잣말에 반응한 누군가의 목소리에 바로 검을 생성해서 주위를 돌아봤다.

언제부터 거기 있었는지 눈앞에 보라색 로브를 입은 인물이 서 있었다.

후드와 베일에 가렸으나, 쿠로코와는 명백히 이질적인 분위기였다.

무엇보다 나타나는 순간을 인지하지 못했다. 이 인물도 빛이 만들어 낸 적일까?

"도중부터 꽤 어려운 적을 준비했는데 전혀 상대가 안 되

던걸요? 그래서 나도 모르게 당신 기억 속에서 가장 건져내기 쉬운 존재를 재현해 봤어요."

……이자는 그녀들이 만나고 싶다던 인물 같았다.

"초면에 너무 실례되는 거 아닌가— 레이니 리네아리스?"

이 비밀로 가득한 구역을 자기 뜻대로 조종하는 듯한 언동으로 추정컨대 틀림없으리라.

실루엣과 목소리 톤은 묘령의 여성 같지만 적어도 류에가 싸우던 시대부터 존재했다고 추정된다. 절대로 방심해도 될 상대가 아니었다.

"어머, 우리가 어디서 만났나요? 어떻게 제 이름을 알죠?"

"초면이지만, 여기 책임자가 아는 사람이야. 넌 정체가 뭐야?"

담담하게 대화를 이어가며 몰래 나에게 [상세 감정]을 부여해 그녀의 정보를 훔쳐보았다. 나만 볼 수 있는 메뉴 화면에 표시된 내용은—.

【Name】 레이니 그네아렇군

【종족】 요, 정??

【직업】 연금보를

【레벨】 —살피는

【칭호】 힘을 가지셨

【스킬】 나$%, 보네#, 요&%

【카이본 씨?】

"윽?! 이건?!"

가능한 한 거리를 두고 바로 임시 장비에서 진짜 장비로 갈아 꼈다.

마왕 룩과 탈검을 꺼내고 어빌리티 구성을 최강으로 맞췄다.

위험하다, 정말로 위험하다. 이 녀석은 지금까지 만난 누구보다 위험하다. 메뉴 화면에 개입해? 본래 본인만 볼 수 있는 메뉴 화면에 외부에서 간섭하다니!

"어머…… 그만두시게요? 제법 재미있는 관심 표현이었는데."

그 직후, 속삭이는 소리가 귓가에서 들렸다. 숨결이 귀에 닿자 몸이 파르르 떨렸다.

옆에 있었다. 직전까지 떨어져 있던 상대가 얼굴이 닿을 만큼 가까이 있었다.

"……그쯤 해. 난 이런 장난에 익숙하지 않아."

오랜만에 자동 발동한 테러 보이스가 공포감을 조성했다.

"……?! 몸이……."

한순간 몸을 속박하는 데 성공하고 재빠르게 가슴에 칼을 들이댔다.

"넌 누구야? 날 여기 가둬서 어쩔 셈이지?"

"……장난삼아 건드릴 분은 아니었나 보네요."

"질문에 답해, 레이니 리네아리스."

겨우 그녀의 능청스러운 언동이 사라지고 목소리 톤이 낮아졌다.

그래도 검을 무서워하는 낌새도 없이 조용히 말했다.

"……연금술의 신 같은 거예요. 제 안에 모르는 존재가 들어와서 그만 손을 대고 말았네요. 죄송해요."

"모르는 존재……?"

"당신들에게서는 조금 이상한 기운, 어딘지 모르게 사람과 다른 느낌이 들더라고요. 그래서 이야기를 해 보고 싶었어요. ……여기는 너무 따분하거든요."

체념한 것처럼 맥없이 쏟아낸 말은 지극히 단순한 이유였다.

"죄송해요, 장난이 심했죠? 사과가 될지는 모르겠지만…… 당신에게 지금 필요한 것을 얻을 수 있는 곳을 알려드릴게요."

그러고는 내 의지를 무시하고 메뉴 화면이 열렸다. 또 나에게 개입했다는 사실에 약간의 불쾌함을 느꼈으나 아무래도 악의는 없는 듯했다.

메뉴에는 맵 하나가 표시됐다. 아니, 맵이라고 부르기에는 아날로그 그림, 오래된 지도를 그대로 스캔한 것 같은 화면이었다.

"거기로 가세요. 그러면…… 당신은 소원을 이루게 될지도 모르죠."

그 말을 마지막으로 급격하게 의식이 흐려졌다.

현기증이라도 난 것처럼 다리가 휘청거려 자세를 유지하려고 의식을 집중한 직후, 나는 훈련소 입장 게이트 앞으로 돌아와 있었다.

§ § §

"결국 뭐였던 거지……. 여기에 가면 보물이라도 묻혀 있나?"

"뭐야, 뭐야? 보물이 뭐 어쨌다고?"

푸드 코트에서 쉬는데 뒤쪽에서 류에가 내 어깨에 턱을 올리다시피 머리를 내밀었다.

에잇에잇, 볼을 찔러서 격퇴하자 정면 자리에 앉아서 왠지 기뻐 보이는 얼굴로 나를 마주했다. 기분이 상당히 좋아 보이는데 무슨 일일까?

"레이스, 레이스. 여기야, 여기."

"후후, 지금 갈게요. 카이 씨, 이거 보세요."

뒤늦게 나타난 레이스도 표정이 기뻐 보였으나, 더 신경 쓰이는 점은 가지고 있는 물건이었다. 무슨 큰 소풍 바구니 같은데…….

"영차…… 보세요, 카이 씨. 방금 그 검은 분에게 받은 거예요."

"이거 분명히 샌드위치지?! 오늘은 마음껏 먹을 수 있겠어!"

"오, 정말로 3인분 준비해줬나! 한번 볼까……."

열어 보니 그곳에는 알록달록한 잼과 소스가 든 병에 어제와 비슷한 샌드위치, 그리고 클럽 샌드위치처럼 볼륨 있는 것도 있었다.

음료인가? 수통도 들었고 정성스럽게 컵 세트까지 있었다.

어제 준 것이 런치 박스라면 오늘 건 런치 컨테이너라고 해도 될 수준이었다.

"오오오~! 이 호화로운 세트는 다 뭐야! 보기만 해도 침이 고여!"

"이건…… 저도 식욕이 당기네요. 고기가 이렇게 많이……."

"흠…… 잼보다는 젤레(gelée)에 가깝군. 정말로 정성 들여 만들었나 봐."

병을 햇살에 비추자 깨진 색유리처럼 반짝반짝 빛을 반사했다.

아마 마멀레이드와 사과라고 생각하지만 이것을 이토록 예쁘게 만들기는 어려웠다.

대체 누가 만들었을까? 설마 오잉크가—.

『oink: 오호~! 오늘 야식은 호화찬란하게 개당 300엔이나 하는 컵라면이야~!』

……절대 아니군. 게임 시절 언동으로 생각하면 그 녀석이 이런 공들인 물건을 만들 수 있을 리 만무하다.

"아, 오늘은 그 튀김이 없나 봐. 아쉽네, 그거 맛있었는데."

"류에, 혹시 이게 어제 튀김에 들었던 재료 아닐까요?"

실망하는 류에에게 레이스가 샌드위치 하나를 가리켰다.

재료를 보자 양상추와 함께 가마보코처럼 분홍색과 흰색

이 섞인 파테 같은 것이 들어가 있었다.

"그, 그래? 먹어 볼까……."

기대하는 눈치로 작은 입을 크게 벌려 덥석 베어 물었다. 정말 복스럽게도 먹는다.

류에는 눈을 동그랗게 뜨고 허겁지겁 그 파테(?) 샌드위치를 볼이 미어지도록 입에 쑤셔 넣었다. 그러고는 우물우물 씹어 먹는 표정이 굉장히 행복해 보였다.

나는 수통에 든 액체를 컵에 따랐다. 아마도 수프 같았다.

그것을 받고 샌드위치와 함께 삼킨 류에가 넋이 나간 표정으로 말했다.

"이거야…… 역시 나, 이거 먹은 적 있어……. 엄청 먼 옛날에……."

그때였다. 황홀경에 빠져 있던 류에의 눈에서 눈물 한줄기가 흘러내렸다.

"류, 류에, 왜 그래요? 목이 막힌 거면 수프를 한 컵 더……."

"아, 아니야. 그런 게 아니야. 그냥 그리워서 나도 모르게—."

"그리워……? 어디서 먹었는지 기억났어?"

너무나 극적인 반응을 보인 류에에게 촉발되어 나도 하나 집어 들려고 했을 때, 옆에서 뻗은 작은 손이 내가 노리던 파테(?) 샌드위치를 가로채 버렸다.

"와우~! 오빠, 귀한 거 먹잖아! 냠…… 으음~! 오랜만에 느끼는 고향의 맛!"

“비오, 고양이 귀가 달렸다고 도둑질해도 된다고 생각하지 마.”

샌드위치 도둑의 정체는 그 정체불명의 고양이 귀(엘프 귀도 있음) 여자애였다.

“……응? 고향의 맛이라고? 이거 서디스 대륙 음식이야?”

“맞아. 정확히는 공화국 쪽이지만.”

“공화국 쪽? 서디스는 단일 국가가 다스리는 대륙이 아니야?”

“당연하지. 나는 『세류 공화국』과 『서즈가르드 왕국』 국경에 있는 마을에서 왔어. 그래도 서즈가르드의 영향력이 더 크긴 해.”

놀라운 사실이었다. 아니, 애초에 다른 대륙의 정보를 조사하지도 않았지.

변명을 하자면 항상 눈앞의 일에 급급해 그럴 여유가 없었다. 하지만 이건 좋은 정보였다. 나는 그 대륙에 건너가면 적진 한복판에서 도망치지도 못하는…… 그런 상황을 예상했었다.

“카이 군이랑 아는 사이야? 이게 무슨 요리인지 알려줄 수 있어?”

“아, 미스 세미피나르다. 이야, 언니, 예쁘네? 다음에 모의시합 한번 하자.”

“으응? 뭐야, 쑥스럽게. 원하면 얼마든지 싸워줄 수 있지~.

……그건 그렇고 알려줘."

오오, 웬일로 목적을 안 잊었다. 평소라면 바로 까먹었을 텐데.

비오는 마치 긴 이야기를 시작할 것처럼 자리를 잡고 앉았다.

……은근슬쩍 과일 샌드위치까지 집어 잼까지 듬뿍 바르면서.

"그럼 내가 있던 마을에 전해지는 전설, 민담인가? 그걸 들려줄게."

"그게 이 요리와 관계가 있어? 그럼 꼭 들려줘."

입에 잼을 묻힌 그녀는 헛기침으로 목을 풀고 이야기를 풀어놓았다.

먼 옛날, 아직 엘프가 신성한 숲 깊은 곳에 살던 시대의 이야기를…….

옛날 옛적에 모든 엘프가 같은 숲에 살던 때의 이야기입니다.

그 숲에서는 많은 부족, 가족이 서로에게 기대어 평화롭게 살아갔습니다.

하지만 어느 날, 어디선가 거대한 용이 나타나서 사람들을 해치는 게 아니겠어요?

엘프들은 숲 바깥에 살던 휴먼, 마족과 협력해 용에게 맞셨습니다.

그렇지만 역시 용을 해치울 수는 없었죠.

그래서 엘프는 모두 숲 속 깊숙이 사는 마녀에게 힘을 빌려달라고 부탁했습니다.

『마녀님, 이 딸아이의 목숨을 바치겠습니다. 그러니까 부디 용과 싸워주십시오.』

『좋다, 이 아이의 수명과 맞바꿔 내가 용을 내쫓아 주마.』

마녀는 다른 엘프의 생명을 먹고 오랜 세월을 살아온 아주아주 강한 엘프였습니다.

그리고 약속대로 마녀는 그 강대한 마법의 힘으로 용을 쫓아 버렸습니다.

숲에 사는 엘프는 모두 축하로 성대한 잔치를 열었습니다.

『축제다, 축제다. 다 같이 맛있는 음식을 배터지게 먹자.』

『마녀에게는 안 줘도 괜찮을까?』

『마녀는 다른 자의 생명을 먹어. 절대로 안 줄 거야.』

어른들은 마녀에게 음식을 주지 않겠다고 말했죠. 하지만 마녀에게 생명을 바친 여자아이는 「우리를 위해 싸워줬는데 불쌍하다」라며 모두가 잠들었을 때 몰래 음식을 접시에 담아 남겨 두었습니다.

그러자 아무도 없어진 새까만 밤, 잔치를 차린 곳에 홀연히 마녀가 나타났습니다.

『오오! 이렇게 맛있는 음식이 있다니! 후후후, 남은 걸 전부 먹어야겠다.』

마녀는 여자아이가 남겨 둔 음식을 기뻐하며 먹어 치웠고 생명을 빼앗지 않은 채로 돌아갔습니다.

그 후로 마녀는 더는 엘프의 생명을 빼앗지 않았고 엘프들도 축제 때마다 몰래 마녀에게 그 음식을 남겨 두게 되었답니다. 끝.

"정말인지 지어낸 이야기인지 모르겠지만, 일단 왕국에서는 야사로 취급해. 다만, 내가 살던 국경 마을은 공화국에 가까워서 이런 이야기가 몇 가지 남아 있어. 참고로 이 샌드위치에 낀 음식의 이름은『마녀의 주전부리』라고 해."

이야기를 마친 비오가 샌드위치를 다 먹고 자리에서 일어났다.

"그럼 나는 한 번 더 싸우러 갈게. 아, 마녀의 주전부리 하나만 더 주라. 나 이거 좋아하거든, 탱글탱글해서."

"응, 좋아. 이거 맛있지? 정말로 계속 집어먹고 싶어질 정도로."

류에가 씁쓸하게 웃으며 샌드위치를 하나 건네줬다.

"고마워, 언니. 정말로 착하구나! 그럼 또 만나~!"

달려가는 비오가 보이지 않게 되었을 때 류에가 힘없이 한마디를 흘렸다.

"……평소에 나는 채소도 나눠 받지 못했어. 그래도 축제

때는 날 위해서 요리를 조금 남겨줬어. 그래도 역시 차이는 있었지. 다들 맛있게 먹는 그걸 난 받지 못했어. 그게 너무 슬펐던 기억이 나."

"좋아, 배를 찾자. 가서 전부 죽이—."

"카이 씨, 끝까지 들으세요."

"꾸엑."

일어서려는데 레이스가 옷을 잡아당겼다.

"다들 술에 취해서 집으로 옮겨주고 있을 때였어. 테이블에 한 접시, 사람들이 맛있게 먹던 그게 하나 남아 있던 거야. 그래서 무심결에……."

그렇게 말하며 고개 숙인 류에의 어깨가 약하게 떨렸다.

비오가 들려준 이야기는 거의 사실이었나…….

『생명을 먹는다』라는 부분은 나이를 먹지 않는 류에에 대한 공포와 질투에서 나온 이야기겠지. 이질적인 것을 받아들이지 못한 당시 엘프들에게 분노가 치밀었다.

어깨를 떠는 류에에게 조심스럽게 손을 뻗었다. 위로는 되지 않을지 모르지만—.

"차…… 창피해! 보고 있었어, 다 보고 있었어! 내가 훔쳐 먹는 걸! 으아아아…… 음식 훔쳐 먹던 게 민담이 됐어!"

"아, 창피해서 부들댔던 거였어? 그런 거였어?"

류에는 오늘도 류에였습니다. 정말로 기대를 배신하지 않아.

"그래도 의외네요……. 서디스로 넘어간 엘프 중에서도 류에를 잊지 않고 요리와 이야기로 계속 전하려고 한 사람들이 있다니……."

레이스의 말에 정신이 번쩍 들었다. 그 말대로 이것은 리히트 일족이 아니라 옛 브라이트 일족과 함께 서디스 대륙으로 넘어간 이들 중 누군가가 남긴 일화였다.

류에를 위해서 요리를 남기고 감사의 마음을 가졌던 일족이 있다…….

"아…… 젠장…… 그렇게 된 건가?"

너는 정말로 참견하기 좋아하고 남의 약점을 잘 찌른다.

오잉크를 한번 찾아가 봐야겠다.

샌드위치를 다 먹고 두 사람과는 그곳에서 헤어졌다.

"잘 먹었어. 오잉크에게 돌아가는 길이면 같이 데려가 주지 않을래?"

시설 밖 나무에 매달린 쿠로코에게 말을 걸었다. 이번에도 목에 올가미를 매고 다리가 아슬아슬 땅에 닿을 높이에서 노는 엽기적인 인물이지만, 어쩌면 특수한 훈련일지도 모른다는 생각이 들었다. 고문 저항이나 뭐 그런…….

내가 말을 걸어 놀랐는지 발이 미끄러져 목이 매달려 버렸다.

일단 구출하자. 흠, 어렴풋이 눈치채고는 있었지만 체형은 여자군.

"그런 훈련은 다른 사람과 같이 있을 때 해."

쿠로코가 끄덕거리며 바구니를 받아들었다. 도무지 첩보원 같지 않은 얼빠진 인물이지만 아무튼 그녀를 따라서 우리의 총수님에게 면회를 하러 갔다.

안내받아 도착한 곳은 길드 응접실이 아니라 우리가 지내는 곳과 같은 숙박 시설이었다.

한 층을 전부 사용한 VIP룸이며 객실 문에는 『PIG룸』이라는 문패가 붙어 있었다. 이건 즉, 호화로운 돼지우리라는 소리군.

"오잉크, 나야. 잠깐 할 이야기가 있어."

내가 노크하자 오잉크가 조금 딱딱한 목소리로 대답했다.

"안에 있어요. 들어오세요."

인테리어는 우리가 지내는 방과 크게 다르지 않았다. 아마 오잉크가 오랜 세월 개인용 방으로 쓴 영향인지, 조금 생활감이 느껴졌다. 주로 널려 있는 빨래에서…….

"뭐야? 이렇게 가까운 곳에 살았어?"

"네. 일일이 저택까지 돌아가려면 귀찮잖아요."

"역시 저택이 있긴 하네. 뭐, 보나 마나 정원에 도토리나무가 있고 작은 화단과 우물이 있는, 소박한 저택이겠지?"

"뭐야, 본본 초능력자인가 봐. 무서워……."

그런 싱거운 대화를 나누면서도 아마 내가 이곳으로 안내받은 것을 보고 무슨 이야기를 할지, 무슨 용건으로 왔는지 그녀도 짐작하고 있으리라.

"……본론으로 들어갈게. 어제오늘 보내준 요리, 그건 무슨 의도로 보낸 거야?"

"이해했으니까 여기 오신 거 아닌가요?"

"그래. 분명히 말했지. 『손수 만든 요리라면 먹겠다』라고."

"그분이 요리를 잘한다는 건 저도 알고 있었어요. 그래서 작전을 세웠죠."

"……말했어? 류에에 관해서."

"전부는 아니지만, 했어요. 그랬더니 바로 요리 메뉴를 생각해 만드셨죠. 다만, 먹을 사람이 당신이란 걸 잊었나 보지만요."

"안심해. 그걸 처음 먹은 사람은 류에야. 게다가 오늘도 잔뜩 들어 있었지."

왕국에 살면서도 레일라는 비오가 한 이야기를 알고 있었다.

류에가 세미엘의 마녀에 관련된 인물임을 알고 그 요리를—.

"……본본, 당신이라면 알겠죠. 그게 흑심만으로 만든 요리가 아니라고. 진심으로 당신들을 생각해서 마음을 담아 만든 요리라고. 사실 알고 계실 거예요."

정곡을 찔렀다. 세세한 정성이 곳곳에 숨어 있는, 무척 따스한 요리였다.

빵이 수분을 빨아들이지 않게 미리 버터를 발라 두거나

채소의 수분도 가능한 털어 냈으며 수프도 챙겨주고 물리지 않게 여러 가지 소스와 잼을 넣기도 했다. 그래, 나도 잘 알고말고.

나도 이 방면으로 먹고살았던 인간이다. 그게 그냥 타산적으로 만든 요리가 아니라는 것쯤은 다 안다. 그렇기에 오늘 들은 이야기로 누가 이 요리에 관련됐는지, 어떤 의도가 있었는지 깨닫고— 느끼지 않아도 될 감상에 젖었다.

"……만나줄게, 한 번 더. 만드는 법도 궁금하고 감상도 들려줘야지."

"후후, 어차피 가시 돋친 말만 하겠죠. 당신은 솔직하지 못하니까."

"류에가 눈물까지 흘리면서 기뻐했어. 친해질 생각은 없지만…… 고맙다는 말 정도는, 할 거야."

분하지만, 이게 내 본심이었다. 그리고 얄밉게도 오잉크가 이겼다고 뻐기듯 흡족하게 히죽대기 시작했다.

"후후…… 그렇다고 하네요?"

그러더니 오잉크는 눈길을 나에게서 부엌 쪽으로 서서히 옮기고 말했다.

설마 여기 있어?! 놀라서 돌아보자 그곳에는 어느새 사라졌던 서양 쿠로코가 바쁘게 바구니 안을 청소하던 중이었다.

손이 우뚝 멈추고 쿠로코가 이쪽을 돌아봤다.

"……저, 이걸 벗어도 되나요?"

쿠로코가 머뭇머뭇 후드와 베일을 벗었다. ……설마 본인이 배달까지 했을 줄을 몰랐지만 나는 그 이상으로 그녀의 지금 모습에 강한 충격을 받았다.

뒤통수를 둔기로 얻어맞은 기분이었다. 눈 깜짝할 사이에 오늘까지 보고 들은 그녀의 언동, 주변의 사건, 그리고 오늘 안 사실과 이야기가 머리를 흘러가고 하나의 결론, 진실을 도출했다.

"본의 아니게 속이게 돼서 죄송해요, 카이본 님."

"너…… 그 모습은……."

"……제 말이 다른 뜻으로 들렸었나 보네요."

그녀가 조용히 다가올수록 가슴이 아팠다.

"가진 자가 가지지 못한 자를 가여워하는 것처럼. 신분이 높은 자가 건네는 동냥처럼."

왜 레일라가 고집을 피우며 류에에게 매달렸는가. 그것이 그녀의 아버지가 말하던 바람막이로 쓰고 싶다는 이유와는 전혀 다르다고 이해했다.

"저는 그냥 부러웠어요. 그분의 강한 마음과 삶의 방식이. 굉장히 빛나 보였거든요."

후드를 벗은 그녀의 긴 머리는 그날 보여준 눈부신 금발과는 동떨어져 있었다.

곁에 류에 같은 백발이 있어야 비로소 색이 있다고 알아차릴, 백금발보다도 더 색소가 옅어 백발과 구분하기 힘든 은은한 머리색.

"저는 주위에서 숨기고 보호받고, 사람을 속이며 살아왔어요. 그래도 그분은 마냥 올곧고 희망과 자신감에 차서 굉장히, 눈부셨어요."

말문이 막혔다. 죄책감으로 돌아 버릴 것 같았다.

"그냥 선망이었죠. 그분이 가까이 있으면 저도 조금은 빛날 수 있지 않을까, 그런 식으로 변할 수 있지 않을까. 그렇게 생각해서…… 억지로라도 가까워지려고……."

그것은 조금이지만 소극적인 감정이었다. 자신의 처지를 한탄하고 구원을 바라는 듯한, 변하지 못하는 자신을 바꿔줄지도 모른다는 희미한 희망을 품은 듯한…….

"……나는, 사과 안 해."

그래도 그 순간의 나는 그 판단을 긍정하고 여기고 행동에 옮겼으니까.

그때까지 얻은 정보로 그것이 진실이라고, 옳다고 결론 내렸으니까.

그것은 상대도 마찬가지며 냉정하지 못한 말을 반복했으니까.

나는 약하다. 요리를 얻어먹고, 류에와 닮은 부분이 있고…… 같은 상대에게 멸시받았다는 것을 안 것만으로도 이렇게나 마음이 흔들리는 것을 보면…….

그녀도 브라이트 일족이 이어온 풍습에 괴로워했겠지.

일족의 핏줄로 태어났음에도 그 머리색 때문에 고역을 겪었겠지.

단지 그것만으로 나는 이미 그녀를— 적이라고 인식할 수 없게 됐다.

살며시 그녀의 흰 목에 손을 뻗었다. 이번에는 전과는 반대의 이유로…….

"……흉터, 안 생겼어?"

나는 쓰레기다. 자기가 때리고 걱정하는 가정폭력범 같아서 구역질이 올라왔다.

조심스럽게 목에 손을 대고 그 부분을 어루만졌다. 말로는 하지 않는 사죄를 속으로 되뇌면서.

나는 이제야 그녀의 속내를 알게 되었다.

3장 변화의 징후, 싸움의 시작

"다음에 그 샌드위치 재료를 어떻게 만드는지 알려줘."

레일라의 목에서 손을 거두려고 했을 때였다. 무슨 까닭인지 레일라의 목에서 손이 떨어지지 않았다. 그것은 손과 목이 달라붙었기 때문이 아니라―.

"왜 목을 들이밀어……?"

"아…… 조금만 더 이대로…… 음…… 으…… 으응……."

레일라는 자기 목을 꾹꾹 압박하듯 무게를 실었다.

뭐야, 이거? 대체 뭐야? 설명해줘, 오잉크. 내가 지금 무슨 짓을 당하는 거지?

"……전에 말했죠? 「그날 후로 상태가 이상하다」라고……."

"기운이 없다거나 그런 이야기인 줄 알았지……. 에잇, 떨어져."

"더, 더 손가락을 꽉……."

레일라는 살짝 상기된 얼굴로 뭐라고 웅얼거렸다. 미지의 공포를 느끼고 손을 빼자 앞으로 무게를 싣던 레일라가 내 품으로 쓰러졌다. 이 공주님, 열어서는 안 될 문을 열어 버린 것이 아닌가?

"미안, 오잉크. 오늘은 이만 갈래!"

"그러세요. 지금 그녀는 냉정하지 못한 것 같으니까……."

급하게 방을 나와 이제 그만 돌아가기로 했다.

아니…… 내가 잘못한 건 맞지만, 저건 나도 책임 못 진다구요…….

다음 날. 오늘도 나는 다른 일이 있어서 두 사람과 따로 행동하고 있었다.

결국 레일라에 관한 이야기는 전하지 못했다. 다음에 류에와 그녀가 만나면 경위를 설명하자고 마음만 먹었을 뿐.

하지만 나는 왜 레이니 리네아리스와 만난 사건을 말하지 못했을까?

설마 무의식을 조종하는 암시나 최면이라도 당했나?

"아니면 나에게 필요한 것, 소원이 이루어진다는 말에 주저하는 건가?"

사실 나는 그녀에게 받은 지도를 따라서 그곳을 찾아 헤매고 있었다.

장소는 길드에서 그리 멀지 않았다. 지금까지 갈 일이 없었던 무구점이나 공방 등 장비에 관한 가게가 모인 거리였다.

절로 눈이 가는 라인업이지만 꾹 참고 지도에 표시된 장소를 찾았다.

"지도가 정확하다면 이 앞…… 가게 사이에 난 틈새잖아. 여길 지나라고?"

번화가 가게 사이에 있는 틈새, 길고양이가 지나다닐 법한 골목이 있었다.

하지만 어디로 이어졌을지 모를 이런 골목에는 어떤 로망을 느꼈다. 『저곳은 분명히 어딘지 모르는 세계로 이어질 것이다』라고 공상에 빠지는 동심이 살아난다고 할까?

에잇, 지도는 이 앞을 가리킨다. 갈 수밖에 없지!

골목을 빠져나가자 그곳에는 넓게 트인 공간이 존재했다.

사방이 벽돌을 쌓은 벽, 아마 다른 건물의 벽으로 둘러싸인 이곳은 흡사 알비스에 있는 옛날의 『프로미스 메이든』 같았다.

작은 벤치에 오래된 우물. 그리고 유일하게 벽이 아니라 문이 달린 건물.

지도가 지시하는 곳은 이 광장이었다. 그렇다면 저 건물이 목적지인가?

주변을 돌아보자 뭔가 삐걱거리는 소리가 들렸다. 유일하게 보이던 문이 천천히 열리고 한 노인이 땀을 흘리며 나왔다.

"응……? 에구머니, 자네 어디로 들어왔나?!"

"네? 그냥 이 좁은 골목으로—."

돌아보고 숨이 턱 막혔다. 그곳에는 좁은 골목은 없고 오래된 벽돌 벽이 서 있을 뿐이었다.

"아, 아니…… 지금까지 여기에 길이 있었어요! 뭐지, 이상하네."

"흠? 자네, 이곳에 어떻게 오게 됐는지 말해 보게."

"그게…… 어떤 사람에게 이곳을 가리키는 지도를 받았습니다. 그래서……."

처음 경험하는 마법 세계 같은 현상에 횡설수설 설명하는데 이 노인은 지금 내 이야기만으로 상황을 이해한 듯했다.

"이쪽에서 왔다면…… 자네, 레이니 님과 만났는가?"

"어, 네……. 할아버지, 아는 사이셨나요?"

"그래. 여기에 살게 해주셨지. 여기서 이러지 말고 들어오시게."

사태를 아직 파악하지 못했지만 건물로 들어가는 할아버지의 뒤를 급히 따랐다.

건물의 정체는 보아하니 대장간, 일종의 공방 같았다.

돌벽과 화로는 검댕이 겹겹이 쌓여 광택을 띨 정도로 검게 그을었다. 거기서 느껴지는 긴 세월의 흔적에 탄식이 흘러나왔다.

"이곳으로 인도되었다면 뭔가 필요한 물건이 있다는 뜻이지. 자네, 자신이 얼마나 강한지 지금 당장 솔직하게 답해주게."

"아마 세계 최강."

돌발적인 질문에 나도 그만 농담 반, 진담 반으로 대답해 버렸다.

“푸하하! 망설이지도 않고 그렇게 대답하는 인간은 처음 보는구먼! 그래, 세계 최강이란 말이지! 그렇게 자신 있게 말하는 것도 대단해. 합격이야, 총각.”

“혹시 무슨 시험이었나요? 살짝 장난으로 답했는데.”

“지금부터 자네에게 보여줄 건 쉽게 세상에 내놓을 수 없는 물건일세. 어중간하게 힘을 가진 인간에게는 보여줄 수도 없지. 레이니 님의 소개라면 걱정할 필요는 없겠지만.”

그렇게 말하며 공방 안쪽으로 이어진 문을 열고 들어가는 그를 따라갔다.

세상에 내놓을 수 없는 물건? 아마 장비겠지. 정말로 가슴 설레는 말이다.

그렇다면 나는 무의식적으로 장비품을 원했다는 말일까?

그러고 보니 아직 마왕 룩 외의 장비가 싸구려 가죽 갑옷밖에 없는데, 그 대용품이라도 얻게 될까? 생각해 보면 나오 군과 화산 탐색을 할 때나 솔트버그에서 처음 의뢰를 받았을 때, 마인즈 벨리에서 평범한 의뢰를 받았을 때밖에 쓴 적이 없었지.

그런 생각에 빠진 사이 도착한 곳은 흰 돌로 된 거대한 문 앞이었다.

전체에 문자가 새겨지고 희미한 푸른빛을 내는 게 보였다.

그 신비한 문이 열리고 펼쳐진 광경은 가히 압권이었다.

미술관 같은 공간에는 멀리서 봐도 지금까지 본 것과는 차원이 다른 장비라고 알 수 있는 물품이 진열되어 있었다.

하지만 더 놀라운 점은 그것들을 쇼 케이스에 넣지도 않고 그냥 아무렇게나 놓아 뒀다는 것. 손을 내밀면 바로 만질 수 있는 거리에 그런 명품들이 전시되어 있었다.

"그래. 마음대로 만지고 써 봐도 돼. 여기 있는 건 그 정도로 흠집이 날 물건이 아니야. 어느 것이고 『신역(神域)에 도달하지 못한 장비』뿐이니까."

"신역에 도달하지 못한 장비? 그게 뭐죠?"

"이 세상에는 인간의 손으로 도달할 수 없는 『신역의 장비』라는 물건이 있어. 그것을 뛰어넘으려고 장인이 생애를 바친 일생일대의 작품을 통틀어 그렇게 부른다네."

그 설명에 침을 꿀꺽 삼키고 우선 가장 가까이 있는 흉갑으로 손을 가져갔다.

흰 도자기 같은 질감인 그것은 무서울 정도로 정성스럽게 만들어졌다.

……숨결이 느껴진다고 해야 할까? 만지는 것조차 꺼려졌다.

"총각, 갑옷이 필요한가? 그렇다면 그건 좋은 선택일세. 사실 그건 신역의 장비**였던 것**이야. 하지만 오랜 역사 속에서 본래 힘을 잃었어. 지금은 그냥 튼튼할 뿐인 갑옷이지."

"튼튼할 뿐이라뇨? 갑옷이라면 그게 전부 아닌가요?"

"충격 흡수와 항마력 술식이 있고, 원래는 암 가드와 세트였어.”

정말로? 게임 시절 초 레어 장비에 버금가는 성능이었잖아.

그렇다면 설마 여기 있는 장비에는 모두 그런 특수 능력이 있나?

불쑥 관심이 솟았다. 나는 이 어마어마한 장비들을 철저하게 조사하려고 닥치는 대로 집어 들고 효과와 유래를 할아버지에게 물어봤다.

그러는 사이 한 코트 아머 앞에 도착했다.

검고 얇은 롱코트. 견갑과 벨트, 금속 장식을 의미도 없이 디자인을 위해 붙인 듯한 어딘지 모르게 중2병 감성이 흐르는 외관.

“총각, 아쉽지만 그건 겉만 번지르르한 장비야. 신예기의 물건이라고 하지만, 성능은 빈말로도 좋지 않아. 방한복으로밖에 못 쓸 거야.”

“……그래, 그렇겠지. 외관에 올인한 예능 장비. 이걸 만드는 인간이라면…….”

그것은 익숙한 물건이었다. 나는 회상했다, 마왕 룩을 받았을 때 일을…….

『Gu-Nya(구~냐): 어때, 내 야심작! 모 마지막(파이널 뭐시기) 환상풍 검은 코트와 악덕 귀족풍 코트야. 끝내주지? 둘 중 하나를 선물할 테니까 대신 소재 수집을 도와줘!』

카이본
『Kaivon: 둘 중 하나라…… 으음, 고민되지만, 이쪽 마왕 같은 거!』

틀림없다. 이건 내가 고르지 않았던 구~냐의 갑옷이 확실하다.

손으로 잡자 확실히 가볍고 다른 장비에 비하면 완성도도 떨어졌다.

하지만 만약 하나만 고르라면 이 추억의 코트밖에 없었다.

“죄송합니다. 이걸로 주세요. 나중에 이 불필요한 견갑과 장식을 빼주세요.”

하지만 평소 쓸 예정이므로 미안하지만 중2병 파츠는 아웃. 자비는 없다.

당황하는 할아버지가 뚝딱뚝딱 불필요한 부분을 벗겨 내자 제법 차분한 인상의 코트가 완성됐다. 게다가 고정용 버클도 적당히 적어서 통기성도 좋아 보였다. 이거라면 이 계절에도 입을 만하겠다.

“응?! 이봐, 총각. 혹시 알고 이걸 벗기게 했나?”

할아버지의 반응에 양해를 구하고 코트를 아이템 박스에 한 번 넣어 확인했다.

『법인(法印)의 검은 코트(수선)』
『천 뒤에 방대한 술식이 새겨진 검은 코트』

『상급 소재와 탁월한 술식 부여 기술로 어마어마한 방어 성능을 자랑한다』
『한 번 수정하고 다시 수선하여 본래 성능을 잃었다』
【방어력】 160
【정신력】 90
【민첩】 135
【어빌리티】 [대미지 내성+20%], [충격 내성], [방한 내성]

…………정말 넌 무슨 짓을 저지른 거야?
구~냐, 너 인마, 그런 예능 장비를 만들려고 무슨 소재를 쓴 거야?
내 기억이 맞다면 이 갑옷은 내가 가진 탈검처럼 최고 희귀도 방어구로, 범용성과 능력치 보정을 고려하면 게임 내 최강 갑옷 중 하나로 꼽히는 말 그대로 최고급 레어 아이템이었다. 경매장에 내면 조 단위는 가볍게 넘는다.
"수납하는 힘을 가진 사람에게는 물품 판정 능력도 있다고 들었어. 어떤가, 그 장비 성능은? 조금 전과는 성능이 확연히 달라지지 않았나? 분위기로 알 수 있어."
"……네. 주제에 얄미울 정도로 유능한 장비가 돼 버렸네요."
"내가 간파하지 못한 건 분하군. 그래도 그건 총각에게 주겠네."
할아버지는 내가 꺼낸 코트를 받아들지도 않고 그대로 양보하겠다고 말했다. 솔직히 기쁨 반, 얄미움 반인 형용하기 힘든 심경이었다. 구~냐, 혹시 너도 이 세계에 있다면 다시 만났을 때 좀 따져야겠다.

그렇게 새 장비를 얻은 내가 호기심에 이끌려 장비를 구경하는데, 뭔가 위압적인 전신 갑옷이 안쪽에 숨겨져 있는 것을 발견했다.

상당히 무거운 그것을 앞으로 당기자 바닥이 긁히는 기분 나쁜 소리가 났다.

"할아버지, 이건 뭐죠?"

"오오! 그걸 움직였나! 그건 이 창고에서 가장 오래된 장비일세. 레이니 님 말씀으로는 신화에 등장하는 갑옷이라는데…… 사실 그것도 약해!"

"에이…… 생김새는 딱 내 취향인데."

막시밀리안 갑옷이라고 하나? 날씬하고 멋있는 플레이트 아머였다. 단, 투구는 무슨 암흑 기사처럼 무시무시해 정말이지 중2병을 자극했다.

이것을 입으면 안에 누가 있는지 못 알아보지 않을까?

"흠…… 할아버지, 이것도 주세요. 지금 값을 치를게요."

"값을 내가 어떻게 알겠나. 원래 운명에 이끌린 사람만이 여기서 자신에게 어울리는 물건을 구하고 난 그걸 지켜볼 뿐이야……."

"공짜가 세상에서 제일 비싸다잖아요. 돈이야 많을수록 좋지 않습니까?"

그런 고로 다시 금화 주머니 소환. 자, 주머니째 가져가든 손으로 퍼가든 마음대로 하십시오. 이 장비들에는 그만한 가치가 있으니까요.

하지만 이 할아버지도 주머니째로 가지려고 하지 않고 거기서 금화 몇 닢만 집었다. 그러고는 「이 정도만 있으면 먹고 살 수 있다」라며 더는 욕심을 부리지 않았다.

전에 본 할머니도 손으로 움켜쥐었는데 고작 몇 닢이라니. 이리도 검소할 수가!

"그런데 총각, 무기는 어떻게 할 텐가? 저쪽에는 무기가 즐비해."

"아, 저는― 이렇게 마법으로 무기를 만들어서 싸우거든요."

"호오, 외날 직검…… 사브르와 비슷한 형태로군……. 하지만 그건 자네가 본래 쓰는 무기가 아니겠지. 더 큰 검을 쓸 거야. 아닌가?"

"놀랍군요……. 그런 것까지 알아보시나요?"

"근육이 어떻게 붙었는지, 몸의 중심을 어디에 두는지로 대충 알 수 있지. 한번 보여주게."

숨겨 봤자 의미가 없겠지. 나는 아이템 박스에서 내 단짝인 탈검을 꺼냈다.

검붉게 변색하고 혈관 같은 무늬가 떠올라 그야말로 마검이라고 부르기에 부족함이 없는 모습이었다.

할아버지는 검을 본 순간 표정이 험악하게 변모했다.

"……자네, 그걸로 뭘 벴지? 누굴 죽였고, 얼마나 죽였나……? 자네 인격에 관해 참견할 생각은 없네. 하지만…… 이토록 더러워진, 극한까지 오염된 검은 내 긴 인생에서 단 한 번도 본 적이 없어……."

할아버지는 마치 끔찍한 것이라도 보는 시선으로 검을 보고 있었다.

그야 겉모습은 무섭지만…… 아니, 이것으로 죽였던 게 보통 것들이 아니긴 하지. 셀 수 없이 죽였고 어떤 강대한 상대도 죽여 왔으니까.

"자네는 제정신을 유지하고 있나? 몸이 뜻대로 되지 않거나 생각이 폭력적으로 변하지 않나? 이 창고 안에서도 이토록 무시무시한 느낌을 주다니……."

"제정신이라고는 생각하지만…… 최근 화가 많아진 것 같기는 해요."

"……그 정도로 그쳤나? 아니, 자네에게는 분명히 나쁜 것이 씌었어. 아마 그 검이 원인이야. 뭔지 모를 것으로 상쇄되는 모양이지만."

할아버지는 그대로 따라오라고 말하고 다시 대장간으로 돌아갔다.

그리고 시키는 대로 탈검을 건네자 어떤 가늘고 긴 홈에 검을 끼웠다.

"이것도 불은 쓰지 않지만 화덕의 친척이지. 단, 녹이는 것은 철이 아니라 사념이나 가호처럼 눈에 보이지 않는 것이야. 이건 너무나도 강한 독기로 뒤덮여 있어."

"그렇다면 그걸 중화할 수 있나요?"

그러자 할아버지는 입꼬리를 씩 올리고 이렇게 말했다.

"총각이 세계 최강이라면 나는 세계 최고지. 맡겨 둬."

홈에서 뺀 탈검에는 어떤 정체 모를 것이 달라붙어 있었다.

검붉은 안개…… 아니, 눈을 크게 뜨고 자세히 보자 그 정체는—.

"윽?! 이런 게 붙어 있었어……?!"

"너무 응시하지 말게나. 눈을 돌려."

피범벅인 손, 반쪽짜리 머리, 내장, 길게 늘어난 얼굴. 그런 끔찍한 그림자가 일렁거리며 칼날 주위를 소용돌이쳤다. 그리고 그 안에는 한층 큰 저주를 퍼붓는 마족의 얼굴도 보였다.

"저주, 원한, 그런 것들을 끌어들이는 검으로 변질했어. 하지만 동시에 신성한 기운도 섞여 있군. 그 덕에 지금까지 무사했던 게야. 정말로 뭘 베면 이렇게 되지……."

짐작 가는 것은 두 가지. 처음 검 성능이 바뀐 것은 그 소녀에게서 나온 주물(呪物)을 베었을 때였다. 그 단계에서 내 검은 저주를 모으기 쉽게 변했다고 생각한다.

그리고 두 번째는 신룡의 뿔. 성능은 올랐지만 검 이름까지 변하지는 않았다.

……그리고 그 후로 나는 사람을 몇 명이나 죽였다. 레이스를 노리는 자객이나 알비스에서 외도로 빠진 마족들. 그리고 그 원흉이자 강대한 힘의 소유자인 아캄도…….

"좋아, 그럼 시작하겠네. 충격이 있을지도 모르니까 힘 꽉 줘."

그러더니 할아버지는 원념이 소용돌이치는 칼날에 커다란 은색 망치를 내리쳤다.

독기를 헤치고 칼날에 닿은 그 망치가 주위에 맹렬한 음파를 퍼뜨렸다. 동시에 뭔가 보이지 않는 것이 튕겨 날아가는 듯한 충격이 전신에 밀어닥쳤다.

검을 보니 칼날에 희미한 무늬가 각인되어 있었다.

작고, 눈에 힘을 주지 않으면 보이지 않는…… 이건 방금 본 돌문과 비슷한 것인가?

하지만 그보다도 신경 쓰이는 점은 칼날을 물들이던 검붉은 색이 사라지고 혈관 같은 무늬까지 옅어진 대신 희미하고 푸르스름한 오라를 띠게 됐다는 것이었다.

"틀림없어. 이건 바탕부터 엄청난 검이야. 신역의 장비에 필적할 만큼."

"……그렇겠죠. 이건 틀림없이 최고의 검이에요."

새로 태어난 검을 손에 들자 놀라울 정도로 손에 익은 감각이었다. 팔을 통해 온몸으로 맑은 물이 흘러드는 것 같은 상쾌함을 느꼈다.

검을 다시 아이템 박스에 넣고 능력치를 확인하자—.

『탈생검 루인즈 페이트』

『사람의 삶과 운명을 비트는 자의 증표』

『구원받지 못할 운명을 구제하고, 길을 벗어난 생명에 종지부를 찍는 구제와 파멸의 검』

『공격력: 1210, 속성: 어둠, 신』

『마력: 1245』

또 무기 이름이 변했다. 그리고 능력치까지.

설명문은 대체 누가 어떻게 정하는지 모르지만 왠지 내가 걸어온 길, 행해 온 행동에 따른 듯 보였다.

만약 검을 여기로 가지고 오지 않고 그대로 썼더라면 어떻게 됐을까?

혹시 레이니 리네아리스는 그것까지 내다보고 나를 인도했을까?

"감사합니다. 미래의 불안이 걷혔습니다."

"내가 더 고마워. 이런 검에 관련되는 건 장인으로서 하나의 영광이지."

유쾌하게 웃는 할아버지에게 다시 한 번 감사 인사를 하고 이제 돌아가겠다고 전했다.

“오늘은 감사했습니다. 그럼 이만 돌아가 보겠습니다. 그런데 왔던 길이 사라졌는데 어디로 가야 할까요?”

“벌써 가려고? 길이라면 걱정 말게. 이 문을 나가면 바로 밖이니까.”

에이, 설마 그럴 리가. 아무리 그래도 그 정도로 판타지일 리가—.

그렇게 생각하며 문을 열자 조금 전에 봤던 우물 광장은 어디에도 없고 마차가 오가는 큰길이 눈앞에 떡하니 펼쳐지고 있었다. 그리고 당황해서 돌아보자—.

“모르는 가게, 지? 공방이 사라졌어…….”

제과점일까? 달콤한 향이 감도는 깔끔한 가게가 있을 뿐이었다.

……다양한 술식과 도구가 흘러드는 문화와 마법의 도가니라 할 수 있는 이 광대한 도시.

그 공방과 레이니 리네아리스 같은 존재가 있는 것도 어쩌면 그런 혼돈의 땅이기 때문일지도 모르겠다.

“왜 남의 가게 앞에서 넋 놓고 있어? 누구 놀리러 왔어?”

“앗?! 아뇨, 전…… 뭐야? 팬케이크 가게 주인이잖아?”

“뭘 놀라고 그래? 당분간은 영업도 안 하는데 뭐 하러 왔어?”

조금 감상에 젖어 있었는데 상상도 하지 못한 팬케이크 가게 주인이 등장했다.

순전한 우연이었으나 그대로 가게 안으로 강제 연행당했다.

“자, 먹어 봐. 새로 제분한 도토리 가루로 만든 팬케이크야.”

“마침 출출하던 때라서 주면 고맙게 먹긴 하겠지만…… 아, 예전보다 향이 좋아졌어.”

“흥, 당연하지. 너희, 도토리를 로스팅해서 라테를 만들었지? 거기서 얻은 힌트를 이용했어. 한 번 볶아서 제분하면 이런 향이 나.”

“우물우물…… 여전히 굽는 솜씨는 절묘해. 여기에 추가해서 그런 것도 만들어 보자, 도토리 시럽을 듬뿍 바르고 크림이랑 같이 산처럼 쌓아 올리는 거야.”

“……지금 시험 중이야. 짜증 나, 바로 남의 생각을 꿰뚫어 보고…….”

왠지 시식을 도와주게 됐지만 저는 여기서 잘 지냅니다. 아니, 농담을 빼고도 정말 맛있다.

마치 혼자 씨름하듯 이를 가는 점주가 재미있어서 나도 모르게 입이 가벼워졌다.

“흠. 이거 반죽에 도토리 라테도 넣었지? 익숙한 맛이 나.”

“……흥, 불만 있어? 나는 이제 절대로 질 생각 없어.”

“불만 없어. 그래도 차라리 크림에 도토리 칩 에스프레소를 섞는 편이 낫지 않을까 싶어서. 마침 우리가 만든 칩도 남아 있어. 자, 여기.”

“……뭐야, 이런 것까지 준비하고?”

“그냥 우연이야. 해석하든 혼자 즐기든 맘대로 해. 맛있는 팬케이크를 대접해준 답례야. 그럼 난 이만 가 보련다."

뭔가 하고 싶은 말이 있어 보이는 점주에게 칩을 떠밀고 후다닥 가게를 빠져나왔다.

왜일까? 거기 계속 있으면 귀찮은 일을 벌어질 것 같은 예감이 들었다.

불퉁하지만 또 오라는 인사를 뒤로 한 채 나는 우선 길드로 돌아갔다.

§ § §

길드 홀에서 엘리베이터를 타려고 했을 때였다. 뒤에서 누가 달려오는 발소리가 들려 무슨 일인가 돌아보자 초조해서 어쩔 줄 모르는 직원이 있었다.

"카, 카이 님이시죠?! 급히 길드 뒤편 연습장으로 와주세요!"

"왜요? 무슨 일이 생겼나요?!"

"카이 님께서 맡기신 마물에게 사고가 있었습니다! 빨리 오셔야 해요!"

그 말을 듣고 부리나케 달려 연습자에 모인 구경꾼들을 밀치며 앞으로 들어갔다.

『뭐야? 사람이 왜 이렇게 모여 있어? 연습장에 무슨 일이 났나?』

『하늘에서 무지막지하게 큰 드래곤이 떨어졌대.』

『길드 직원이 이미 봉쇄했다고 들었어.』

주위에서 그런 대화가 들렸다. 틀림없다, 쾨니히다.

얼마 전까지 미스 콘테스트 무대가 설치돼 있었던 장소를 길드 직원들이 에워싸고 있었다.

그중 한 명에게 내 길드 카드를 제시하고 안으로 들어갔다.

그곳에는 비가 내리지도 않았는데 잔디가 습지처럼 젖어 있었다.

"이 냄새는…… 설마 이게 전부 피야?!"

앞쪽을 보자 아캄과 싸울 때보다 더 크게 성장한 쾨니히가 온몸에서 피를 흘리며 힘없이 바닥에 누워 있었다. ……이 출혈량은 위험하다.

가까이 가니 류에와 레이스가 필사적으로 쾨니히에게 치유술을 걸고 있었다.

"류에, 레이스, 대체 어떻게 된 거야?! 쾨니히의 용태는?"

"카이 군! 몰라, 우리가 왔을 때는 이미 이 지경이었어!"

"지금 류에가 회복 마도를 쓰고 저도 주위에 튄 피에 재생술을 걸어서 몸으로 돌려보내고 있지만…… 카이 씨, 어쩌면 좋죠?! 피가, 피가 멈추질 않아요!"

"상처도 전혀 안 아물어! 아직 숨은 쉬는데 나을 기미가 없어!"

그 말을 듣자마자 급하게 탈검을 꺼내서 어빌리티를 조합했다.

【웨폰 어빌리티】
[생명력 극한 강화]
[회복 효과 범위화]
[컨버트 MP]
[찬탈자의 증거(투)]

가능한 한 회복 효과를 부여하도록 구성하고 쾨니히를 범위에 넣었다.

계약으로 나와 쾨니히는 이어졌을 것이다. 마음으로 빌면서 마력을 흘려보냈다.

하지만 그렇게 해도 쾨니히의 HP는 회복되지 않고 감소가 멈추는 데 그쳤다. 아니, 지금은 그것만으로도 큰 성과겠지.

"카이 씨…… 이 아이는 괜찮겠죠? 분명히 살 수 있는 거죠……? 이 아이도 제 은인이에요. 절대로 이렇게 죽지는 않겠죠……?"

"그래…… 계약자인 내가 왔으니까 그냥 죽게 내버려 두지는 않아, 절대로."

생각해 보면 알비스에서 아캄과 싸울 때 쾨니히는 내 지시를 완벽하게 수행해 아캄의 지배하에 있던 모든 드래곤을 이끌고 나타나줬다.

그 광경에 주민들이 얼마나 큰 용기를 얻었던가. 얼마나 믿음직스러웠던가.

레이스에게도 쾨니히는 자신을 위해 싸워준 동료이며 무엇보다 그녀는 이름을 직접 붙여준 사람이기도 했다. 레이스가 비통하게 외치는 것은 당연했고 나도 거기에 부응해야만 했다.

하늘이 어두워질 무렵에는 오잉크도 달려왔다. 오잉크는 주변 일대를 봉쇄하고 우리 주위에서 모든 사람을 물렸다. 가능한 한 집중하도록 도와준 것이었다.

그로부터 별빛이 하늘을 가득 채웠을 때 문득 류에가 소리쳤다.

"마도 효과가 듣기 시작했어! 카이 군, 고비는 넘겼을지도 몰라!"

그 말에 급히 쾨니히의 HP를 확인했다. 정말로 1포인트씩 천천히 회복되고 있었다.

"나도 확인했어! 이제 회복된다!"

"출혈도 줄었어요! 다행이다…… 다행이야……."

그리고 HP가 절반을 넘었을 때 내 머릿속에 흐릿한 목소리가 들렸다.

『목숨을…… 구해주셔서…….』

"쾨니히, 정신이 들어?"

『뭐라고 감사를 드려야…… 아무리 감사해도…… 모자랄…….』

약해질 대로 약해져 드문드문 끊기는 말을 듣고 아직 체력은 돌아오지 않았음을 알았다.

그래도 물어야만 했다. 대체 누가 이런 짓을 했는지.

"무슨 일이 있었어? 네가 이렇게 다치다니……."

『실수를…… 높은 곳, 저 높은 하늘의 끝에서, 강한 자에게…….』

"……하늘 위에 그렇게 강력한 마물이 있다고?"

『꼬리를 먹히고…… 날개를 찢기고도…… 나는 승리했…… 주인님.』

"그래, 잘했어. 잘 싸웠어, 쾨니히."

그냥 당하지는 않았나. 그래야 우리 집 드래곤님이지.

하지만 설마 쾨니히를 이토록 몰아붙이는 상대가 이 대륙에 있다니…….

그래도 쾨니히는 승리했다고 말했다. 만신창이…… 아니, 내가 늦게 왔다면 동귀어진이었을지도 모른다. 가능하다면 조금 더 자세하게 듣고 싶지만 아직은 말하는 것도 괴로워 보였다. 오늘은 그만 쉬게 해주자.

"쾨니히. 몸을 작게 줄일 수 있겠어? 외양간으로 돌아가서 쉬는 편이 좋을 거야."

『예…… 배려에, 감사……드립니다.』

몸에서 마력이 빠져나가는 감각을 맛보며 빛에 싸인 쾨니히를 지켜봤다. 무사히 작아진 모양이므로 곁에 붙어 외양간 안으로 들어갔다.

다른 사람이 계약한 마물인지 내부에 있던 모든 마물이 일제히 고개를 숙였다.

"이건…… 쾨니히, 대단하잖아. 이렇게 사랑받았어?"

『저는 주인님의 날개…… 다른 이는 아래에 두어 마땅합니다…….』

마치 마물의 왕이었다. 말의 의미를 따지면 쾨니히야말로 진짜 마왕이 아닌가?

깔갯짚 위에서 몸을 웅크리고 눈을 감은 것을 확인한 뒤 나는 밖으로 나왔다.

"카이 군! 쾨니히가 뭐라고 해?! 누구에게 당했어?!"

밖으로 나오자 류에가 드물게 도끼눈을 뜨고 달려왔다. 기분 때문인지 목소리도 낮고 어둡게 깔려 험악했다. 무심결에 내 목소리가 상기될 뻔했다.

"괜찮아, 쾨니히가 직접 해치웠다고 해. 그러니까 진정해."

"그, 그랬어……? 그럼 됐어. 다행이야…… 무사해서 정말 다행이야."

"몸은 이제 괜찮은가요? 후유증이 남거나 하지는……."

"문제없어. 그래도 혹시 모르니까 내일 다시 이야기를 들어 볼게."

두 사람은 겨우 마음을 가라앉혔다. 그리고 방으로 돌아오자 한시도 떨어지지 않고 간병하던 피로가 몰려왔는지 우리 셋은 금세 곯아떨어졌다.

§ § §

이튿날 아침. 류에와 레이스가 아직 침대에서 잠든 사이에 마물 외양간으로 갔다.

어제는 신경 쓸 여유가 없었지만 새삼스럽게 이 외양간으로 들어오자 인간과는 명백하게 다른 숨결, 기척 등 『인간이 아닌 것들의 영역』이라는 분위기가 물씬 풍겼다.

쾨니히의 마방(魔房)으로 가자 기척을 느꼈는지 머릿속에 목소리가 들렸다.

『주인님, 어인 일이십니까?』

"깨웠어? 걱정돼서 보러 왔어."

『심려를 끼쳐 죄송합니다. 전보다 훨씬 힘이 넘칩니다. 몸도 쾌유하여 당장에라도 날아오를 수 있습니다.』

"그래? 그렇다면 다행이야. 그런데 말투가 조금 바뀌지 않았어?"

『그럴지도 모르겠군요. 어제 해치운 용의 힘을 얻어 성장한 영향일지도 모릅니다.』

"응? 적이 용이었어?"

『예. 구름보다 높은 그 빛나는 곳에 닿아보려고 도전하다가 그 용과 만나 공격받았습니다.』

“태양에는 다가가지 않는 편이 나아. 날개가 녹아서 떨어질 수도 있으니까.”

그리스 신화의 누구처럼. 우리 집 용의 날개가 밀랍은 아니지만…….

“그나저나 그 용의 특징을 기억나는 대로 알려줄 수 있을까?”

쾨니히가 묘사한 내용은 안타깝지만 빈말로도 이해하기 쉽다고 하기 어려웠다.

인간 사회에 익숙하지 않은 탓인지 그(?)의 설명은 독특하고 추상적이었다.

쾨니히는 그 용의 특징을 이렇게 말했다.

『태어난 곳에서 본, 빛나는 불길과 같은 피부색』.

『고향에서 때때로 본, 빛나는 풀을 닮은 날개』.

쾨니히가 태어난 곳은 아마도 아기다르 화산 속이다. 그렇다면 빛나는 불길이란 오렌지나 황금색을 가리키겠지.

그리고 고향에서 본 빛나는 풀. 이것은 아기다르 인근에 자라던 벼다.

즉, 그 용은 황금색에 털이 많은 날개를 가졌다고 해석할 수 있었다.

몸도 날개도 황금색. 그리고 수북한 털. 그 말만 들으면 굉장히 신성한 느낌이 들었다. 신의 화신이나 신의 사자를 연상케 하는 외관이 아닐까?

“그렇군……. 잘 알았어. 아침 일찍 들이닥쳐서 미안해.

나는 이제 갈게."

『예. 저도 추후 다시 주위를 날며 상태를 확인하겠습니다.』

쾨니히에게 인사한 나는 오늘도 특수 훈련 구역으로 가기로 했다.

그러고 보니 들리는 소문으로는 우리 집 용은 이곳에 온 뒤 매일 규칙적으로 오전 0시에 외양간으로 돌아와 혼자 침소에 들며 시끄러운 다른 마물을 꾸짖는다고 한다.

사육을 담당한 직원이 일이 굉장히 편해졌다며 감사했다. 절로 콧대가 높아진다.

오늘도 이른 시각부터 긴 줄을 선 뒤 술식 공간으로 전송됐다.

처음부터 전투장으로 전송되는 일도 있는가 하면, 미궁으로 날아가서 싸우며 돌파하는 패턴도 있다고 들었다. 오늘 나는 어떤 곳으로 가게 될지 기대하면서 흰 빛에 싸여 반사적으로 눈을 감았다. 그리고 천천히 눈을 뜨자—.

"죄송하지만, 저예요. 어서 오세요, 카이본 씨."

"……훈련시켜줘, 레이니 리네아리스."

왠지 낯설고 어둑한 도서관 같은 곳에 서 있었다.

역시 술식을 통해 들어오는 이곳은 그녀의 손바닥 위인가?

하지만 이 정체 모를 인물은 그냥 따분함을 달래려고 할 뿐, 특별한 악의를 가진 사람이 아니라고 이미 배웠다. 다소 경계는 하지만 적의를 보낼 필요는 없겠지.

"그러지 말고 잠깐 이야기를 들어주세요. 차까지 준비한 제 정성을 봐서라도."

그렇게 말한 직후, 어느새 나는 그녀와 탁상을 끼고 있었다. 그리고 내 앞에는 홍차.

……여기서는 그녀에게 거스를 수 없겠다. 신 행세까지 하며 관심을 구걸하다니.

"당신 **아이템 박스**를 가지셨죠? 사실 그 안에서 그리운 느낌이 들어서요."

"숨 쉬듯이 남의 주머니 속을 느끼지 말아 줄래? 하지만 그리운 느낌이라는 건……."

가장 최근에 보관한 물건을 말하나? 나는 오늘 아침 방 앞에 놓인 바구니 안에서 등심 샌드위치(아마도 레일라 작품)를 꺼내서 보여줬다.

"맞아, 맞아! 이거예요, 이거! 이 식욕을 자극하는 고기 냄새가— 그게 아니에요."

"나이스 리액션. 나도 농담이야. 돌려줘, 내 아침밥이니까."

"얍!"

"아앗?! 왜 먹어?!"

농담으로 건넸던 건데, 이 녀석은 의미심장하게 쓰고 있던 후드와 베일을 태연하게 벗어 버리고 입을 있는 대로 크게 벌려 게 눈 감추듯 샌드위치를 먹어 치웠다!

"저한테 주셨잖아요? 그래서 먹었을 뿐이에요. 정말 맛있네요."

"……얼굴을 보여줘도 돼? 숨기던 거 아니었어?"

"아뇨? 그냥 신비주의 같고 매력 있잖아요?"

옆길로 빠진 이야기를 되돌리려고 그녀가 기운을 느꼈다고 추정되는 물건을 꺼냈다.

할아버지의 공방에서 산 검은 전신 갑옷이었다.

"……후후, 제 생각이 맞았네요. 모습을 가릴 수 있어서 편리하다고 생각하셨죠?"

"……노코멘트. 남의 생각을 훔쳐보지 마."

"후후, 기대할게요. 그나저나…… 정말로 그립네요."

"신화에 나오는 갑옷이 그리워? 설마 정말로 신이라고 하진 않겠지?"

"어머, 아직 안 믿으셨어요?"

애초에 신화라는 것이 이 세계에서 어떤 취급을 받는지 나는 몰랐다.

신화란 종교가 가르침을 퍼뜨리기 위해, 혹은 권위 부여나 의식 조작을 위해 지어낸 이야기, 쉽게 말해 픽션이었다. 적어도 지구에서는 그렇게 인식했다.

"……이 세계에서도 그래요. 다만, 이렇게 당사자가 존재하면 그건 실제로 과거에 일어난 역사적 사실이 되죠."

"자연스럽게 사람의 생각을 읽지 마. 받아라, 사람에게 말하지 못하지만 이 세계에 오고 풀지 못한 남자의 욕망 공격. 자, 읽어 봐, 레이니 리네아리스."

"…………다음 내용은 없나요?"

안 돼, 이 자식 멘탈이 너무 강해. 아니, 그보다도 정말로 신화가 사실이라고 가정해 보자.

그 신화의 시대란…… 신예기와는 다른 시대를 말할까?

아니, 잠깐만. 머리가 혼란스러워. 애초에 이 세계는…… 뭐지?

"고민하시는군요. 추측하건대, 당신은 신예기 사람이죠? 그 공백의 시대를 아는 사람. 하지만 저는 그 시대를 인식하지 못해요. 그러니까 당신 입으로 이야기해주지 않을래요? 신예기에 무슨 일이 있었는지."

"생각을 읽을 수 있는 거 아니었어?"

"만능은 아니에요. 생각 중에서도 표층, 당장 머리에 떠오른 생각밖에 보지 못하죠. 그러니까 깊은 곳에 있는 기억이나 추억을 볼 수는 없어요."

하지만 신예기에 무슨 일이 있었냐고 물어도 그 게임에 스토리라고 할 만한 것은 없었고 특별한 이벤트도 열린 적이 없었다. 굳이 따지면 서비스 종료 전날, 내가 칠성을 모두 해치운 것 정도일까?

"……세계가 끝나는 날. 모든 칠성이 쓰러졌을 때 이야기는 어때?"

“처음부터 핵심을 파고드시네요? 들려주세요.”

나는 이야기를 풀어놓았다. 마지막 서비스 날을, 내가 실제로 경험한 일인 것처럼……. 친구들과 협력해 칠성에 연달아 도전한 일과 검이 칠성의 힘을 빼앗은 것, 그리고 마지막 칠성, 신의 이름을 가진 상대까지 해치우고 세계가 끝났다는 것을…….

“……역시 당신이 전설로 남은『해방자 카이본』본인이었네요.”

“그렇다면 처음부터 알고 접촉한 거야?”

“물론이죠. 다만…… 당신은 지금 이야기하는 도중 쭉 고민하고 계셨죠?”

그렇다. 나는 생각했다. 신예기란『신에게 법칙을 지배받던 시대』라고 류에가 말했다. 그것을 감안하면 게임 운영 회사=신이라는 뜻이 된다.

하지만 전설에서는 내가 모든 칠성을 해치우고 신과 함께 사라졌다고 전해진다.

그리고…… 신은 다시 이 땅에 새로운 칠성을 보냈다고도 한다.

그렇다면 신=운영진이라는 공식이 성립할 수 없지 않을까?

“설마, 내 생각이 틀렸어……? 운영진을 신이라고 불렀을 뿐이고 진짜 신은 따로 있었나?”

애초에 내가 칠성을 모두 해치운 뒤에도 운영진은 게임 세계를 유지했고 마지막으로 게임 내 아나운스로 지금까지 운영에서 겪은 일화 따위를 들려주지 않았나.

왜 지금까지 깨닫지 못했지? 틀림없이 운영진≠신이다. 다시 말해—.

“세상이라는 판을 깐 존재. 저는 당신이 지금 어렴풋이 도달한 그 답을 지지해요.”

내가 떠올린 생각을 읽은 레이니가 그것을 긍정했다.

그렇다면 이곳은 게임에서 태어난 세계가 아니라고 가정하자. 오히려 그 반대라면 어떤가?

세계를 게임으로 축소한 것이 『그란디아 시드』라는 가설.

그리고 세계에 새로운 칠성을 안배하고, 해방자를 불러들이기 위해서 지구와 연결점을 만들고, 게임 회사에 모종의 방법으로 축소한 세계를 맡긴 존재.

“……그런 신이 정말로 있나 보군. 레이니 리네아리스. 당신이 신화시대에 살았다면 그 존재가 뭔지 알지 않아?”

도달한 해답을 손에 쥐고 그녀에게 핵심을 물었다. 하지만 레이니는 평소처럼 자신만만하게 웃지도, 어물쩍 넘어가지도 않고 그저 슬프게 표정을 일그러뜨릴 뿐이었다.

“……저는 제 시대의 일을 말할 수가 없어요. 그렇게 정해져 있거든요.”

“신이라면서? 그런 규칙 따위 깨도 되지 않아?”

“후후, 저는 이곳, 이 술식 안이라는 애매모호하고 현실세계가 아닌 곳에서만 존재할 수 있는 잔재에 불과해요. 그렇게 강한 힘은 남아 있지 않아요."

"……요컨대 누군가가 이곳에 봉인했다고 생각하면 될까?"

"노코멘트예요. 그냥 짐작만 해주세요."

역시 있다. 한때 나오 군에게 나를 제거하도록 부탁한 존재는 틀림없이 이 세계의 성립 과정이나 게임 세계에 깊이 연관되어 이 세상 어딘가에 존재한다.

그렇다면…… 이 자칭 신이라는 여자는…….

"……빗물의 기적. 그건 즉—."

"세상이 앞으로 나아가도록 하기 위해. 자신이 관여할 수 있는 최선의 방법으로, 사람을 위해 할 수 있는 얼마 안 되는 발버둥. 당신이 지금 머리에 떠올린 답에…… 저는 만점을 드릴게요."

활짝 웃으며 찻잔의 홍차를 비운 레이니는 아주아주 기뻐 보였다.

그렇다면 마지막으로 묻자. 당신의 소망을, 앞으로 나아간 세계에서 무엇을 바라는지를…….

"제 소망은 단 하나. 사람이 사람으로서 자유롭게 세상을 살아가는 것. 바로 지금 당신처럼. 누군가에게 관리되고 미래가 결정되다니, 있어서는 안 될 일이에요."

"……당신은 지금까지 세상에 무엇을 남겼지? 내가 뭘 해주길 바라지?"

"후후, 당신은 이미 얻으셨어요. 제가 세상에 남긴 소소한 선물을. 너무 걱정하진 마셔요. 당신에게 모든 것을 떠맡길 생각은 아니니까요.”

“얻었다고? ……그렇군. 신화시대, 그건 바꿔 말하면 『구세계』.”

내가 지금까지 얻은 『구세계의 유산』들이 그녀의 선물. 그 답에 도달한 순간 깨달았다. 나는 이미 그녀의 이름을 이전부터 봐 왔다는 것을…….

『새저태리어스의 지침』

구세계의 유산. 제작자: ※※니 ※※아리스

이름이 뭉개졌지만 그건 분명히 그녀의 이름이었다.

“후후, 그건 제 야심작이랍니다. 마음껏 활용해주세요.”

“그래. 분명히 내 동료가 잘 써줄 거야. 그쪽 머리 장식도 소중히 다루고 있어.”

“머리 장식이요……?”

의외로 류에가 가진 머리 장식은 알지 못하는 것 같았다.

그래서 내가 그 머리 장식의 특징을 전하자—.

“그걸 어디서 구하셨죠?”

“어, 그게…… 엔드레시아 잡화점에서 구했는데…….”

처음으로 레이니의 감정이 크게 움직였다. 마치 찾던 물건이라도 발견한 것처럼.

"……그건 제 작품이 아니에요. 하지만 그걸 만든 사람을 알죠……. 그랬나요, 당신 손에 넘어가 있었군요……. 부디…… 소중히 다뤄주세요."

"믿어도 돼. 나도 소중한 사람에게 선물했어."

또 그녀는 기쁘게 미소 짓고 손으로 허공을 더듬었다.

그러자 공중에 모니터 같은 것이 나타나고 그곳에 류에 모습이 비쳤다.

"이분이죠? 특수 훈련 구역에 도전하는 중인가 보네요."

"대단한걸? 이런 것도 가능해? 보아하니 미궁 코스에 도전하나 봐."

"후후, 이제 곧 골에 도착해요."

그리고 골을 목전에 둔 류에는 커다란 구멍에 빠져 버렸다. 분한 표정으로 구멍에서 기어 올라오지만 방향을 착각했는지 성내며 반대쪽으로 뛰어갔다.

"……귀여운 분에게 넘어가서 참 다행이에요."

류에, 힘내! 골이 코앞이니까 눈물 닦고!

"그럼…… 충분히 이야기를 나눴으니까 이제 돌려보내 드릴게요."

"나도 대화를 나눠서 좋았어. 맞아, 다음에 또 먹을 걸 들고 올게."

"마음 써주셔서 감사해요. 그럼…… 마지막으로 당신에게 지금 제가 줄 수 있는 최대한의 선물을……."

서로 자리에서 일어난 뒤 레이니는 서서히 눈을 감고 허공에서 지팡이를 불러내서 자세를 잡았다.

"앞으로 갈 여로에서 당신은 잃어버린 것, 버리고 온 것에 직면할 거예요. 큰 장애물로서."

"……그건 내 미래야?"

"지금 보이는 운명이에요. 다만, 당신은 이미 운명을 몇 번이나 뒤집으며 여기로 오셨죠. 그러니까 이건 사소한 커닝이에요. 당신이라면, 그걸 뛰어넘을 수 있겠죠."

시야가 눈부신 빛에 휩싸였다. 그리고 빛이 걷혔을 때 나는 원래 장소로 돌아와 있었다.

"응? 손에 뭔가 있어……. 이건 책인가?"

『당신이 머릿속으로 그린 영상을 얇은 책으로 만들었으니까 받아주셔요.』

페이지를 넘긴 순간, 나도 깜짝 놀랄 속도로 처분해 버렸다.

……아이템 박스 깊숙한 곳에 쑤셔 박아서.

역시 연금술의 신이야……. 아주 구석구석까지 빠짐없이 재현하셨구만……!

한 번 더 특수 훈련 구역으로 들어가려고 했으나 직원에게 다시 줄을 서라는 말을 들었다. 그야 그렇지. 밖에서 보면 그냥 훈련에서 돌아온 것으로밖에 보이지 않으니까. 하지만 역시 칠성배 예선까지 보름도 남지 않은 탓인지, 행렬의 길이를 본 것만으로도 오늘은 포기할 수밖에 없다고 판단했다.

내 방으로 돌아오니 마침 방 앞에 놓아 둔 아마 이제는 비었을, 바구니를 챙기러 온 레일라(Ver.분장)와 마주쳤다. 그래, 마침 잘됐다.

"레일라, 잠깐 시간 돼?"

"……! 아, 카이본 님이셨나요? 무슨 일이시죠?"

"이 시간에 오잉크가 어디 있는지 알아?"

"방금 이곳 길드 집무실로 가는 걸 봤어요."

"흠, 그래? 레일라도 따로 할 일이 없으면 오잉크 방에서 대기해줘. 이따가 갈게."

"서, 설마! 알았어요. 목 닦고 기다릴게요!"

"하지 마, 다른 뜻으로 들리니까. 애초에 그 대사는 찾아가는 사람이 하는 거야."

레일라와 헤어져 오잉크의 집무실로 갔다. 서면을 보다가 고개를 든 오잉크의 눈 밑에는 짙은 다크 서클이 내려와 있었다. 많이 바쁜가 본데…… 다음에 오는 편이 나으려나?

"엄청 피곤해 보여. 전에 마신 포션이라도 쓰는 게 어때?"

"아무리 그래도 이런 일상 업무에 쓸 수는 없죠. 아시다시피 엄청나게 귀중품이니까요."

"한 곡 추려고 아무런 망설임 없이 원샷한 주제에 뭐래."

"그래서 무슨 일이시죠? 이래 봬도 바쁜 몸이에요. 이 시기에는 특히 더."

"아, 그거 말인데…… 오늘 밤 시간 되는지 물어보려고 했는데, 그냥 다음에—."

그 직후, 눈에 보이지 않는 앞발 속도로 통신 마도구를 써서 연락했다.

"저예요. 오늘 오후 일정은 전부 취소해요. 반박은 안 받으니까 아무튼 그런 줄 아세요."

꿀돼지의 과감한 약속 올 캔슬. 사적 용무를 우선할 작정이었다.

"네, 오늘은 오후부터 한가해요. 밤에도 비어 있고요."

"야, 그렇다고 일을 내팽개치는 건 좀 아니지."

"괜찮아요. 어차피 수확제 후에 열릴 의회의 사전 교섭일 테니까."

"그래? 다른 게 아니라 오늘 밤 레일라와 류에를 만나게 해줄 생각인데, 이왕이면 같이 밥이나 먹을까 싶어서. 그 음식 조리법도 배울 겸 말이야."

용건을 전하자 오잉크는 무엇을 기대했는지 땅이 꺼지게 한숨 쉬었다.

아니, 내가 그런 로맨틱한 이야기를 하러 올 리 없잖아.

"대충 그럴 줄 알았어요……. 좋아요, 그럼 오늘 밤은 제 방에서 식사를 할까요? 좋은 기회니까 이루도 불러 볼게요. 리샤르에 관한 이야기를 들을 수 있을지도 몰라요."

"그래주면 고맙지. 그럼 지금부터 네 방에 가서 조리법을 배우고 있을게."

"저녁은 기대할게요. 저는 도토리를 쓴 요리로 부탁드려요."

"그럼 너만 도토리 모둠."

"으앙~!"

§ § §

"자, 그럼 지금부터 너랑 나 둘이서 오늘 밤 메뉴를 생각하고 요리 6인분을 준비해야 해. 더불어 그 요리 레시피를 빨리 알려줘."

"저, 그게, 너무 갑작스러운데…… 이, 일단 만드는 법부터죠? 지금 재료를 준비할게요."

소파 사이에 목을 끼우고 잠들어 있던 레일라를 두들겨 깨우고 용건을 전했다.

그러자 생각보다 훨씬 야무지게 재료를 준비했고 착실하게 앞치마까지 맸다.

"재료는 모두 이 방에 보관해 뒀어? 설마 이 방에 살아?"

"요즘은 이곳에서 지내요. 후학을 위해 길드 업무를 견학하고 싶다는 명목으로요."

"그래서 매일 만들 수 있었군……. 늦었지만, 매일 빵을 가져와 줘서 고마워."

정말로 늦었지만 레일라에게 감사를 표했다. 하지만 내 말에 레일라는 믿어지지 않는 것이라도 본 표정이었다. 에이, 사람이 고맙다고 해도 난리야!

"……후후, 천만의 말씀이에요. 그럼 바로 만드는 법을 알려드릴게요."

태연하게 웃으며 감사 인사를 받는 모습이 역시 살짝…… 밉살스럽다.

아직은 완전히 솔직해질 수 없으나 그래도 나는 그녀에게 요리를 배웠다.

"……카이본 님, 굉장히 익숙해 보이시네요……."

"그건 그렇겠지. 흠, 그럼 만들면서 메뉴를 생각할 테니까 아이디어를 말해줘."

분하지만 레일라의 솜씨는 레이스 이상이었고 도우미로서 더 없이 이상적으로 움직여줬다. 정말로 분하지만…….

오늘 밤 메뉴는 레일라가 잘 만든다는 튀김 종류와 이 수수께끼의 파테를 쓴 라타투유, 그밖에도 전에 팔씨름 대회에서 얻은 채소를 쓴 냉포타주였다.

"파테는 다 됐어. 그쪽은 빵가루를 써서 만들어줘. 방금 바게트 뒀지? 그걸 갈아서 바로 천으로 덮고 격리해 둬."

"네, 넷! 채소는 모두 말씀대로 썰었어요."

"……벌써? 그럼…… 여긴 됐으니까 테이블을 차려줘."

내 지시를 모두 소화하는 일솜씨는 솔직히 귀족을 때려치우고 이 나라 레스토랑에 취직하는 편이 낫지 않을까, 라는 생각이 들 정도였다. 장담하건대 그게 더 행복할 것이다.

"보자…… 이제 남은 재료로 몇 가지만 더 만들면, 앞으로는 기다릴 뿐이군."

그러는 사이에 시각은 오후 다섯 시. 슬슬 올 때가 됐다.

어느샌가 드레스로 갈아입은 레일라가 안절부절못하고 문 앞을 서성거렸다. 그렇게 긴장되나? 만찬회에서는 그렇게 저돌적이었으면서…….

하긴, 그런 자리에서는 강한 척해야 할지도 모르지.

안 돼. 생각할수록 죄책감이 치밀어 오른다. 뭔가 다른 생각을 해야지.

그런 그때, 방을 노크하는 소리가 들려 이 죄책감을 머리에서 밀어내기로 했다.

"자, 잘 어셨터혀!"

"뭐라는 거야."

레일라는 가장 먼저 들어온 오잉크를 무시해 버리고 오늘의 주빈인 류에를 환영했다. 자, 꿀돼지도 시무룩해하지 말고 어서 앉아.

"아, 안녕, 레일라. 놀랐어, 설마 카이 군과 같이 있다니……."

"네! 류에 씨를 위해 둘이서 요리를 했어요!"

감격에 겨운 것처럼 레일라가 류에의 손을 잡고 붕붕 흔들어 댔다.

꼭 좋아하는 아이돌과 악수라도 한 아이 같았다.

"오잉크, 이런 얘기는 없었잖아? 서디스 왕족이 있다면 있다고 말을 했어야지?"

"너무 그러지 마세요. 오늘 그녀는 제 친구 중 한 명에 불과하니까. 편하게 생각하세요."

"그래, 손녀님. 일단 앉아. 제법 실력을 발휘해서 만들었어."

"손녀님이라고 하지 마……. 역시 나, 당신이랑 조금 안 맞아."

"나는 마음에 들었으니까 앞으로도 자주 보자고."

그리고 가장 넋을 놓고 있던 레이스가 다가와서 귀에 대고 속삭였다.

"저기…… 괜찮았나요? 카이 씨, 이분을 피하셨으면서……."

"알고 있었구나? 이래저래 일이 있었어. 아마 본인이 그 이야기도 할 거야."

레일라가 상차림이나 요리 마무리를 돕겠다고 했지만 오늘은 너와 류에를 만나게 하는 자리란 이유로 거절했다. 이제부터 이 부엌은 제 겁니다.

가급적 거실 쪽 이야기, 즉, 레일라가 살아온 이야기를 듣지 않도록 작업에 집중했다.

……몇 번이나 들을 만한 이야기가 아니다. 나도 내가 한 짓이 있어서 양심에 찔렸다.

그리고 무엇보다도 남녀 비율 1:5는 솔직히 괴롭다. 저 사이에 끼어 어색함을 감당할 자신이 없었다.

그러므로 나는 요리 마무리에 온 신경을 집중했다.

"그렇구나……. 레일라도 힘들었겠어. 나는 함께 있어 줄 수는 없어도 친구는 될 수 있어. 게다가 다음에 나도 서디스 대륙으로 갈 예정이야."

"정말인가요! 그렇다면 또 뵙게 될지도 모르겠네요."

"그나저나 머리색 하나로 그런단 말이야……? 남의 풍습에 참견하고 싶지 않지만 유별난 곳이야. 희한한 거로 따지면 나랑 오잉크의 흑발이 더 심하잖아?"

"그렇죠. 사람들 중에는 꺼림칙하게 생각하는 분도 있을지 몰라요."

"저기, 저는 전에 머리색을 속이며 살았는데, 그쪽에서는 허가되지 않나요?"

"보통은 안 돼요. 제 경우 주요 시설에 가거나 왕도를 나올 때는 대역과 함께하지 않으면 출입을 못 할 정도예요. 해석과 해주 술식이 있으니까요."

"그 대역이란 분은 이번에 같이 오지 않으셨고요?"

"네. 그분도 바쁜 분이라서—."

아무래도 분위기가 험악해지지 않고 무사히 서로를 이해한 모양이다.

"채소를 썬 크기가 모두 일정해……. 정말로 손끝이 야물어."

첫 요리, 한마디로 전채는 바게트와 그 파테를 쓴 카나페. 두 번째 요리는 여름 채소로 만든 밀푀유 튀김. 이것도 채소

사이에 그 파테를 얇게 펴서 발랐다.

둘 다 레일라의 주특기 요리라고 하며 이미 시식도 해 봤다. 맛은 두말할 필요도 없이 좋았다.

완성한 두 요리를 테이블에 놓았다. 오늘은 딱히 격식 있는 자리가 아니므로 한 번에 여러 접시를 놓아도 문제없었다. 게다가 식전 인사도 없이 먹고 보는 사람도 있었다.

"거 이루 씨, 먹보 캐릭은 이미 충분합니다."

"……나 오늘 아무것도 못 먹었다고. 그나저나 맛있네."

"레일라의 레시피니까 칭찬은 레일라에게 해."

"솔직하지 못하긴. 그래도 맛있어. 한입 크기인데 만족감이 대단해."

그리고 물론 이 파테를 좋아하는 류에도 한입에 먹어 치운 뒤였다.

그녀들에게 요리를 제공하며 한번씩 나도 집어 먹었다. 그렇게 시간을 보내며 테이블에서 담소를 나누는 다섯 명을 바라봤다.

평화롭고 웃음이 끊이지 않는 식탁을 보는 것만으로도 충족감이 마음을 채워 갔다.

그렇게 식사가 계속되고, 이제 남은 요리는 디저트뿐이었다. 그럼 내가 살짝 진심을 담아 만든 이 요리, 모두 음미해 주시기 바랍니다.

"자, 그럼 오늘의 마지막 메뉴. 어디 사는 돼지가 도토리를 먹고 싶다고 앙탈을 부려서 힘 좀 썼지. 참고로 류에가 좋아하는 아이스크림도 있어."

"뭐라고?! 그 탱글탱글한 걸 그렇게 많이 먹었는데 아이스크림까지!"

"도토리라고요?! 정말로 리퀘스트를 들어주실 줄은 몰랐어요!"

현재 두 명이 기쁨을 주체하지 못하니까 최대한 빨리 준비하자.

오늘 만든 디저트는 『누가 글라세』라고 불리는 프랑스 아이스크림이었다.

레일라가 만든 밀푀유 튀김에 영감을 받았지만 살짝 변화를 줘 봤다. 사실 푸트 부스 콘테스트 때 내려다가 포기한 메뉴가 있어서 그 재료를 쓴 것이었다. 그건 바로 도토리 글라세. 이것을 쓴 메뉴를 생각했으나 대량으로 만들려면 시간이 필요해서 포기했었다.

풍미가 진하고 달콤한 글라세를 잘게 부수고 말린 과일을 썰어, 거품 낸 생크림과 이탈리안 머랭, 그리고 크림처럼 녹인 마스카르포네 치즈와 섞어서 얼린 것. 참고로 마스카르포네 치즈는 원칙적으로 이탈리아산이 아니면 인정되지 않지만 먹어 보니 맛이 같아서 그냥 그렇게 부르기로 했다.

요리를 가져다준 후 부엌에서 설거지를 하며 귀를 기울였다.

세상 여성들이 디저트를 좋아한다는 정설은 이 세계에서

도 통하는지 심장을 설레게 하는 달콤하고 야릇한 숨결이 동시에 흘러나왔다.

"하아아아~. 맛있었어, 카이 군. 그 아이스크림은 천국을 보여주는 맛이야."

"이상한 의미가 아니라 정말로 평생 제 곁에서 디저트를 만들어주면 좋겠어요."

식후 티타임이 되어 나도 그녀들과 합석했다.

아직 여운이 가시지 않은 듯하지만 우선은 화제 제공을 위해 어떤 인물에게 말을 걸었다.

"그런데 이루 씨, 나 하나 물어보고 싶은 게 있는데 괜찮아?"

"뭐야? 지금 기분이 굉장히 좋으니까 웬만하면 대답해줄게. 단, 리샤르에 관한 것만 빼고."

"그게 아니라, 이구조 씨 묘지가 어디 있는지 궁금해서."

그 창을 가지고 묘를 찾아가야 한다. 하지만 그는 아기다르에서 생을 마감했다고 들었다. 쾨니히의 힘을 빌리면 왕복 하루면 될 거리겠지만…….

"할아버지 묘는 이 도시에 있어. 농업 지구…… 지금은 상업 지구로 부르는 곳이야."

"카이 군, 성묘 가고 싶어? 그렇다면 내가 안내해줄게! 이 도시 명소는 이미 전부 조사해서 직접 관광용 지도를 만들었어."

"응? 나는 아기다르에 있을 줄 알았는데."

"유언이었어. 『죽으면 농협 옆 묘지에 묻어달라』. 돌아가시기 전에 본인 묘를 만드는 별난 분이셨지. 게다가 몇 번을 말해도 농업 지구를 농협이라고 부르셨대."

그거 농업 협동조합 말하는 거죠? 일본에 있을 때 버릇이 그대로 남으셨네.

하지만 그렇다면 정말로 창을 빌린 그날 중으로 유언을 지킬 수 있겠다.

"저기, 카이본 님도 칠성배에 나가시나요?"

"아니. 나랑 류에는 시범 경기에서 싸우기로 되어 있어."

"어머나! 류에 씨, 최선을 다해 응원할게요! 힘내세요!"

"고마워, 레일라. 후훗, 난 절대로 안 져."

"그런데 카이본. 당신은 리샤르에게 이길 수 있겠어?"

"못 이기면 이구조 씨의 소원을 들어줄 수 없으니까 이루아가씨도 날 응원해줘. 그러면 분명히 좋은 결과를 낼 수 있을 테니까."

"정말로 무슨 생각을 하는지 알 수가 없어. 뭐, 재량껏 힘내 봐."

"그러고 보니 예선 접수는 내일부터인데 괜찮으면 제가 등록을 지시해 놓을게요, 레이스. 아마도 엄청 붐빌 테니까요."

"지금 이 도시에 있는 전투직이 거의 모두 몰린다고 했죠……. 등록, 부탁드릴게요."

“아, 그래? 내일부터 시작이구나…….”

슬슬 나도 본격적으로 준비해야겠군. 왠지 가슴이 떨린다.

레이스도 류에도 착실히 싸움에 대비해 연습하고 있다. 그렇다면 오늘 논 만큼 나도 내일부터 열심히 해야지. 단, 훈련의 방향성은 남들과 조금 다르겠지만.

“나는 이만 빠질게. 너희는 여자들끼리 즐거운 시간을 보내.”

“가시게요? ……저는 조금만 더 여기 있을게요. 먼저 가서 쉬세요.”

“나는…… 레일라가 손을 놔주지 않으니까 조금 더 있다가 갈게.”

꽃밭에 눈치 없이 계속 껴 있을 수는 없다는 생각에 나는 바로 방을 나왔다.

내일부터 드디어 예선 접수가 시작된다. 정말로…… 자꾸만 입꼬리가 올라가려고 했다.

“레이니 리네아리스…… 네 기대에 반드시 부응해줄게.”

§ § §

시간은 쏜살같이 흘러 거리는 이미 칠성배의 열기로 무르익었다.

예선 접수 날짜에 맞춰 이 도시로 오던 사람도 많았는지 오잉크의 말대로 접수 첫날은 살인적인 인파가 몰려, 길드

뿐 아니라 도시 입구까지 발 디딜 틈 없는 혼잡을 이뤄서 이 대회에 출전하는 사람이 얼마나 많은지 깨닫게 해줬다. 당연히 훈련소와 연습장도 예외일 순 없었고 임시로 설치한 연습장과 전에 푸드 부스 콘테스트를 개최한 광장까지 훈련에 힘쓰는 사람으로 들끓었다.

즐거운 분위기가 이어지던 도시가 그날을 경계로 열기와 흥분에 휩싸여 갔다.

다행히 훈련 시설에 들어갈 수 있는 사람은 극히 일부로 한정됐지만, 그래도 사람이 배로 불어난 탓인지 전보다 대련장이나 특수 구역은 연일 성황을 이뤘다. 하지만 그런 가운데서도 역시 두각을 보인 것은—.

"다음 분, 나와주세요."

레이스였다. 매일 세 자릿수에 달하는 대련을 전승으로 끝내는 미녀.

이곳에는 아직 레이스를 아는 사람이 많지 않았고 그 용모도 뛰어나 그녀는 삽시간에 주목의 대상이 됐다. 그리고—.

"봐, 봐줘! 너랑 붙으면 대회에도 못 나간다고!"

"쳇! 이제 싸워주는 사람이 아무도 없네."

거의 모든 상대를 철저하게 때려눕혀 재도전할 의지마저 빼앗는 악마 비오.

최근에는 몇 안 되는 훈련 상대인 나와 레이스, 그리고 류에를 발견하면 쫓아오는 터라 오늘도 인파 속에 숨어 엿보기만 했다.

어쨌든 그런 이유로 현재는 레이스와 비오가 유력한 우승 후보로 꼽히는 실정이었다.

그렇지만 주목을 모으는 사람은 비단 그 둘만은 아니었다. 생각지도 못한 다크호스가 있었으니…….

"오! 카이 씨 아냐! 어때? 오늘은 스물한 명한테 이겼어. 역시 실력 좋은 사람한테 충고를 받거나 가까운 곳에서 보면 변하는구만!"

"그럼 다음은 나랑 붙을까? 나도 이제 제법 틀이 잡혔어."

"켁, 그건 사양할게. 오늘은 이대로 기분 좋게 끝내려고 했다고."

바로 도손이었다. 도손도 좋은 성적을 거두지 않겠느냐는 평가가 퍼지기 시작했다.

그 이유는 전에 그가 말한 것처럼 인망 즉, 친구가 무척 많기 때문이었다.

오래 이 도시에서 모험가로 활동했고 인격과 실력으로 제법 이름을 날린 중견 모험가라고 평가받던 그가 이번에 서서히 잠재력을 발휘하기 시작했다……라는 이야기가 들렸다.

"그나저나 카이 씨, 최근 싸우는 횟수가 부쩍 줄었군. 개회식이 벌써 내일이야."

"나는 괜찮아. 특수 훈련 구역에서도 충분한 성과를 발휘했으니까."

"하여간 괴물이 따로 없어……. 설마 역대 랭크 1위를 갱신할 줄이야."

그 특수 훈련 구역은 클리어 타임이 랭킹으로 기록되는 시스템이 있었다. 그것을 알고 의욕에 불탄 나는 오랜 기간 1위 자리를 지키던 우리 총수님의 기록을 단 『1초』라는 차이로 뛰어넘어 새로운 챔피언으로 등극했다.

……물론 이 타임은 우연이 아니라 오잉크를 도발하기 위해 의도적으로 노린 것이었다.

야아, 그 사실을 안 꿀돼지가 씩씩거리며 찾아와서는 「지금 당장 도전할 거예요! 전부 비키세요!」라면서 소란을 일으켜 총수님이 미쳤다는 소문이 나돌았지.

그리고 마지막. 지금 가장 기세가 좋다면서 은근히 모험가들에게 기대받는 사람이 있었다.

"야, 들었어? 그 애송이, 또 랭킹 순위에 올랐다더라."

"굉장한데…… 우리도 질 수 없지. 같이 하자."

지나가는 모험가가 수군거리는 인물이 누구인가. 나는 랭킹 보드를 봤다.

『특수 훈련 구역 역대 클리어 타임 랭킹: 22위 렌 47:31』

바로 렌 군이었다. 그는 레이스의 전망대로 급격히 힘을 키워 갔다.

아마도 그는 예선을 돌파하고 그 과정에서 더욱 실력을 키우리라.

"그럼 시간도 제법 지났으니까 난 돌아갈게."

"호텔 생활이 부러워. 나는 땀 냄새 난다고 샤워하지 않으면 집에 들어오지 말라고 구박받는데. 심지어 요즘 샤워실을 쓰려면 한 시간은 기다려야 해."

"헤헤헤, 그럼 난 오늘 원기 회복을 위해서 호텔 대욕탕이나 써 볼까~?"

그런 얄미운 농담을 한 뒤 마지막 조정을 위해 평소 이상 투기와 열기가 넘치는 훈련소를 떠나, 바깥 벤치에서 류에와 레이스가 나오기를 기다렸다.

돌아온 두 사람과 호텔로 가면서 나눈 이야기는 물론 내일 있을 예선에 관해서였다. 내일 추첨에 따라서 개회식 후 바로 예선을 치를 선수도 있기에 레이스도 긴장한 기색으로 오늘 최종 점검의 감상을 들려줬다.

"거의 모두 저를 근접전 전사로 믿게 됐으니까 그 점은 만족스러워요. 다만, 한 번도 비오 씨의 전력을 끌어내지 못한 게 걱정이에요……."

"레이스도 원래 전투 스타일을 숨겼으니까 같은 거 아니야?"

레이스가 왜 훈련 중 근접전밖에 하지 않았는가? 자신의 전략을 숨기기 위해서였다.

레이스는 진지하게 우승을 노리고 있었다. 그래서 비장의 수단을 몇 겹으로 준비하는 의미로 우선 대회 전부터 모든 사람을 대상으로 심리전, 기만전술을 펼친 것이었다.

"그러는 류에는 최근 뭘 했어? 모의 전투도 거절했다고 들었는데."

"나? 나는 요즘 쭉 개인 공간에서 술식 개량과 알바 군과 싸울 때 쓸 무기를 준비 중이야. 아무리 그래도 인간을 상대로 신도(神刀)를 쓸 수도 없으니까."

"아하, 그것도 그렇지. 그거라면 어떤 장비도 뎅강 잘라 버리겠지."

"그래서 등장한 게 이거야!"

그러더니 류에는 허공에서 전에 내가 사준 의례검(빛남, 소리 남)을 꺼냈다.

"……알바에게 이보다 더한 도발은 없을 겁니다."

"아, 아니야. 지금 개조해서 소리와 빛을 끌 수 있게 됐어."

"그랬군요. 하지만 그건 날이 안 서 있지 않나요?"

"그것도 대책을 세워야지. 시범 경기 전까지 완성할 거야."

말하는 사이 방에 도착해 바로 옷을 갈아입고 수건을 준비했다.

내일부터 대회라는 이유로 미리 두 사람에게도 목욕탕에 가자고 얘기해 뒀다.

참고로 그 목욕탕은 스위트룸 이용자 전용이므로 실질적으로 전세나 다름없었다.

그리고 당연하지만 남탕여탕은 따로 있었다. 결코 혼욕이 아니며 붙어 있지도 않았다.

그 사실에 조금 실망한 사람은 역시 레이스 누님이었다.

“그럼 나는 이 층에서 내릴게. 여탕은 한 층 아래였지?”

“그런가 봐요. 그럼 올라가면 우리 방이 있는 층 살롱에서 만나요.”

“대단하지? 한 층 전체가 목욕탕이래! 수영이나 할까~?”

“야야…… 다른 사람이 있으면 그러지 마.”

“좋아. 그럼 없길 빌자, 우리 서로!”

류에 아가씨와 힘찬 악수를 나눴다. 아니, 서로라니…… 나는 안 해…… 아마도.

탈의실에 들어가서 그 넓이를 보고 목욕탕에 대한 기대가 더 부풀었다.

로커를 보는 한 다른 이용자는 없는 듯했다. 그렇다면 이번에는 내 방식에 따라 수건을 어깨에 걸치고 가장 순수한 모습, 즉, **나체**로 당당히 입장하려고 합니다!

그런 정신적 자유를 만끽하면서 눈앞에 펼쳐진 광경을 자세히 관찰했다.

넓다. 이 한마디가 가장 적절했다. 세면장도 물론 넓지만 탕의 넓이가 평범하지 않았다. 이런 넓이는 본 적이 없었다. 영화에서나 보는 거대한 탕과 한 나라의 왕이 이용할 법한 욕실의 이미지를 비웃기라도 하듯 넓어도 너무 넓은 탕.

초등학교에 있는 25미터 수영장도 통째로 들어갈 크기에 침을 꿀꺽 삼켰다. 그리고 유치하고도 시커먼 욕망이 부글부글 올라왔다.

"아니, 아니야, 내가 애도 아니고 진짜 수영을……."

이토록 호화찬란한 장식이 들어간 곳에서 시끄럽게 뛰노는 것도 폼이 안 난다.

바닥은 미끄럼 방지용으로 세밀한 조각이 들어간 무광 대리석.

수도꼭지를 비롯한 금속 부분은 순금은 아니겠지만 황금색으로 빛나는 재질이었고, 탕에 물을 쏟아내는 조각은 그 유명한 머라이언……이 아니라 돼지였다.

아무리 봐도 얼굴이 딱 **그거**였다. 이름을 붙인다면 『머란란』이다, 틀림없어.

아무튼 가볍게 씻고 거대한 탕에 혼자 몸을 담갔다.

"……조용하군. 스위트룸을 쓰는 사람이 우리밖에 없나?"

거의 몸 전체가 탕에 잠기도록 누웠다. 귀에 물이 들어오려는 참방참방 물소리와 가끔 천장에서 떨어지는 물방울 소리가 의식을 흔드는 정적의 시간.

왠지 이런 시간을 보내면 평소 하지 않는 생각을 하게 된다.

그것은 먼 미래의 일이거나, 먼 과거의 일.

일부러 잠수해 봤다. 물속으로 보글보글. 불필요한 생각을 씻어 버리려고, 머리를 식히려고.

……현실은 온탕이라서 오히려 머리가 익을 것 같지만. 말

이 그렇다는 거다.

힘차게 자세를 되돌린 그때, 욕탕의 문이 열리는 소리가 들렸다.

들어온 사람은 최근 이상하게 자주 보는 렌 군이었다.

여담이지만 렌 군도 수건은 어깨에 걸치는 사람이었나 보다. 호감도가 올랐다.

"안녕, 렌 군. 내가 먼저 쓰고 있어."

"뭐야?! 카이보…… 카이…… 왜 여기 있지?"

"한 번쯤은 이런 시설을 이용해 보고 싶었으니까?"

내가 말을 걸자 노골적으로 당황하며 왠지 수건을 허리에 감았다.

귀공, 덜렁덜렁파를 배반할 생각인가? 파벌 변경은 곱게 볼 수 없군.

그나저나 『덜렁덜렁파』와 『유유자적 여행』은 비슷한 것 같지 않습니까?#7

"……딱히 나를 기다린 건 아니지?"

"완전히 우연이야. 애초에 볼일이 있으면 직접 찾아갔겠지."

렌 군도 샤워로 몸을 씻고 탕으로 다가왔다.

역시 일본인이야. 재패니즈 목욕탕 매너를 잘 알아. ……그런데 왜 그렇게 멀리 가냐? 가까이 오지 못할까. 그곳은 머

#7 비슷한 것 같지 않습니까? 일본어로 덜렁덜렁파(ぶらり族)와 유유자적 여행(ぶらり旅)의 글자 형태가 비슷하다.

란란 님의 구역이니라.

“훈련은 어떻게 돼 가? 대회에서 우승할 가망이 보여?”

“……왜 굳이 말을 걸어?”

“목욕탕은 사교의 장이기도 하지. 형이 **등짝**을 밀어줄까?”

“왜 이상한 부분을 강조해? ……껄끄럽네.”

서로 첫인상이 그다지 좋지 않았고 그 후 결투 소동까지 벌였으니까 어쩔 수 없는 일이기도 했다. 이것도 성격이 제법 둥글어진 편이었다.

“그래서 어때? 오늘 특수 훈련 구역 랭킹 22위에 올랐다고 들었는데.”

“자기는 역대 최고 성적이면서 무슨. ……이봐, 역시 나는 약한 건가?”

“안 약해. 비교 대상이 안 좋을 뿐이지. 지금 이 도시에 얼마나 많은 전사가 있다고 생각해?”

매일 어디를 가나 전사뿐이었다. 그중 상위권만 이용 가능한 시설에서도 더욱 한정적인 훈련에서 역대 22위라는 기록을 낸 사람이 약할 리가 없었다.

아니…… 반대인가? 랭킹으로 자신의 위치를 정확히 알기 때문에 이상과 현실의 괴리를 직시해서 불안해졌나…….

내 눈에 그는 재능 있는 사람이었다. 더불어 노력도 게을리하지 않는…….

딱 한 번, 딱 한 번 싸워 보고도 알 수 있는 그의 실력.

그리고 지금 탕으로 들어올 때 보인 단련된 몸.

하루아침에 완성되고 만들어질 것이 아니었다.

몇 년이고 연습에 매달리고 싸워 온 사람이었다.

싸울 일이 적은 일본이라는 나라에 태어나고도 싸움의 길을 택했을 렌 군.

분명히 그는 그중에서도 특별히 뛰어난 사람이었을 것이다.

"너는 재능으로 넘쳐. 주변에 따라올 사람이 없는 검사 아니었어?"

"……그런 걸 알 수 있어?"

"그냥 감이야. 하지만 나는 널 제법 잘 안다고 생각해. 일본이라는, 싸움이 적은 세계에서 갑자기 이런 세계로 소환 당했지?"

"그래. 하지만 착각하지 마. 난 아무도 원망하지 않고 비관하지도 않아."

머란란에게서 흘러나오는 물소리를 들으며 다음 말을 기다렸다.

잠깐의 침묵이 흘렀다. 수면이 흔들리고 옆에 있던 그가 자세를 바꿨다.

몸에서 모든 긴장을 풀고 탕 가장자리에 기댔다.

"맞아. 나는 이래 봬도 예전 세계에서는 제일 강했어."

지금까지 한 고생이나 마음에 쌓인 피로를 토해내듯 그는 말을 꺼냈다.

"오, 제일이라고? 대단한데?"

"안 믿지? 아니, 정확하게 말하면 또래 중에서 전국 제일이었을 뿐이야."

전국 체전에서 우승이라도 했나? 역시 그 정도는 되리라 생각했다.

물론 나오 군처럼 그도 능력치에 보정은 받았겠지만.

"아니, 믿어. 한 번 싸웠잖아. 그 정도는 알아."

"하지만 난 졌어. 그리고 지금도 나보다 뛰어난 인간이 많다는 걸 실감했어."

"그래서 처음에 말했지? 비교 대상이 안 좋다고."

그곳은 말하자면 격전지였다. 평화로운 세미피나르 대륙이라도 과거 전란에 휩싸이고, 어떤 면에서는 마물보다 까다로운 인간끼리 전투를 겪은 땅이었다.

게다가 지금은 대회의 영향으로 렌 군처럼 엔드레시아에서도 사람이 모이고 있었다.

그런 사람 중에서도 상위에 위치하는 인간만 모이는 시설이었다. 아무리 재능이 넘치고 강한 능력을 가졌어도 그렇게 쉽게 역사를 뛰어넘을 수는 없다.

"이 나라, 아니, 이 세계는 전란으로 뒤덮여 있었어. 네가 있던 세계보다 목숨을 건 싸움, 사람과 사람이 칼을 맞댈 기회가 많았어. 그냥 그뿐이야."

"……그렇군."

"너는 고작 1년 남짓으로 그런 일부 강자만이 도달한 경지에 오른 거야."

"그것도, 머리로는 이해해."

"……분하지? 지금까지 너보다 위에 있는 사람은 거의 없었을 텐데, 그게 갑자기 많이 나타나서."

언제나 강자였기에 그 마음을 어떻게 달래야 할지 모를 것이다.

자신의 위치를 상대적으로밖에 보지 못하고, 자신이 선 위치를 있는 그대로 이해하지 못한다.

하지만 그의 나이라면 자신의 위치를 생각하며 고민하기도 할 것이다.

그것을 지탱하는 것은 가족일 수 있고 혹은 교사, 아니면 친구일지도 모른다.

사람에 따라서 다르지만 믿고 기댈 수 있는 누군가다.

그렇지만 그는 이 세계에 오고 그런 사람들에게서 떨어지고 말았다.

그래도 그는 떨어져 나왔다고 자각하지 못하는 눈치였다. 왜냐면 그는 강하니까.

하지만 지금은 이렇게 벽에 부딪쳐 버렸다. 너무 위를 본 탓에 바로 옆에 우회로나 구멍이 있는 것도 알아차리지 못하고 그저 벽을 뛰어넘기 위해 고민했다.

"그런 고민도 전부 동료에게 말해 봐. 아마 웃을걸? 너무 위만 본다고."

"쳇, 역시 괜히 얘기했어."

"솔직히 말하면 난 네 실력으로는 우승하지 못한다고 생각해. 하지만 만약—."

아마도 지금 단계에서 그는 이기지 못한다.

자신의 무력함을 알고도 아직 그는 고개를 내리려고 하지 않았다.

그의 완고함은 미덕이었다. 하지만 그것만으로는 이길 수 없으리라.

정공법만을 갈고닦아도 위에 있는 괴물을 이길 수는 없다.

하지만 그는 언젠가 나와 칼을 맞대게 될 미래의 강자다. 그렇기에—.

"내 마음에 불을 붙이는 싸움을 보여주면 재도전을 받을게. 벽 위에 누가 있는지 보여주겠어."

모든 힘을 다해 부딪친다. 그와 정말로 마음으로 통하기 위해서는 그 방법밖에 없을 테니까.

패기를 담아, 마치 그를 지금 당장 잡아먹을 듯한 의지를 담아 선언했다.

"……그래, 보여주지. 그러니까 기다려, 카이본."

내 패기를 정면에서 받아 낸 그가 나를 강하게 응시하며 답했다.

좋아, 좋아. 바로 그거야, 렌 군. 그러니까 형이 너에게 하나 약속을 할게.

"렌 군. 그때는 상으로 먹고 싶은 음식을 뭐든 준비해줄게. 뭐든."

"가, 갑자기 뭐야……? 정말로 껄끄럽네."

"생각해 둬. 정말로 뭐든 준비할 테니까. 이 나라는 과거의 해방자가 이세계에서 가져 온 문화가 깊이 뿌리내린 곳이야. 고향의 맛도 찾을 수 있겠지."

왜 그에게 이런 약속까지 하는가? 그것은 그에게 하나 『큰 빚』이 있기 때문이었다.

……죄송합니다. 신룡을 찾아서 여기저기 모험하신다면서요? 그래서 이 대륙에 무슨 단서라도 없을까 하고 넘어오자마자 또 여행을 했다고 오잉크에게 들었습니다.

그래도 앞으로 몇 년만 기다려줘. 악영향이 없다는 것이 증명되면 진실을 알려줄 테니까.

그리고 고향의 맛 말인데, 본점은 일본 향토 요리라면 대부분 만들 수 있으므로 안심하십시오.

『시모츠카레#8』부터 『소키 소바#9』, 『봇카케#10』까지 뭐든 말만 하시라.

너무 마이너한 요리는 설명을 듣지 않는 한 못 만들지만…….

#8 시모츠카레 연어 대가리와 콩, 채소 등을 갈아 술지게미와 함께 삶은 요리. 도치기의 향토요리다.
#9 소키 소바 돼지갈비가 들어간 오키나와 소바.
#10 봇카케 소 힘줄과 곤약을 간장으로 조린 요리. 봇카케라는 이름은 주로 고베에서 사용한다.

“그럼 엔드레시아에서도 여기서도 보지 못한 요리야. 카레라는 스튜 같은 요리를 만들어줘. 옆에는 쌀밥을 곁들여서.”

“내 마음에 불을 붙이는 싸움을 보여줬을 때의 이야기야.”

……그런 흔한 요리로 괜찮은가? 그보다 이 세계에 카레라이스가 없어?

이구조 씨랑 오잉크는 대체 뭘 한 거야? 사실상 국민 요리잖아.

“그럼 나는 이제 나갈게.”

“안 씻어? 지금이라면 전력으로 등을 밀어줄 수도 있어.”

“됐어. 솔직히 여긴 너무 호화로워서 불편해.”

“그건 나도 동의 해. 그럼 나도 나갈까.”

그렇다면 사이좋게 덜렁거리며 돌아갈까?

그리하여 대회 전 마지막 날 밤이 깊어 갔다.

레이스가 긴장으로 밤잠을 설치지는 않았지만 내일 내가 **어떤 볼일**이 있어서 응원하러 갈 수 없다고 말하자 토라져서 막무가내로 내 침대로 들어와 버렸다. 그렇게 기분이 풀린다면 싸게 먹히는 편이다 싶어 그냥 받아들였다.

하지만 류에까지 파고들자 긴장이 아니라 답답해서 밤잠을 설치게 됐다.

§ § §

무언가를 계기로 의식이 부상했다. 그래도 그 감각과 잠기운을 통해 이건 아니라고, 원래 일어나는 시간이 아니라고 본능적으로 판단했다. 그래도—.

"우…… 일어나야 돼……."

내 손을 바라봤다. 어젯밤까지 잡고 있던 그 사람의 팔이 없다는 사실에 한숨 쉬며 고개를 흔들어 평소 이상으로 강한 잠기운을 털어냈다.

"류에, 일어나세요. 같이 개회식에 가기로 약속했잖아요."

그러고는 나는 나의 전장에 서기 위해 이 수마를 쫓아냈다.

"이렇게 이른 시각에 거리를 걷는 건 처음이야."

"그러게요. 오늘따라 유독 사람이 많은 것 같지만요."

길드를 나와 도시 밖으로 이어진 문으로 향했다. 예선 경기장은 전에 우리가 간 주거 지구의 성벽 밖이었다. 그곳으로 가려면 도시 밖으로 나가서 돌아갈 필요가 있었다.

조금 불편하다고 생각했지만 이것도 주민을 배려한 결과겠지.

그때, 옆에 있는 류에에게서 『꼬륵』 하고 작고 귀여운 소리가 들렸다.

"우으, 배고파. 어제 목욕하고 바로 자 버렸더니……."

"듣고 보니 저도 조금……. 하지만 이 시간에는 연 가게도 없어요."

"맞아! 오늘부터 대회니까 경기장 근처에 노점도 서지 않을까?"

"아, 그거 말 되네요. 그럼 조금 서둘러서 가요."

발걸음을 재촉해 문을 나가자 경기장 앞까지 가는 임시 승합 마차가 있었다. 걸어서 가기에는 제법 거리가 있으니까 우리는 아직 사람이 적은 마차에 자리를 잡았다.

그곳에는 우리 말고도 출전자로 보이는 갑옷으로 무장한 사람이 몇 명 타고 있었다. 그들이 우리를 힐끔 보는가 싶더니 조금 천박한 웃음을 지으며 말을 걸어왔다.

"뭐야, 아가씨들은? 이게 관광용 마차로 보여? 그게 아니면 오늘은 사람이 모이니까 손님이라도 찾게? 당신들이라면 대환영이지!"

"응? 우리는 가게 사람이 아니야. 개회식을 보러 가는 참이야."

그의 말이 무슨 뜻인지 모르는 류에가 그렇게 대답하자 김이 샜는지, 아니면 어떻게 받아쳐야 할지 모르겠는지, 그는 눈만 껌뻑거릴 뿐이었다.

"그만둬. 그 둘은 길드 상위 랭커야. 함부로 건드렸다가는 먼지도 안 남아."

그때, 마부석 옆에서 탁하게 울리는 목소리가 들렸다.

장막에 가려 보이지 않는 곳에서 갑옷에 덮인 팔이 나와 그 모습을 드러냈다.

"흥분한 건 알지만, 그만하고 앉아. 마차가 곧 출발한다."

칠흑의 풀 플레이트 아머를 입은 인물의 말에 한순간 마차 안이 침묵에 휩싸였다.

……도와준 걸까? 그렇다면 감사하다고 말해야—.

"오~! 그거 좋은 갑옷인데! 뭐야뭐야? 이거 혹시 마광석철이야?! 마력 흐름이 차단된 게 느껴져! 이거 어디서 만들었어?"

"류, 류에……! 죄송합니다. 그리고 중재해 주셔서 감사해요."

"……아니, 상관없어."

그러자 작게 「그런 효과도 있었나」라는 말이 들렸다.

혹시 갑옷을 새로 장만했나? 적어도 우리를 아는 것 같았으니까 의외로 나와 대련했던 사람일지도 모르겠다.

그렇게 침묵이 이어지리라 생각했던 마차 내부에서는 갑옷에서 눈을 떼지 못하는 류에의 목소리만 울리다가 짧은 여행이 끝났다. 조금 전 시비를 걸었던 무리가 도망치듯 마차에서 내렸다.

나는 다시 그 기사에게 감사 인사를 하려고 했으나 그도 이내 인파 속으로 사라지고 말았다.

"레이스, 나는 관객석으로 갈 생각인데— 굉장해, 도시 밖에 이런 게……."

"처음부터 있었다고 생각하기는 어렵네요. 평소에는 밭인 모양이니까……."

"음…… 이 주변 일대가 그 훈련 시설처럼 사용되나……."

우리가 도착한 예선 경기장은 수확이 끝난 광대한 밭 한 가운데 나타난, 거대한 미궁 같은 유적이었다. 그리고 예상대로 주위에는 노점도 보였다.

노점뿐 아니라 그 유적을 내려다보는 큰 관객석이 둥글게 에워싸는 형태로 설치됐고 이미 자리에는 드문드문 사람이 앉아 있었다.

"아 참, 그렇지. 레이스, 방금 기사는 조심해. 그 갑옷, 마력을 차단하려고 특수한 강철로 만든 모양인데, 그건 원래 엄청 무거운 금속이야. 그런 소재로 풀 플레이트를 입는 건 정상이 아니야. 가까이 붙으면 안 돼."

"그랬나요? 근접전을 시도하기에는 위험한 상대인가 보네요."

"바로 그거야. 그럼 갈게. 응원은 하겠지만, 무리는 하지 마."

손을 흔들며 류에는 관객석과 반대 방향, 노점이 있는 곳으로 갔다. 그러고 보니 나도 아직 아무것도 안 먹었지……. 빨리 사서 배를 채워야지!

"우물…… 이거 맛있네."

가게에서 산 희고 둥글고 폭신폭신 빵을 먹으며 주변을 구경하고 다녔다.

이미 눈에 들어오는 사람도 다 셀 수 없을 만큼 사람이 많았다.

그 시설에서만 활동한 것은 어쩌면 실수였을지도 모르겠다.

만약 그곳을 이용하지 않은 사람 중에 비오 씨 수준의 사람이 있었다면…….

예를 들면 마차에서 본 검은 기사처럼 류에조차 경계하라고 한 상대가 있다면…….

"우물…… 이건 안에 다른 게 들었네? 볶은 고기랑 채소가 꽉 찼어."

노점 위치를 기억해 뒀다가 두 사람에게 선물로 사 가자.

그런 생각이 떠올랐을 때 오늘 카이 씨가 응원하러 오지 않았다는 것을 떠올리고 가슴이 따끔했다. 그래도…… 어쩌면 보러 왔을지도 모른다. 오늘도 일찍 나가셨고 의외로 대회 운영에 관련된 일일 수도 있으니까.

선수들을 확인하면서 걷는데 낯익은 사람을 발견했다.

평소 가죽 갑옷이 아니라 로브를 입은 도손 씨와 비오 씨였다. 도손 씨는 여느 때보다 피곤해 보였다.

웬일로 저 둘이 같이 있나 생각했지만 훈련 시설에서 주목받던 선수들이니까 내가 모르는 접점이 있었을지도 몰랐다. 나도 말을 걸어 보자.

"안녕하세요. 어제는 잘 주무셨나요?"

"오, 레이스 누님! 안녕하세요? 부끄럽지만, 저는 제대로 못 잤어요."

"안녕, 언니. 난 평소대로야. 도손은 이 꼴이지만."

"후후, 도손 씨는 예선이 첫날이 아니면 좋겠네요. 오늘 가족 분들은……."

"오늘은 안 왔어요. 이 시간부터 오기는 어렵죠."

"이렇게 시원찮은데 처자식이 있다니 신기해~!"

"말이 심하시네! 오늘도 조금이라도 눈에 띄도록 장비도 새로 맞췄는데."

그 말을 듣고 도손 씨의 로브를 봤다. 회색 옷 한 면에 황금 자수로 어떤 문장이 그려진 옷은 빈말로도 좋은 디자인이라고 할 수는 없었다.

평소보다는 마술사 같아서 그에게 어울리기는 하지만…… 이건…….

"디자인 진짜 별로다! 그거 후드 쓰면 그냥 변태잖아! 차라리 벗고 다녀."

"누님, 아니죠?! 누님이 보기에는 어떤가요? 이거 꽤 비싸게 주고 샀다구요."

"저, 그게…… 확실히 눈길은 끌겠는데요……?"

오열하는 도손 씨를 보고 비오 씨와 웃음을 흘리던 그때, 경기장에 설치된 확성 마도구에서 톡톡 두드리는 소리가 났다.

『아, 아, 마이크 테스트 중입니다. 빨간란란파란란란노란란란, 오호~.』

“올해는 오잉크 님의 빨리 말하기군. 작년에는 썰렁한 말장난이었는데.”

“여기서 제일 잘난 사람이라고 했나? 엄청 강하다지? 싸워 보고 싶다~.”

『여러분, 안녕하십니까? 칠성배 실행 위원회의 오잉크 R. 아키미야입니다.』

조금 전 테스트가 없었던 것처럼 무덤덤하게 개회 인사로 넘어갔다.

카이 씨가 항상 그녀에게 장난을 치는 이유가 있었네요. 저도 이해했어요.

『그럼 개회식…… 예선 규칙 설명을 시작하겠습니다.』

오잉크 씨의 설명을 정리하면 이러했다.

·대회 참가자를 세 그룹으로 나눠 하루에 한 번씩 예선을 치른다.

·출전 선수 전원이 미궁에 들어가고 30분 후 예선 개시. 개시 전 전투 행위는 금지.

·미리 상대를 추적하거나 작당하고 다른 사람을 노리는 등의 작전도 모두 허용된다.

·단, 선수로 위장한 길드 직원에게 그런 수단을 발각당하면 공격받는다.

·미궁에서 받은 피해는 체력과 마력이 대신 받으며 계속 공

격당하면 기절한다.

·기절한 상대에게 위해를 가할 시 즉시 실격. 경우에 따라서 엄중 처벌하므로 주의.

·예선 통과 조건은 모든 선수에게 건넨 플레이트를 일곱 장 모아 미궁을 탈출할 것.

·일정 수 모은 상태로 미궁에 있으면 전원에게 위치가 알려진다.

·길드 직원을 쓰러뜨려도 플레이트를 얻을 수 있지만 기본적으로 이기지 못한다.

·본인의 플레이트를 잃은 시점에서 실격. 이미 획득한 플레이트도 모두 빼앗긴다.

즉, 미궁 안에서 여섯 명을 해치워 플레이트를 얻고 무사히 탈출하면 예선 통과였다.

얼핏 단순해 보이지만…… 꽤 융통성 있는 규칙 같았다.

마음만 먹으면 여러 명이 짜고 시작과 동시에 위험한 선수를 일제 공격해 탈락시키는 것도 가능……. 방법에 따라서는 실력 차도 뒤집을 수 있어 누구든 예선을 통과할 가능성이 있는 평등한 규칙이라고 볼 수 있었다.

"……엄청 허술한 방식이네. 이러면 잔챙이가 올라가 버리잖아."

"비, 비오 씨? 부탁이니까 너무 험한 말은 하지 마."

"그래도 규칙이라면 따라야지, 뭐. 규칙을 위반하지 않으면 뭘 해도 상관없다는 것 같으니까 나는 나대로 원하는 결과가 나오도록 열심히 쓸어버리고 다닐래."

비오 씨는 맥 빠진 투로 말하고는 어딘가로 사라졌다.

그녀는 『누구든 예선을 통과할 수 있다』라는 부분이 불만인 듯했다.

"으휴, 살벌해……. 제발 비오 씨랑 다른 날에 걸리게 해주세요……."

"저도요. 비오 씨랑 미궁에서 만나지 않길 빌 뿐이에요."

도손 씨와 이야기를 하는데 오잉크 씨가 대회 전체 일정을 설명하기 시작했다.

예선 기간은 3일. 그 후 이틀 뒤에 2차 예선이 이루어진다.

그리고 마침내 발표됐다. 시범 경기의 대진이…….

『올해 시범 경기는 작년 우승자이며 백은장으로 승격한 알바와—.』

그 이름이 발표된 순간 주변이 웅성거렸다. 그 소리에 귀를 기울이자.

「백은장 달았다고 벌써 자랑질이냐?」, 「이제 더 기고만장해지려나?」.

그것은 그를 비난하는 말, 악감정 섞인 한탄뿐이었다.

역시 오잉크 씨가 한 말은 사실이었나 보다…….

"그 녀석도 변했어. 옛날에는 안 그랬는데."

"도손 씨는 그 사람과 아는 사이시죠……? 이 도시에 오래 사셨으니까."

"일단은 동기야. 재능의 차이로 이렇게 격차가 벌어졌지만."

『그리고 그 상대는, 바로 올해 미스 세미피나르로 선발된 류에입니다. 류에 선수는 얼마 전 모험가로 복귀한 백은장이고 제 오랜 친구이기도 합니다.』

그리고 이번에는 방금과 달리 밝은 분위기로 사람들이 류에에 관해 이야기했다.

『그 아가씨가 싸워?』『그 사람, 마법사였던가? 알바와 붙으면 상성이 어떻지?』『전에 연습장에서 목검으로 훈련하던데.』『소문으로는 성기사라고 해.』

미스 콘테스트에 출전한 탓인지 역시 류에에 관한 소문은 퍼져 있었다.

『목검을 망가뜨리고 급하게 감추는 걸 봤어.』

『그 뒤에 미안했는지 쭈뼛쭈뼛 직원에게 가지고 갔지.』

『혼나지 않아서 안심하고 말이야!』

『사과할 겸 열심히 나무를 깎아서 새로 만들더군.』

『너무 잘 만들어서 아까워졌는지 줄지 말지 고민하더라고!』

……조금 이상한 에피소드까지 퍼졌네.

역시 류에예요. 벌써 사람들 사이에서 인기인이 됐네요.

"류에 씨가 강한 건 알지만, 알바랑 싸우면 어떤가요?"

"후후, 곧 아실 거예요. 그 귀여운 모습은 정체를 감추기 위한 위장 전술이니까요."

"……누님, 거짓말도 그럴싸하게 하셔야 믿습니다. 물론 응원은 하겠지만요."

앗, 안 믿으시는 거죠? 훈련 시설에서 류에는 실력의 10퍼센트도 안 냈답니다.

주위가 이 화제로 떠들썩한 가운데, 오잉크 씨는 방송을 이어갔다.

『사실 이번에는 시범 경기가 하나 더 준비되어 있습니다. 매년 출전을 거절하던 리샤르가 마침내 출전을 승낙해줬습니다!』

그 순간 주위에서 그리고 도손 씨에게서도 환성이 터져 나왔다.

……그래. 그분은 여러분의 희망이고 이 도시의 최강자니까.

나는 사정이 있어서 그분과 얼굴을 마주하고 싶지 않지만…….

『그리고 그 상대는…… 제 비밀병기? 직속 부하 같은 사람이에요. 정확한 정보는 당일까지 비밀입니다. 다만, 제가 보증할게요. 최고의 시합이 될 거라고.』

그리고 카이 씨에 관해서는 비밀. 사실 나도 카이 씨에게 부탁받아 도손 씨와 비오 씨에게 랭크나 시범 경기에 대해 말하지 않았다.

「도손이 어려워하거나, 본선에 안 나간다고 안 순간 비오가 무작정 시합을 걸어 올 것 같다」라는 이유였다. 어떤 반응이건 머릿속에 선명하게 그려졌다.

『그럼 지금부터 추첨을 시작하겠습니다. 접수하며 받은 플레이트를 봐주십시오. 시간이 되면 거기에 문자가 떠오를 겁니다.』

플레이트에는 접수 번호와 부자연스러운 여백이 있었다. 아마도 여기에 나오리라 생각하고 여백을 보고 있자 방송이 신호가 된 것처럼 숫자 『1』이 떠올랐다.

『지금 표시된 숫자가 며칠째 예선인지를 나타냅니다. 1인 분은 개회식 후 바로 경기가 진행되는 거죠.』

"도손 씨는 몇 번이죠? 저는 1이에요."

"오, 나는 2야. 그렇다면 누님은 바로 시작이겠군!"

"그런가 봐요. 열심히 할게요."

컨디션은 오늘이 최고니까 행운이었다. 다만…… 내일이면 카이 씨도 관전할 수 있지 않았을까? 그런 생각이 들어 조금 아쉬웠다.

그래도 원래 오늘 싸울 생각으로 왔으니까 정신 바짝 차려야지.

바로 예선 접수처로 가자 모두 마음이 급한지 이미 줄이 길게 늘어섰다. 그리고 앞쪽에 비오 씨가 보였다.

"비오 씨와 여기서 싸우는 건 좋지 않아……. 가능한 한 떨어지자."

이윽고 내 차례가 되어 플레이트와 오늘 대회에서 사용할 무기를 접수처에 보여줬다.

사용 무기는 최대 두 개로 규정되어 있으며 파손, 분실할 경우 그 시합이 끝날 때까지 보충은 불가능했다. 나는 케이스에 넣은 마궁과 얇은 가죽 장갑을 제출했다.

"이 장갑은 방어구로 인정되니까 무기는 이 마궁만 등록될 거예요."

"네. 그럼 그렇게 해주세요."

주목을 사기 전에 나는 서둘러 마궁을 케이스에 넣고 어깨에 걸쳤다. 그리고 양손에 장갑을 꽉 끼고 주먹을 가볍게 쥐락펴락하면서 상태를 확인했다.

손등에 있으나 마나 한 보강이 들어간 이것은 모험가 시절 쓰던 물건이었다.

어디서 주운 건틀릿을 써서 내가 직접 만든 것으로 기억한다.

미궁이 많은 사람을 집어삼켰다. 다시 한 번 긴장의 끈을 단단히 잡고 그곳으로 발을 들였다.

"벽 높이는 약 5미터…… 뛰어넘는 것도 불가능은 아니지만……."

미궁 속을 계속 걸었다. 가능한 한 사람이 밀집하지 않은 곳을 목표로, 자신이 어떤 순서로 길을 지났는지 기억하면서. 어떤 의미로는 이미 싸움은 시작됐다.

사각이나 배후에서 공격받을 수 있는 곳이니까 가능하다면 암살처럼 시간을 들이지 않고 각개격파를 노리고 싶지만…… 그럴 수도 없겠다.

"……그러고 보니 저는…… 이성을 끌어들이기 쉬웠죠."

모퉁이를 돌아 멈춰 서서 인기척을 살폈다. 확실하다. 누가 따라오고 있었다.

그것도…… 기척을 숨기려고도 하지 않는, 그다지 질이 좋지 못한 전사들이…….

작전을 변경하자. 가능한 한 좁고 막다른 골목을 찾아야겠다.

나는 일부러 헤매는 척하면서 개시 시간이 얼마 남지 않았을 때 적당한 길목으로 들어가서 짐짓 곤란한 척 망연히 서 있었다.

『곧 예선이 시작됩니다. 5초 전! 4, 3, 2—.』

카이 씨에게 배운 어둠 마술을 발동해 손가락 사이에 검은 얼음 나이프를 만들어 냈다.

바닥을 확인했다. 괜찮다, 충분히 단단하다. 이곳이라면 전력으로 뛰어도 문제없다.

그리고 머릿속으로 몇 가지 상황을 상상하며 막다른 벽을 등지고 섰다.

예상대로 개시 신호와 함께 모퉁이에서 남자 다섯 명이

나타났다.

"휘유! 정말로 끝내주는데? 기절하기 전이라면 무슨 짓을 해도 된다고 했지?"

"전투 중이라면 불가항력이지. 야, 너, 플레이트 버리고 기권하기만 해 봐."

양아치나 매한가지. 내 도시에 있었다면 당장 없애 버렸을 그런 인간.

"꽃냄새를 맡고 우글우글 몰려오다니…… 평소라면 밖으로 쫓아냈겠지만, 오늘은 그럴 수도 없네요."

나도 비오 씨 정도는 아니지만…… 흥분했다. 아니면 단순한 화풀이일까? 이유가 뭐든, 오늘 나는 제법 운이 좋았다.

언더스로로 투척. 통로를 막아선 남자들은 모두 근접 무기를 들었다.

내 선제공격에 반응한 사람은 세 명. 그대로 몸을 낮춰 가장 큰 무기를 가졌고 반응이 둔한 남자에게 접근한다.

"야! 이 여—."

공격에 움츠러든 창을 가진 남자의 발을 밟았다. 조금 늦게 반격으로 큰 공격이 날아든다. 몸을 더 낮춰 피하자 예상대로 그 일격이 남은 네 명을 덮쳤다.

"멍청아! 한번 물러나—."

태세를 정비하기 전에, 가장 먼저 냉정해진 남자에게 접근해 처음 던진 얼음을 주워 목을 찔렀다. 상처는 없지만, 그 공격이 순식간에 그를 기절시켰다.

한순간의 공포와 당혹감. 다시 나는 골목으로 달려가서 벽을 차고 더 높이 뛰었다. 아래에는 리더로 보이는 남성의 전투 이탈에 당황하는 남자가 넷. 그리고 나는 전보다 커진 불 마법에 어둠을 섞으며 마법과 함께 그들 중심으로 뛰어들었다.

“유사 『플레임 버스트』!”

손바닥에서 키운 불덩이를 바닥에 내다 꽂아 파열시키는 마법이었다.

아쉽게도 나는 멀리서 불을 폭발시키는 방법을 모른다.

나 자신을 폭심지에 두는 마법은 파괴력에 비례해 나에게도 희생을 강요했다.

그러나 상대가 네 명이라면 한 번에 충분한 체력을 흡수할 수 있다.

연기가 걷혔다. 바닥에는 남자 다섯 명이 나가떨어져 있었다. 그리고 내 체력은…… 좋아, 문제없다.

“후후후…… 좁은 곳에서 상대가 많으면 남는 게 더 많은 마법이네요.”

완전히 기절한 그들에게서 플레이트를 몰수했다. 이제 내 것까지 포함하면 여섯 장이었다.

흙먼지를 걷어 내고 호흡을 가다듬었다. 다시 주변 인기척을 살피자 모퉁이 뒤에서 또 한 사람의 기운이 느껴졌다. 그렇지만 그것은…… 기척이라기보다 오한이었다.

분명히 있다. 지금 해치운 사람들과는 차원이 다른 존재가 나를 살피고 있었다.

다시 얼음 나이프를 만들어 모퉁이 뒤로 도탄되도록 던졌다.

그러자 거의 동시에 지금 던진 나이프가 같은 궤적으로 되돌아와 그것을 붙잡았다.

"나오시죠? 동료분들은 모두 탈락했어요."

첫날부터 마궁을 써야 할지도 모르겠다……. 케이스로 한쪽 손을 가져가고 한 번 더 얼음 나이프를 만들어 투척 자세를 취했다.

"오해될 말은 하지 마. 너만 벌레를 노리던 건 아니야."

그 독특하게 울리는 목소리와 함께 나타난 사람은 같은 마차를 탔던 그 검은 기사였다.

"앗! 죄송해요. 어떻게 하실 건가요? 저는 지금 플레이트를 여섯 장 가졌는데."

실력이 떨어지는 상대라면 몰라도 이 수준의 사람을 벽을 등지고 싸우는 건…… 부담이 너무 커. 완전히 내 실수다. 이곳을 빠져나가려면—.

조용히 마법을 발동했다. 마치 그림자가 늘어나듯 검붉은 불이 바닥을 기면서 퍼졌다.

이 상황을 타개하려면 쓰러진 사람에게서 마력을 더 빼앗아야 한다. 반칙으로 간주될지도 모르지만—.

"그 방법은 안 쓰는 게 나아. 길드가 어디서 감시할지 모르니까. 그리고 걱정하지 마. 내 표적은 그 벌레들이다. 하지만 노리던 꽃에 독이 있었나 보군. 다른 벌레를 찾도록 하지."

"……저를 이기면 단번에 예선을 통과해요. 그런데 그냥 넘어가시겠다고요?"

"그래. 이렇게 사냥할 상대가 많은데 그래서야 재미가 없지."

분하지만 이번에는 그 제안을 달갑게 받아들였다. 여기서 싸우면 너무 불리하다.

발길을 돌린 그가 시야에서 사라질 때까지 마치 공기가 희박해진 것처럼 가는 호흡만 이어갔다. 그리고 그 모습이 사라진 순간, 참았던 숨을 몽땅 토했다.

"분하네요. 못 본 척해줬는데, 그걸로 안도하다니. 빚은 언젠가 갚아야겠죠."

나는 달렸다. 이 굴욕과 자괴감을 없애기 위해서. 지금은 무리라도 다음 기회를 기약하고.

그 후 나는 지나가던 모험가를 쓰러뜨리고 남은 플레이트 한 장을 재빨리 챙겼다.

그리고 출구까지 얼마 남지 않은 곳에서 나는 보고 말았다. 옆길에 난 넓은 공간에서 여러 명을 상대로 싸우는 검은 기사의 뒷모습을…….

……전장에서 받은 은혜는, 전장에서만은 원수로 갚는다. 나는 조용히 케이스에 손을 대고—.

“……수속, 충전…… 『크림슨 레이』.”

팽팽히 당긴 마궁에서 날아간 진홍색 섬광이 순식간에 무방비한 등을 덮쳤다.

당신은 위험하다고 제 감이 속삭여요. 그러니까 여기서 퇴장해 주세요.

귀를 찌르는 높은 소리가 미궁에 울려 퍼지고 붉은 섬광이 주변을 비췄다.

시선 끝에는 그 여파로 쓰러진 사람들과—.

“아니?!”

“말괄량이로군. 설마 두 번이나 만날 줄은 몰랐어.”

칠흑의 장검으로 붉은빛을 막은 기사가 있었다.

그것을 확인하자마자 나는 발치로 폭발하는 화살을 날렸고 그 폭풍을 이용해 높이 날아올랐다.

벽 위에 착지해 최단 거리로 출구로 가는 경로를 계산한 뒤 쏜살같이 뛰어갔다.

“실례했습니다. 너무 무방비해서 조금 전 빚을 갚으려고 했어요.”

“상관없어. 얼마든지 덤벼 보라고. 다음 기회를 기대하도록 하지.”

떠나면서 건넨 말에 기사는 어쩐지 즐거운 투로 답했다. 그게 왠지, 조금 기뻤다.

나는 몰래 그 기사를 쓰러뜨린다는 목표를 세우고 이 예선을 끝마쳤다.

“아, 레이스, 어서 와~! 1등으로 예선 통과, 축하해!”

“네, 고마워요. 제가 1등이었나요?”

관객석으로 돌아오자 어디서 가지고 왔는지 쌍안경을 든 류에가 반겨줬다.

재미있는 광경이 보인다며 쌍안경에서 눈을 떼지 않는 류에에게 물었다.

“지금 유력한 선수들을 보고 있어. 잠깐만.”

그러자 얇은 막 같은 것이 내 앞에 나타나서 먼 경치를 확대하여 보여줬다.

“망원 마술. 오늘을 위해서 만들었어. 저기 출구 근처를 봐.”

“어디 보자…… 아! 방금 본 검은 기사분이네요! 무슨 상황이죠?”

“저 사람, 불필요하게 많은 플레이트를 모았어. 그래서 길드 사람으로 보이는 갑옷 2인조에게 공격받았는데, 저 활을 겨눈 작은 사람을 봐.”

마침 그 인물이 눈에 보이지 않는 속도로 화살을 연사했고 그것이 정확히 검은 기사의 팔꿈치에 박혔다. 장갑이 얇은 관절 부위를 노린 정밀 사격이었다.

“조금만 더! 조금만 더 가면 출구야! 뿌리쳐, 흑기사~!”

“저 길드 사람은 누구일까요……. 제 화살조차 막은 사람을 맞히다니…….”

흑기사는 추격을 검으로 물리치면서 구르다시피 출구로 뛰어들었다. 역시 밖으로 나간 사람을 공격할 수는 없는지 길드 사람이 조용히 흑기사를 바라봤다.

“아, 흑기사가 스텝을 밟으면서 길드 사람을 놀린다. 아하하하하.”

“좀 어른스럽지 못하지 않나요……. 더 과묵한 전사를 상상했는데 말이죠.”

아무튼 저 사람도 예선을 통과했다. 류에가 말하기로는 그가 여덟 번째였다. 다만, 예상 이상으로 플레이트가 빨리 줄어들어 예정보다 예선 통과자가 적다고도 했다.

문득 예선을 통과한 흑기사가 어디로 가는지 궁금해 돌아보았으나 그는 어느새 사라지고 없었다. 아쉽다. 조금이라도 정보를 얻고 싶었는데.

바로 그때였다. 관객석 아래에서 카이 씨가 달려온 것은…….

§ § §

“미안해, 미안. 지금 길드 일이 끝나서 왔는데—.”

꼭 알고 싶었다. 모두 어떤 마음으로 이 대회에 임했는지, 그곳에 섰을 때 어떤 심경에 이르는지, 어떤 분위기 속에서 싸우는지.

분명히 나는 쭉 그것을 바랐다. 그렇기에 그녀는 말했다.

『당신은 소원을 이루게 될지도 모른다』. 내 소원을 이루어 줄 키 아이템이란 내 검이 저주도 그리운 장비도 아닌 바로 그 칠흑의 갑옷이었던 것이다.

쉽게 말해…… 출전해 버렸다. 안녕하세요, 떠돌이 흑기사인 예선 8위 통과자 본본입니다.

"카이 씨! 대체 무슨 일을 하신 건가요……. 제가 얼마나 열심히 했는데."

"맞아! 레이스가 제일 먼저 예선을 통과했지 뭐야! 엄청 멋있었어!"

잘 알고말고요. 누구보다 가까운 곳에서 쭉 레이스의 싸움을 지켜봤으니까.

나이프 투척 실력에 상황 판단 능력, 벽을 차는 각력과 새로 습득한 마법. 그 싸움만으로 그녀의 다재다능함과 강력함을 절실하게 깨달았다. 게다가 우리 앞에서는 거의 보여주지 않는 전장에 섰을 때의 비정함까지 보여줬다.

"오늘 내 일은 저 경기장을 돌아보는 거였어. 갑옷을 입고 말이야."

"네? 그럼 카이 씨도 저 미궁 안에 계셨나요?"

"그런 셈이지. 거기에 감시대가 있었지? 덕분에 레이스가 싸우는 모습도 봤어. 대단하던걸? 거의 눈 깜짝할 사이에 다섯 명을 쓰러뜨리다니."

그러자 레이스는 눈에 보이도록 기분이 좋아졌다. 하지만 이내 표정이 다시 굳더니 왠지 창피한 투로 말을 꺼냈다.

"하지만 전 까딱 잘못하면 탈락할 뻔했어요. 경솔했죠……. 설마 훈련 시설에 나타나지 않은 강자가 있을 줄은 생각지도 못했어요. ……그래도 저, 열심히 할게요!"

"그래, 레이스! 그 흑기사를 반드시 꺾는 거야! 훈련에 협력할게!"

……아무래도 레이스의 현재 목표는 나를 타도하는 것인가 보다.

그때 주변 객석에서 환성이 터졌다. 무슨 일인가 미궁 쪽을 보자 류에가 무슨 마술을 써서 먼 경치를 확대해 보여줬다. 그곳에 비친 광경은—.

"아, 놓쳤다. 비오가 조금 전부터 계속 같은 곳에 있었거든. 그래서 몇 번이나 위치가 알려졌는데…… 이젠 시체로 산이 쌓였어."

"아니, 죽긴 누가 죽었다고. 하지만…… 이 광경은 그렇게 생각해도 어쩔 수 없겠어."

그곳에는 이미 몇 명이나 되는지 모를 탈락자가 산처럼 쌓여 있었다.

사실 나도 플레이트를 과하게 모았다. 그 수는 총 23장. 하지만 적어도 그녀는 세 자릿수에 달할 정도였다. ……너도 나와 같은 생각인가 보군.

이 예선은 다음 예선 참가자를 쓸데없이 불린다. 그녀는 조무래기와 본선에서 마주치고 싶지 않은 것이다. 요컨대 본선 진출자를 줄여 순도를 높이려는 생각이었다. 자신이 바라는 사투를 벌이기 위해서.

하지만 그렇게 대회를 망치는 행위를 계속 방관할 만큼 **그 상대**는 관대하지 않다.

"앗, 아까 그 갑주 궁수가 왔어! 도망쳐, 비오~!"

바로 내 팔꿈치에 화살을 꽂은 궁수였다. 『이기는 것은 불가능』이라는 오잉크의 설명은 거짓이 아닌 사실이었다. 그래서 도망칠 수밖에 없었다.

"순식간에 벽 위로……. 대단한 도약력이네요."

"하지만 상대는 궁수야. 저격당하겠지."

길드 직원이 활을 들었다. 하지만 『저격』이라는 생각이 얼마나 순진했는지 알게 됐다.

하늘로 빨려 들어가는 화살 한 발. 나는 그 현상을 안다.

"저건…… 카이 군, 저 사람은 설마!"

"그래, 틀림없어. 저건……."

그 직후, 미궁 한쪽 구역이 하늘에서 쏟아진 무수한 빛에 잠겼다.

"지평천(地平穿) 『취우(驟雨)』. 내 천단 시리즈와 같은 계열인 최강의 궁술, 지평천 시리즈야."

"나도 아직 못 쓰는 궁술…… 저분은 오잉크 씨 본인인가요?"

그렇다. 틀림없이 저 갑옷 속 인물은 오잉크 본인이었다. 그러니까 『이기는 게 불가능』이라고 단언하지. 하지만 이길 수 없을지언정 도망은 칠 수 있었다.

“아, 비오 씨가 미궁을 빠져나왔어요?! 저 공격을 빠져나온 건가요?”

“휘유~! 대단해, 비오! 엄청 기진맥진하지만.”

“저걸 버틴다고……? 정말로 저 꼬마는 정체가 뭐야?”

결국 그녀가 대량의 플레이트를 가지고 나온 영향으로 그날 예선은 예정보다 대폭 조기 종료됐고 우리도 일찍 호텔로 돌아가기로 했다.

아마 오늘 일은 대회 운영, 그리고 내일 이후 출전 선수에게 적잖은 충격을 주리라. 내일은 도손도 출전하고 렌 군과 아직 만나지 못한 강자도 기다린다. 단순한 방관자가 아니라 직접 출전하기에 느끼는 기대감, 고양감. 바로 이것이 나도 맛보고 싶다고, 느끼고 싶다고 생각하던 기분이겠지.

그 기분이 식을 새도 없이 대회 일정은 순조롭게 진행됐다.

그리고 나는 다시 그녀들에게 거짓말을 할 날을 맞이했다.

§ § §

눈을 뜨고, 또 잡고 있던 팔이 사라졌음을 알고 나는 깊은 한숨을 쉬었다.

『정말로 미안해. 내일 2차 예선도 길드 일로 응원하러 못 가게 됐어…….』

어젯밤 카이 씨의 말에 조금이지만 적잖게 낙담했지만 어쩔 수 없다며 생각을 고쳤다. 이미 1차 예선에서 웬만한 사람은 걸러졌고 오늘부터 2차 예선이니까.

오늘도 옆에서 잠든 류에를 흔들어 깨워서 다시 경기장으로 향했다.

"그나저나 역시 예상대로 흘러가네? 렌 군과 도손 군도 무사히 통과했어."

"하지만 다른 예상도 맞았어요. 그 훈련소에 없던 실력자들 말이에요."

"그러게. 그 흑기사나 여러 가지 신기한 기술을 쓰는 사람이나."

경기장에 도착한 류에는 오늘도 나에게 격려의 말을 건네고 관객석으로 갔다.

인정하겠다. 나는 지금 긴장했다. 그리고 카이 씨가 없다고 낙담과 불안을 느낀다. ……경기장에는 오실 테니까 지켜보고는 계시겠지만.

2차 예선은 열 명씩 배틀 로열 방식으로 이루어지며, 지금부터 조 편성이 있을 예정이었다. 듣기로는 이번 1차 예선을 통과한 인원은 200명도 되지 않으며 오늘 일제히 예선을 치러 한 번에 본선 진출자를 정한다고 했다.

“그럼 여러분, 차례대로 제비를 뽑아주세요. 1부터 16까지 번호가 적혀 있고 그게 여러분의 블록입니다. 뽑으시면 번호에 맞는 장소로 이동해주세요.”

규칙 설명은 오잉크 씨가 직접 행차해서 진행했다.

눈 밑에는 짙은 다크 서클이 내려와 굉장히 피로해 보였다.

분명히 예상외로 토너먼트 규모가 작아진 탓에 예정이 꼬였기 때문이겠지. 그리고 그 원인을 만든 비오 씨와 흑기사는 지금—.

“좀 자중하세요! 첫날에 그건 너무 지나쳤어요! 자, 뽑으세요.”

“미안해, 미안, 총수님. 사과의 의미로 2차 예선은 순식간에 끝낼 테니까 안심해!”

아, 제비뽑기도 오잉크 씨가 진행하는구나. 지금 그 주범인 비오 씨와 이야기 중이었다. ……전혀 미안한 기색이 없는 걸 보면 정말로 대단한 사람이다.

그리고 다른 한 명, 첫날 오잉크 씨를 미로 밖에서 도발한 흑기사는—.

“……당신, 어디 소속이죠? 조사해 봤지만, 정보가 전혀 안 나왔어요.”

비오 씨 다음으로 제비를 뽑는 그는 오잉크 씨의 물음에 대답하지 않고 잰걸음으로 사라졌다.

……긴장된다. 이 제비뽑기 운에 따라서는 오늘 안에 우승자 후보가 맞붙을 수도 있었다.

마침내 내 차례가 되어 오잉크 씨 앞으로 걸어갔다.

"레이스, 이번 대회는 제법 파란만장하지만…… 기대할게요."

"제게는 큰 목표가 있어요. 그러니까 반드시 마지막까지 이겨서 올라가고 말 거예요."

상자에서 공을 잡아 꺼내자 그곳에는 숫자와 얼굴이 그려져 있었다.

뭘까? 이 눈썹이 시무룩하게 처진 귀여운 캐릭터는.

"앗, 란란 볼에 당첨되셨네요. 사실 특별한 의미는 없지만요. 레이스는 16번이에요."

"그, 그런가요……? 귀엽네요, 이 캐릭터."

"후후후, 그렇죠? 찌그러뜨리면 표정이 변해서 귀여워요."

꾹 누르자 불쌍한 표정이 더 쭈글쭈글하게 변했다. 그리고 동시에—.

오잉크 씨가 작게 「으앙~」이라며 복화술 같은 소리를 냈다.

"……레이스. 16번에는 그 흑기사가 있어요. 힘든 싸움이 되리라 생각하지만—."

"총수님이 일개 선수를 편들면 안 되는 거예요. ……마음만 감사히 받을게요."

여러 무대를 지나서 가장 안쪽에 있는 곳으로 갔다.

무대 위에는 나 말고 아홉 명이 대기하고 있었다. 낯익은 얼굴은 보이지 않았다.

다만, 유난히 이색적인 흑기사만이 나를 똑바로 바라보는 기분이 들었다.

"의외로 일찍 이날이 왔네요. 1차 예선의 빚을 이번에야말로 갚겠어요."

"……이 예선은 사실상 너와 나의 1대 1 승부다. 다른 사람은 빠르게 퇴장시키도록 하지."

여전히 으스스하게 울리는 목소리. 흉악한 용을 본뜬 클로즈 헬멧.

날씬해 보이면서도 육중한 갑옷. 그리고 재질 불명의 칠흑색 장검.

이곳 필드는 넓은 편이 아니었다. 틀림없이 근접전을 강요받는다.

아니, 애초에 이번 경기로 올라온 사람은 근접 전투가가 태반이었다.

이 넓이로는 나도 자유롭게 마궁을 쓸 수 없다. 그리고 앞으로도 계속 싸우기 위해서 아직은 내 전법을 숨기고 싶었다. 그러니까 전에 카이 씨가 내게 남겨준 힘이 아니라 나 자신이 이 세계에서 갈고 닦은 기술만으로 이 상대를 꺾어야만 했다.

멀리서 카운트다운이 들렸다. 곧 일제히 2차 예선이, 배틀로열이 시작된다.

주변 사람들이 우리를 둘러싸는 것을 느꼈다. 하지만 그쪽에는 신경을 쓰지 않는다.

적인 그를 믿었다. 나와 싸우기 위한 자리를 준비해주리라고…….

그리고 시작 신호가 경기장 전체에 울려 퍼짐과 동시에 흑기사의 공격, 눈에 보이지 않는 충격이 무대 전체로 퍼지며 나를 제외한 모든 선수가 장외로 날아가 버렸다.

"무대가 정리됐군. 자, 시작해 볼까. 레이스 레스트."

검을 든 그가 내 이름을 부르며 나에게로 돌아섰다.

왜일까. 그에게 이름을 불린 순간, 마음속이 조금 따스해지는 느낌이 들었다.

"제 이름을 알고 계셨군요. ……조금, 불공평하지 않나요?"

"등록명은 『네임리스』. 아쉽지만 본명으로 등록할 수 없는 몸이야."

범죄자인가, 혹은 탈주한 기사인가. 그것도 아니면 다른 사정이 있는 걸까.

그렇다면 어쩔 수 없다. 무대를 최대한 이용해서 거리를 두고 전투 자세를 취했다.

……승산은 있다. 마궁을 쓸 수 없어도 그를 공략할 수단은 존재한다.

갑옷의 틈. 관절 부분과 시야를 확보하기 위한 투구의 구멍. 그곳을 화살이 아니라 나이프로 찌를 수 있다면…… 물론 기습이 아닌 한 그럴 기회를 줄 상대는 아니겠지만.

"……간다, 레이스 레스트!"

그 순간, 갑옷 소리를 내면서 그 육중함이 느껴지지 않는 속도로 나에게 돌진해 왔다. 그 속도에 눈을 휘둥그렇게 뜨면서도 아슬아슬한 순간까지 그의 검에서 눈을 떼지 않았다.

사정권의 끝. 검을 휘두르기 위한 최대 거리에 그의 발이 들어오기 직전, 먼저 내 쪽에서 파고들어 그의 계산을 망쳤다. 그에게서 미세한 망설임이 생겼다.

더 가까이. 검이 단순한 둔기가 되는 근접 거리로 접근하기 위해…….

그러자 역시 그는 일단 거리를 두려고 했으나 한순간 갑옷 무게로 인한 관성 때문에 후퇴가 늦어졌다. 역시나…… 이 사람은 갑옷을 입고 싸우는 데 익숙하지 않다!

공격으로 넘어가지 않고 그대로 계속 달려 몸으로 들이박았다. 넘어지지는 않았지만 그는 위험하다 느끼고 크게 뒤로 물러났다.

"그 갑옷, 벗으시는 게 어떤가요? 영 익숙하지 않아 보이는데요."

"크! 그럴 수 없는 사정이 있어."

이길 수 있다. 공격할 기회를 주지 않고 일방적으로 밀어붙이면— 하지만 그때, 그가 떨어진 곳에 있으면서 검을 머리 위로 들고 힘껏 내리쳐 바닥을 때렸다.

파편이 시야를 뒤덮어 반사적으로 얼굴을 손으로 지켰으나 체력이 급속도로 떨어졌다. 이런 방법이 있었나…… 무대를 쉽사리 파괴할 정도의 괴력!

정상이 아니라는 류에의 충고가 다시 떠올랐다.

……거리를 너무 벌려도 위험하다. 역시 달라붙을 생각으로 싸워야겠다. 그리고 접근한 상태에서 그에게 치명상을 주려면…….

두 팔다리에 어둠 마술을 둘렀다. 검붉은 불길이 깃든 몸을 확인하고 다시 그에게로 육박했다.

내가 그의 공격 범위에 들어선 순간, 거침없는 일격이 날아든다.

그것을 한 손을 희생해 받아 내고 그대로 그에게 밀착할 정도로 접근했다. 그리고 내 다리를 그의 다리에 걸어 젖 먹던 힘까지 다해 밀쳤다.

"쓰러……지, 세요! 하아아아아아앗!"

몸에 두른 불꽃을 키웠다. 갑옷을 깰 수는 없을지라도 불이라면 틈새를 빠져나갈 테니까.

체력을 계속 빼앗으며 밀다 보면 분명히 쓰러질 테니까.

하지만 칼자루로 계속 등을 가격당해 내 체력도 함께 빠져 나갔다.

그리고 동시에 의문이 생겼다. 왜 머리를 노리지 않나. 왜 칼날이 아닌 칼자루인가. 어쩐지 치명상을 주는 공격을 주저하는 듯한, 기묘한 감각이었다.

"크…… 너무 막무가내군……. 이건 예상 못 했어……."

"막무가내라도 상관없어요. 제가, 제가 이길 거예요!"

불길을 그의 투구 사이로 분출했다. 그리고 한순간 멈칫한 틈을 찔러서 그의 투구를 잡아 180도로 확 돌려 버렸다.

그러자 시야가 완전히 차단된 사실에 동요했는지 그에게서 힘이 빠졌다. 그사이에 나도 한 발자국 물러나 마지막 일격을 위해 몸을 웅크리고 힘을 모았다.

"크…… 헬름이 벗겨……."

"이야아아아아아아아아아아압!"

뛰어오르며 몸을 강하게 비틀었다. 그 힘을 모두 실어서 그의 머리에 상단 돌려 차기를 먹였다. 그리고 멀리 날아간 흑기사는 마지막 순간까지 버텨 무대에서 떨어지지 않았으나, 무대 끝을 엎드린 채 미끄러져 투구만이 낙하했다.

……참 아름다운 은발이네요. 투구 안에는 장발이었나요. 의외예요.

하지만 겨우 만든 최대의 약점. 이 기회를 놓칠 수는—.

『제16 블록! 전투 종료! 네임리스 선수 실격, 승자는 레이스입니다!』

"네?! 오잉크 씨?!"

하지만 그 순간 확성 마도구에서 울려 퍼진 갑작스러운 선언에 몸이 경직했다.

새로 만든 나이프를 버리고 이게 어떻게 된 일이냐며 무대 옆에 선 오잉크 씨를 돌아봤다. 그녀는 엎어진 채로 움직이지 않는 흑기사에게 다가갔고—.

"……출전하지 말라고 말씀드렸죠? 백은장은 원래 출전 금지예요."

"……처음부터 본선 전에 기권할 생각이었어. 게다가 따지고 보면 나는 백은장이 아닌데."

급하게 달려가 엎드린 채 얼굴을 감추는 그를 뒤집었다.

그 얼굴은 틀림없이, 마지막 저항으로 이상한 표정을 짓고 있지만 그 사람이었다.

"카이 씨…… 뭐 하시는 거죠……?"

무거운, 무척 무거운 갑옷을 입은 그를 일으켰다. 굉장히 난처한 표정을 짓는 그는 왠지 장난을 치다가 혼난 어린아이 같았다. ……덩치가 산만 한 아이네요.

"돌아가죠, 카이 씨. 돌아가면 정말로 혼날 줄 아세요."

"아, 알았어……. 하지만 마지막으로 한마디만 하게 해줘."

투구를 주운 카이 씨가 지금까지 보여준 적 없는 얼굴로 나를 보았다.

그것은 마치 아이의 성장을 기뻐하는 부모 같은, 언제나 내가 남들에게 보이는 그런 얼굴…….

"활 없이도 이 정도로 강할 줄은 몰랐어. 정말…… 강해졌구나."

아주 화가 났던 것 같기도 하고, 놀아난 것 같아서 토라졌던 것 같기도 한 나 자신도 잘 모를 감정이 몰아치고 있었는데…….

그저 그가, 훨씬 앞을 걷고 있다고 생각하던 그가 해준 말만으로 나는…….

"네! 저는, 당신을 만나기 위해 계속 싸워 왔으니까요!"

내 힘을 믿자고, 이제 누구에게도 지지 않는다고, 그렇게 생각했다.

4장 각각의 결판, 싸움의 끝에

"카이 씨. 그럼 한 번 더 복창해 보세요."

"네. 저 카이본은 앞으로 절대로 레이스나 류에에게 비밀로 나쁜 짓을 하지 않겠습니다. 약속을 어기면 3일간 따로 해당 지역에서 봉사 활동을 하며 자신의 행동을 반성합니다."

"레이스, 레이스. 나도 하나 추가해도 돼? 「약속을 어기면 일주일 동안 뭐든지 내가 좋아하는 음식을 만들어준다」라는 건 어때?"

"괜찮네요. 그럼 3일 동안 벌 받은 뒤에 그걸 추가하죠."

네. 현재 방에 꿇어앉아 고분고분 잔소리를 듣는 저입니다. 정말로 지당한 분노입니다. 다 제 잘못이죠. 그래도 한 마디만 하자면 나쁜 뜻은 없었습니다.

하지만 자신의 목표가 허상이었다는 것을 안 레이스는 자신의 싸움을 모욕받았다고 느끼지 않았을까? 내가 욕망을 주체하지 못한 탓에…….

"카이 씨, 그만 고개를 드세요. 그렇게까지 낙심하시면…… 저도 슬퍼요."

마치 어머니 같은 표정을 짓는 그녀에게 더는 말을 할 수 없었다.

"제 능력을 시험하고 더 높은 곳으로 올라가려는 의미도 있었으니까 오늘 싸움으로 큰 자신을 얻었다고 해도 과언은 아니에요. 그러니까, 고개 들어주세요."

그러더니 화제를 바꾸려는 양 류에가 내 갑옷을 벗겨 뜯어봤다.

"카이 군, 이거 어디서 샀어? 이런 고순도 마강철은 처음 봐."

"그거 말인데…… 이것도 속인 게 되나? 사실은……."

더는 숨길 수 없다고 생각한 나는 레이니 리네아리스와의 만남과 이 갑옷을 얻게 된 경위를 두 사람에게 고백했다. 그랬더니 빗물의 기적을 아는 두 사람은 역시 크게 놀랐고 꼭 만나보고 싶다며 기대를 내비쳤다.

"그게…… 내 마음대로 갈 수 있는 게 아니라 다음에 만나면 말해 볼게. 그리고 대장간도 위치는 기억하지만, 거기도 갈 수 있을지 어떨지……."

"으으…… 역시 쉽게는 못 만나는구나. 모레 내 시합이 있지? 그래서 이 『사각사각 소드』를 완성할 조언을 구하고 싶었어."

"그 씹어 보고 싶어지는 이름은 뭐야……. 그야 부딪힐 때 비슷한 소리가 나긴 하지만."

"이제 이 소리만 어떻게 하면 되는데, 그게 잘 안 돼."

"저기, 소리가 나오는 곳을 알면 거기를 막으면 안 되나요?"

아하, 스피커를 막아 물리적으로 차단한다는 거군.

"그 방법이 있었어! 조금은 새겠지만, 전투 중이라면 괜찮을지도 몰라!"

어쩌다 보니 잔소리는 어물쩍 넘어갔으나 류에 말대로 앞으로 이틀은 예선과 본선 사이의 휴식 기간이었다. 그리고 그사이에 여흥으로 시범 경기가 개최된다. 즉, 내 진짜 싸움도 코앞까지 다가왔다는 뜻이었다.

예정으로는 오전 중에 류에의 시합이 있고 오후에 내가 싸우게 된다.

그렇다면 마지막 하루는 지금 갈고 닦은 전투 스타일로 얼마나 싸울 수 있을지 시험해 둬야겠다. 내일은 오랜만에 훈련소에서 대인 훈련이나 해 볼까?

하지만 이때 나는 멍청하게도 자신의 행동이 어떤 결과를 낳을지 전혀 알지 못했다. 나는 잊고 있었다. 내가 실격됐을 때, 그곳에 **그녀**도 있었다는 것을…….

§ § §

"으헉?! 잠깐, 여기 필드 밖이야! 그대로 대미지 받는다고!"

"그딴 건! 나도 알아! 대체 왜! 실격됐어! 오빠!"

다음 날 아침 훈련소. 예선이 끝나서 사용자가 줄어든 그곳에서 고통스러운 소리와 단단히 심통이 난 네 귀 소녀 비오의 목소리가 울렸다.

본선에서 나에게 복수하겠다고 했었지. 하지만 나는 본선에 나가겠다는 말은 한마디도 하지 않았다. 부정도 하지 않았으므로 잘못은 나에게 있지만…….

"괜찮아, 우승하면 상으로 백은장에게 도전할 수 있어!"

"그럼 지금 여기서 해. 어차피 우승은 내 차지니까."

겨우 진정한 비오는 자신만만하게 웃으며 오만하게 말했다. 그래, 너는 그 말을 할 자격이 있지. 그 언행에 합당한 성과를 남겼으니까. 하지만—.

"그것만은 동의하기 힘들어. 아직 유력 후보는 남아 있잖아."

"흥…… 그 언니가 강한 건 인정할게. 나 원, 기대하던 게 하나 줄었어."

"미안하다니까. 본선 출전은 정해졌지? 그렇다면 앞으로 네 번만 이기면 우승이야."

어제 2차 예선에서 나는 다른 블록의 결과를 확인하지 못했지만 총 16명의 본선 진출이 확정됐다고 들었다. 그리고 그중에는 물론 비오도 포함됐다.

……덧붙이자면 도손은 어떻게 됐는지 모릅니다. 바로 호텔로 연행됐거든요.

친구로서 도손도 잘됐으면 좋겠다고는 빌고 있지만…….

"그럼 오늘 본래 목적을 위해서 비오랑 땀 좀 뺄까?"

"응? 뭐야, 오빠. 혹시 모의 전투라도 하려고?"

"바로 맞혔어. 오늘은 널 상대로 최종 점검을 하려고 해."

"최종 점검……? 오빠, 무슨 예정이라도 있어?"

"지금은 비밀. 그럼 이 스타일도 대충 몸에 익었으니까—."

슬슬 진심으로 옛날 감을 되찾도록 노력해 볼까.

원래 게임 시절의 내 실력은 캐릭터와 장비의 힘이 전부가 아니었다.

단순한 반복 연습과 상황 재현, 그리고 정확한 컨트롤. 그래서 이 세계에서 옛날처럼 싸우고 싶다면 철저하게 연습하고 관찰하고 재현해야 했다.

"하면 된다. 이 몸이라면 게임과 같은 움직임을 재현해 낼 수 있을 거야."

이유 있는 자신이었다. 나는 딱 한 번 게임 시절의 콤보를 이 세계에서 재현한 적 있었다.

어떻게 잊을쏘냐. 내가 류에를 그 숲에서 해방하기 위해 용신을 쓰러뜨린 그 공격을…….

그때처럼 자신의 감각을, 경험을 믿고 검을 휘두를 수 있다면, 반드시—.

"그럼 오빠, 첫 라운드 시작할게~! 제법 진심으로 할 테니까 각오해."

"알았어~. 그럼 시작해, 비오."

§ § §

다음 날 아침. 오늘 시번 경기 개최 장소는 본선과 같은 경기장에서 이루어진다.

그 경기장은 전에 만찬회가 열린 구 왕궁 지구에 있는 투기장, 다시 말해 정말로 옛날에 무술 대회나 처형, 오락을 위해 사용되던 피로 얼룩진 역사의 현장이었다.

애초에 이 칠성배 자체가 그런 처형이나 제물을 바치기 위한 의식에서 유래했다고 한다. 구 왕가가 칠성의 은혜를 얻기 위해 시작했다고 들었다.

그리고 당연하지만 예선을 치른 야외 경기장과는 달리 관전자 수가 한정되기 때문에 오늘 이곳에 올 수 있는 사람은 운 좋은 관람 희망자, 길드와 연이 있는 사람, 내빈이나 의원, 그리고 그날 출전하는 선수의 관계자뿐이었다.

"그럼 나는 대기실로 갈게. 원래는 카이 군도 와야겠지만……."

"나는 오후까지 시간이 남았잖아. 레이스랑 관계자석에서 시합을 구경할게."

"그래? 카이 군, 하나 약속해줘. 내 시합 중에 절대로 자리를 떠나지 마. 그리고 절대로 다른 사람에게 위해를 가하지 마. 맹세해 줄 수 있어?"

류에의 분위기가 평소와 달랐다. 그리고 말하는 내용에

의문을 품었다. 하지만…… 따르자.

류에가 이런 식으로 말한다면 그만한 이유가 있겠지.

"맹세할게. 네가 어떤 마음으로 싸움에 임하는지, 두 눈으로 똑똑히 확인할게."

성기사 의상을 입은 류에가 살포시 미소 지으며 대기실로 떠났다.

알바를 상대로 그녀는 무엇을 할까? 그리고 오잉크는 류에를 통해 알바에게 무엇을 전하려는 것일까? 그 모든 해답이 조금 뒤 있을 싸움으로 확실해진다.

"가자, 레이스."

"……저렇게 긴장한 류에는 처음 봐요. 괜찮을, 까요?"

그 질문에 명확한 답을 내놓지 못한 채 우리도 관객석으로 이동했다.

"관계자석이라도 류에의 관계자는 나랑 레이스밖에 없지."

"그렇다면 저쪽에 있는 건 알바 씨의 관계자겠네요?"

자리 한쪽에는 이미 젊은 모험가 집단이 자리를 차지하고 있었다. 우리가 온 것을 알고 업신여기는 듯한 시선을 보내왔으나 레이스를 보고는 아무 말도 꺼내지 못했다. 그야 본선 진출이 결정된 우승 후보니까 시비 걸 엄두가 안 나겠지.

"앗! 저쪽에 자리 비었네! 여기 들여보내 주면 안 돼?"

"안 돼. 여긴 관계자 전용석이야. 얌전히 일반석으로 돌아가."

저게 누구야, 비오잖아? 귀찮은 일은 피하고 싶으니까 못

본 척—.

"아! 오빠도 관계자야?! 그럼 나도 관계자지!"

"네~? 전 그쪽 누군지 모르는데~?"

"같은 빵을 먹은 사이잖아! 모의 전투도 같이 했잖아! 들여보내 주라~!"

"저기…… 들어오시라고 해요, 카이 씨."

이 교활한 녀석, 어린애에게 약한 레이스를 교묘히 조종해 들어와 버렸다.

감사 표시인지 비오가 무슨 달콤하고 좋은 향기가 나는 물건을 내밀었다.

"받아, 팬케이크야. 방금 밖에 있는 노점에서 샀으니까 나눠 먹자."

"괜찮나요? 고맙습니다."

우물우물 먹으며 관객석이 점점 채워지는 양상을 보는데 문득 어떤 것이 눈길을 빼앗았다. 이 투기장 전체에 있는 장식들이었다.

옛날 왕족의 취향일까? 유난히 금색 부조나 조각상이 눈에 띄었다.

단순히 벼락부자처럼 금을 좋아하는 것일 수도 있지만 흐음, 신경 쓰인다.

그러자 내 시선을 알아챈 레이스가 그 장식에 관해 알려줬다.

"저건 이 대륙의 칠성『플래시드 드래곤』을 형상화한 거라고 해요."

"히야, 뭔가 묘하게 성스러운 느낌이야. 풍작의 신이니까 숭배하는 것도 당연한가."

황금색 용…… 풍작…… 어째 최근 어디선가 비슷한 이야기를 들은 기분도 들었다.

"흐음. 이 칠성배는 그걸 강림시키는 의식이기도 하지? 우승하면 올해 작물을 헌상하는 역할을 맡는다고 들었어. 진짜 만나면 싸우자고 해 볼까."

"꼬마가 겁이 없네. 게다가 지금 네 옆에 있는 사람도 우승 후보란 사실을 잊지 마."

"후후후…… 맞아요, 비오 씨. 저, 질 생각은 없답니다."

"아…… 그렇지. 언니는 아마 유일하게 내가 경계해야 할 상대야. 하지만 난 반드시 우승해서 오빠한테 도전할 권리를 따낼 거야!"

수다를 떠는 사이 장내에 방송이 나왔다. 만원사례와 곧 시합이 시작된다는 내용이었다. 하지만 이 타이밍에 또 복도가 소란스러워졌다.

"왜 이쪽 자리에?! 귀빈석은 반대편입니다. 길을 잘못 드셨다면—."

"들여보내. 나도 따지고 보면 관계자야. 게다가 이쪽이 조용해."

"괘, 괜찮을까요? 다른 사람에게 피해가 되지는 않을지……."

"저어…… 저는 떨어진 아버지를 찾고 있을 뿐인데요."

나타난 사람은 이루와 레일라. 그리고 오랜만에 보는 북 씨의 딸 아이드였다.

"찾았다. 당신 옆에서 보면 해설도 들을 수 있겠지? 여기 앉을게."

"안녕, 이루 아가씨. 유아독존이 따로 없구만. 그리고 해설할 틈도 없을지도 몰라."

이루에게 대답하는데 이번에는 생각지도 못한 두 사람이 대화를 나눴다.

"어머? 그쪽에 계신 분은 비오 님 아닌가요? 오랜만이에요!"

"으…… 레일라 님. 오랜만에 뵙겠습니다……."

"이 대륙에 온다고 알려주셨으면 함께 왔을 텐데요……."

그러고 보니 비오도 서디스 대륙 사람이었지. 보통 실력이 아니니까 귀족 호위 임무라도 받았을지도 모르겠다.

그리고 마지막으로 또 다른 두 사람. 입밖으로 꺼내면 레이스에게 혼날 것 같지만 손녀와 할머니 같은 관계인 아이드 양과 레이스의 재회였다.

"아이드 씨, 오랜만이에요. 여긴 어쩐 일로 오셨죠?"

"레이스 님, 오랜만이에요! 실은 아버지가 올해 중앙 의회에 출석한다고 하셔서 비서 역할 겸 지금까지 뵙지 못한 분들과 교류하려고요."

"그렇다면 북 님도 와 계시겠네요? 이따가 인사드리러 가야겠어요."

"그런데 제가 아버지랑 떨어지는 바람에 여기 계신 이루 님과 함께 여기로……."

보아하니 비슷한 또래였다. 아마 이야기할 상대가 필요했던 것이 아닐까?

"뭘 히죽대?"

"아니, 의외로 귀여운 구석이 있구나 싶어서."

……그나저나 갑자기 사람이 불어났다. 아울러 또 이 부담스럽기 짝이 없는 성비.

그때 다시 장내 아나운스로 몹시 귀에 익은 목소리가 나왔다.

『여러분, 시범 경기에 잘 오셨습니다! 이제 곧 양 선수의 준비가 끝날 예정입니다. 하지만 그 전에 저 오잉크가 올해부터 도입한 허상 투영 마도구를 소개하고자 합니다.』

"이제 와서 하는 소리지만, 저런 이벤트 진행은 총수가 직접 할 일이 아니지 않나?"

"그건 동의해. 하지만 어쩌겠어, 오잉크의 인기가 대단한걸. 이 기간에나 이곳을 찾으니까 가능한 한 민중과 함께 할 수 있도록 배려하는 거야."

"아아…… 역시 영웅은 힘들겠어. 그런데 올해부터 도입한 마도구가 뭐야?"

이루는 원래 이 대회용으로 개발되던 물건으로 카메라 기능이 있는 대형 스크린 같은 것이라고 설명했다. 그러고 보니 류에도 전에 비슷한 마술을 써서 예선을 구경했지. 기본적인 술식은 이미 있었나 보다.

"들은 이야기로는 얼마 전에 뜬금없이 완성됐다고 해. 흔히 말하는 빗물의 기적이란 거지. 올해 같은 큰 시합이 있을 때 완성되다니, 정말로 기적 같아."

"……의외로 그 기적을 일으킨 사람도 올해 시합을 보고 싶어서 급히 도와줬는지도 모르지."

아마 내 생각이 맞을 것이다. 레이니 리네아리스, 그 녀석…… 완전히 사리사욕을 위해 움직이잖아.

『자! 그럼 다시 인사드리겠습니다. 해설과 중계를 맡은 저, 오잉크와—.』

『고, 곤란합니다, 오잉크 님! 저는 일이 있어 들렀을 뿐이고 딸이 기다리는—.』

『한때 저와 함께 전장을 누빈 명참모, 북 웰드 북방 영주님입니다!』

아, 북 씨다. 아이드 양, 아버지를 찾으셨군요. 엄청 눈에 띄네요.

"아버지?! 이러면 시합이 끝날 때까지 기다려야 하나……."

난감해하는 아이드 양. 그녀를 보고 소리 죽여 웃는 이루. 그 모습을 흐뭇하게 바라보는 레이스. 그중에서 가장 신경 쓰이는 것은…… 북 씨, 당신 참모였어요?

『선수가 입장하겠습니다! 우선 작년도 우승자이자 백은장으로 승격한 알바!』

『오오, 산악 지대에 사는 흉악한 마물 퇴치에 적극적으로 참가하는 그분이군요!』

『그의 실력은 굳이 설명할 필요가 없겠죠. 현존하는 백은장 중 최연소입니다.』

나타난 것은 붉은 머리 이도류 검사이자 이번 일의 『피해자』라고도 할 수 있는 이였다.

하지만 역시 지지층이 두터운지 환성도 들리며 같은 방에 있는 집단도 성원을 보냈다.

필드에 나타난 그에게 마이크가 넘어갔다. 포부라도 밝히려나 보다.

『이렇게 명예로운 자리에서 싸우게 되어 정말로 영광입니다. 이것도 항상 응원해주시는 동료분들과 오잉크 총수님 덕분입니다. 이 싸움에 승리해서 여러분의 마음에 보답하고자 합니다!』

"와~, 진짜 가식적이다. 일반 관객 쪽 반응도 최고로군."

"오빠, 그거 알아? 저 사람, 다른 모험가에게 엄청 미움받아. 그냥 질투인지, 아니면 무슨 이유가 있는지, 외부인인 나는 모르지만."

자세한 사항은 나도 외부인이므로 잘 모른다. 다만, 오잉크는 류에에게 그의 훈육을 맡겼다. 그건 사실상 사형선고나 다름없었다.

『그럼 계속해서, 이미 여러분이 기대하실 그 사람이 입장합니다!』

『아닛?! 저건 류에 님 아닙니까!?』

『올해 미스 세미피나르이자 격전지 엔드레시아의 백은장! 실력은 미지수지만, 적어도 귀여움은 일목요연합니다!』

새로 설치한 구슬 모양 마도구에 우리 집 엘프 아가씨가 크게 비쳤다. 지금 소개에 무척 쑥스러워— 쑥스러워하지 않는군, 눈곱만큼도. 오히려 거만하게 웃고 있었다.

『류에 님은 윙레스트의 치안을 믿어지지 않는 속도로 회복시킨 실력자입니다! 아주 치열한 싸움이 되리라 예상되는군요!』

그런 그때, 거대한 류에를 보던 레이스가 흥분한 얼굴로 말했다.

"카이 씨, 보세요! 류에가 저렇게 크게 나와요……!"

"본선에서는 레이스도 저렇게 나올 거야."

"카이 씨도 오후에는 비치겠네요?"

서로 얼굴을 보고 침묵했다. 그리고—.

""긴장되네(요).""

그러는 사이에 마이크가 류에에게 넘어갔다. 어디, 뭐라고 할지 들어 볼까? 이런저런 기대를 담아 빛 구슬에 비친 류에를 주목했다.

『방금 소개받은 류에입니다. 이번에는 상대가 백은장이라서 내심 무척 기대됩니다. 이곳은 솔직히…… 엔드레시아와 비교하면 조금 안온하니까요. 마물도 없고 너무 평화에 젖었다고 해야 하나?』

하지만 류에의 입에서 나온 말은 많은 사람의 반감을 살 도발이었다. 경기장이 찬물을 끼얹은 듯 조용해졌고 이내 당황해 수군거리는 소리가 여기저기서 들려왔다. 그건 이 방에서도 마찬가지였다.

『그리고…… 오늘 상대는 전쟁을 경험한 적도 없는 사람이라고 들었습니다. 그런 사람에게 백은이라는 칭호를 주는 것에 의문을 느꼈지만, 뭐 적어도 다른 사람보다는 나은 편 아닐까요? 분명히 새 시대의 상징이겠죠.』

"카, 카이 씨…… 류에가 대체 왜 저러는 거죠?! 저런 말을 하면—."

"그렇군……. 류에, 그렇게 나가겠다는 거지?"

『선배로서, 진짜 백은장이 무엇인지 이 신인에게 알려주겠다…… 그게 이번 싸움을 받아들인 가장 큰 이유입니다.』

류에는 조소로도 볼 수 있는 표정으로 말을 끝맺었다. 그것은 너무나도 건방지고 거만한, 사정을 모르면 나도 그렇게 생각할 정도의 발언이었다.

틀림없다. 류에는…… 악역을 자처하고 있었다.

이미 경기장에서는 류에를 향한 회의적인 말, 그리고 적지 않은 매도가 나오기 시작했다. 이제 알겠다. 그래서 류에는 나에게 절대로 다른 사람에게 해를 끼치지 말라고 못 박았나. 괜찮다, 내가 그들에게 손을 댈 생각은 처음부터 없었으니까.

"휘유~! 언니, 세게 나오는데? 역시 싸움은 이래야지."

"류에 님……. 오늘 류에 님은 기분이 언짢으신가요?"

"아니. 평소대로야. 오늘은 그냥 사정이 있을 뿐."

거만하고 미움받는 인간을 바른길로 되돌릴 방법. 류에는 그것을 생각한 결과, 이 수단을 써서 스스로 악역을 연기하기로 했다면 나는 지켜볼 뿐이다.

『그럼 시범경기 제1 시합을, 시작합니다!』

§ § §

『아주 마음대로 떠들더군. 상징은커녕 장식밖에 안 되는 주제에.』

『지적받았다고 일일이 화내지 말아 줄래? 선공은 양보할 테니까 빨리 덤벼.』

마도구의 힘이 음성을 잡아냈다. 류에는 여전히 알바를 업신여기고 있었다.

전투 개시 신호와 함께 알바는 사브르 두 자루를 독특한 자세로 들었다.

한 손은 뒤로 빼서 당장 날카롭게 찌를 듯한 자세.

다른 한 손은 쭉 뻗은 팔로 검을 수직으로 든 자세. 마치 메이저 리거를 방불케 했다. 그리고 그와 대치한 류에는—.

"그 검, 개조는 끝났나 보지만…… 왠지 날이 푸르군."

"저건 얼음 칼날이에요. 검 전체를 어둠 마술의 실로 엮어 보강한 뒤 어둠을 빼고 얼음만 남겼다고 해요. 그러면 얼음인 채로 강도를 높일 수 있다고……."

"그래? 그럼 저 검에 내장된 술식은 어떻게 했어?"

"남은 공간에 검 형상을 기억하는 술식을 넣었다고 들었어요."

형상 기억? 날이 빠져도 순식간에 재생하는 얼음 마검이란 말이군.

그러나 류에는 자세도 취하지 않고 그렇게 자랑하던 검을 확인이라도 하듯 뒤집어서 관찰할 뿐이었다. 마치 앞에 있는 상대는 진지하게 싸울 가치도 없다는 것처럼…….

그 직후, 알바가 땅을 살짝 찼다. 그러자 놀랍게도 단 원 스텝만으로 류에를 검의 사정거리 안에 넣었다. 거기서 수직으로 든 검을, 손목을 꺾는 간결한 동작만으로 정확하고 자연스레 목으로 향했다.

"겨우 저 동작만으로 저런 공격 속도를……."

그리고 목을 노린 공격이 도달하는 것보다 빠르게 뒤로

뺀 칼의 날카로운 찌르기가 얼굴로 뻗었다. 거의 동시에 이루어진 2연격. 아마 첫 공격으로 끝장을 볼 속셈이었다.

그렇지만 경기장에 비친 영상은 모든 이가 숨을 삼킬 정도로 무서운 결과였다.

『……이건 뭐지? 칼 자랑인가? 깨끗하게 손질을 잘했네.』

『아니……!』

첫 공격은 류에의 손가락 사이에 껴서 정지했고 찌르기는 고개만 기울여 피했다.

제자리에서 한 발자국도 움직이지 않고 눈썹 하나 까딱하지 않았다. 마치 정말로 검을 구경하는 것처럼…….

놀라서 굳었던 알바가 곧바로 류에에게 재차 공격을 감행했다. 쌍검으로 펼치는 무수한 찌르기는 분명히 게임 시절에 존재하던 검술『원 헌드레드 스텝』, 연속 찌르기였다. 게다가 그것을 양손으로 동시에 발동하다니 놀라웠다.

하지만…… 검의 잔상이 몇 번이나 흔들렸다. 그리고 불똥이 튀었다.

이윽고 그 공격을 구사하던 알바의 몸이 서서히 뒤로 밀려났다.

"잠깐…… 저게 뭐야……? 저 사람, 팔이 안 보여."

"우연이군, 이루 양. 나한테도 안 보여. 류에의 팔꿈치 앞쪽이 사라졌어."

나에게 [오감 강화]를 부여하고야 겨우 류에의 움직임이

보였다. 그것은—.

"고대 검술이야. [래피드 스러스트]였던가? 하지만 저건……."

"고대 검술은 몸이 기억하고 몸이 이끄는 대로 나가는 기술이야. 나도 그렇고, 알바의 저 기술도 그런 힘으로 발휘되는 고속 연격이지. 하지만—."

"저건 고속으로 **일격**을 날리는 기술이야. 저걸 쓰는 사람이랑 붙은 적 있으니까 알아."

류에는 단발 기술을 자신의 기량만으로 연격처럼 사용했다. 그것도 양손으로 쓰는 연속기까지 능가하는 속도로, 단 한 자루의 검만으로 밀어붙였다.

그것은 누가 봐도 알 수 있는 명백한『실력 차』였다.

『제법 버티네? 그럼…… 조금만 더 힘을 써 볼까.』

『으…… 아…….』

차차 알바의 방어구가 손상되고 붉은 머리카락이 날리고 선혈이 바닥을 더럽혔다.

대미지 변환이 따라오지 못할 속도로 피해를 입는다는 증거였다.

"지독해……. 저건 그냥 농락이잖아!"

"미스 세미피나르! 너, 일부러 상처가 남도록 공격하는 거지!"

차츰 이 잔인한 시합 방식에 관객석에서 류에를 향한 비난이 일었다.

그리고 레이스도 류에에 대한 걱정을 입에 담았다. 시합

후를 생각하며…….

“우리는 이 수확제가 끝나면 이 대륙을 떠날 테니까 그때까지 입을 오명은 괜찮다고 류에는 생각하는 거야.”

“그래도…… 왜 류에는 이렇게까지……. 다른 방법도 있을 텐데―.”

“안타깝지만, 류에는 빈말로도 머리를 잘 쓰는 편이 아니니까.”

그 효과는 점차적으로 나타났다. 모험가도 포함한 관객들이 알바만 응원하기 시작했다. 그를 『자신들과 같은 대륙에 사는 동료, 자신들의 대표』라고 말하듯이…….

그리고 시합이 크게 움직였다. 류에의 연격에 마침내 알바가 멀리 튕겨 날아가 벽에 격돌했다. 벽을 깊이 패며 쓰러진 몸은 이미 만신창이였다.

『지금 그게 내 힘의 40퍼센트야. 대단한데, 아직 의식이 남아 있다니.』

『괴……물이냐…….』

『……큰소리치던 것도 처음뿐이구나, 알바 군.』

처음으로 류에를 무시무시하다고 생각했다. 아니, 이것은 오히려 경외감일까? 같은 검을 쓰는 사람으로서 감히 따라갈 수 없는 실력을 가진 류에에게 새삼스럽게 역사의 차이, 경험의 차이를 느꼈다. 그리고 내가 지금 품은 감정은 분명히 알바가 더 강하게, 치가 떨릴 정도로 강하게 느끼고 있을 것이다. 질투조차 들지 않는 절망적인 차이를 맛봤을 테니까.

『알바 군, 현실을 깨달아. 너는 약해. 약하고 미숙하고, 아무것도 몰라.』

『닥쳐, 괴물 같은 여자가!』

『왜 아등바등 자신을 크게 보이려고 하지? 왜 너는 자신의 평가를 높이려고 남을 이용하지? 너는 이렇게나 무력한데.』

『닥치라고…… 네가 뭘 알아!』

알바가 잔해 속에서 일어섰다. 그리고 천천히 양손의 검을 머리 위로 들었다.

큰 빛을 감싸고 주변 잔해가 그를 두려워하듯 흩어졌다.

"백은장…… 역시 얕볼 수는 없군."

"카이 씨도 아는 기술인가요?"

"내가 자주 쓰는 천단의 한 단계 아래. 충분히 비기라고 부를 만한 기술이야. 그걸 이중 발동했어."

설마 신예기와 관계없이 순수하게 이 세계에서 태어난 인간이 저런 기술을 습득할 줄은 생각지도 못했다. 아마도 내가 이 세계에서 본 검술 중에서는 최고봉이었다.

이 일격에 모든 것을 걸겠다는 혼신의 자세를 본 류에는—.

『……만약 나한테 그 일격을 맞히면 네가 이겼다고 해도 돼. 이제 질렸어.』

류에도 같은 기술을 발동했다. 마치 격차를 보여주겠다는 듯이…….

그리고 류에의 선언에 경기장이 크게 술렁거렸다.

"장난치냐! 야, 미스 세미피나르! 해도 해도 너무하잖아!"

"엔드레시아 백은장인지 뭔지 몰라도 우리 대표를 무시하지 마!"

인내심이 한계에 달한 관객이 기어코 필드에 있는 류에에게 거친 말을 내뱉기 시작했다.

추종자뿐 아니라 이 경기장에 있는 모험가들이 점점 동조했고 곧 큰 파장이 되어 알바를 향한 성원과 뒤섞였다.

「지지 마라」, 「뚝심을 보여라」라며 승리를 염원하는 말이 파도처럼 그에게 밀려왔다.

"……정말로 머리가 좋은 건지 나쁜 건지……."

"그러게요……. 하지만 류에답다고도 할 수 있겠네요."

빛 구슬에 비친 광경은 자세를 잡은 채 시험하는 듯한 표정을 류에와 경기장 분위기에 놀라 초조한 표정을 짓는 알바였다.

『백은장은 언제나 모두에게 선망받아야 하고 약해져선 안 돼.』

『……쳇, 그런 거였나.』

『후후, 싫지만은 않은가 봐?』

『……인정하마, 너는 나보다 강해. 아득히 높은 경지에 있다고.』

류에의 검에서 빛이 한층 강해졌다.

그 눈부신 빛에 경기장에 있는 모든 사람이 빛 구슬에서 눈을 돌려 버렸다.

다만, 분명히 그 목소리는 경기장에도 들렸다.

알바가 흘린「약해져선 안 된다」라는 한마디가.

“약해져선 안 된다…….”

“그건 어려운 일이죠.”

강해지는 것은 사실 그렇게 어렵지 않았다.

수련을 쌓으면 누구든 처음보다는 강해지니까.

일인자가 되겠다면 이야기가 달라지지만 강해지는 것 자체는 어렵지 않았다.

그러나『약해져선 안 된다』는 무슨 뜻인가.

자신을 강하다고 인정한 뒤에도 언제나 강할 수 있도록, 자신이 납득할 수 있게 계속 단련하거나 계속 생각하거나 계속 행동거지를 의식해야 한다.

즉, 백은장은 그만한 책임이 따르는 칭호라고 류에는 말하는 것이었다.

『알바 군. 난 네 장래를 기대하고 있어.』

『언제까지 잘난 척 떠들 셈이지? 각오해, 괴물. 절단 내줄 테니까.』

그리고 직시할 수 없는 광량에 모두 그 순간을 보지 못한 채, 싸움이 결판났다.

눈을 떴다. 빛 구슬에 투영된 광경은—.

『알바 선수의 검이, 분명히 류에 선수의 어깨에! 하지만 이건—.』

『……유효타는 아니네요. 류에의 검을 막는 게 한계였나 보네요.』

얼음 검이 깨진 류에와 어깨에 검을 맞힌 채로 기절한 알바였다.

무기 파괴라는, 패배를 의미하는 결말을 준비하기 위해 류에는 검을 얼음으로 감쌌을 것이다. 그리고 그것은 그녀가 준 마지막 시련이었다.

시합 결과는 바뀌지 않는다. 누가 봐도 류에의 압승이었다. 하지만 알바는 누가 봐도 압도적인, 괴물처럼 강한 고대의 성기사에게 한 방 먹이는 데 성공했다.

각인됐을 것이다. 자신들의 대표가 포기하지 않고 싸우는 모습이. 동시에 그 본인에게도 각인됐을 것이다. 모두의 기대를 업고 성원을 받으며 포기하지 않은 각오가…….

"……정말로 대단해."

"누구, 말씀이시죠?"

"둘 다. 그를 보고 제법 가슴이 뜨거워졌어. ……이번에는 내 차례야."

§ § §

눈앞에서 움직이지 않게 된 젊은 검사에게 회복 마법을 걸었다.

의식은 돌아오지 않지만 내가 만든 작은 상처는 사라졌다.

강하지는 않았다. 인성이 좋은 인간도 아니었다. 그래도 아직 변할 수 있는 힘이 있었다.

그는 아마도 자신을 크게 보여야 한다, 크지 않으면 안 된다는 강박관념에 사로잡혀 있지 않았을까. 그리고 그것은 분명히 누가 그렇게 말했기 때문이리라.

힘과 지위가 생겼다고 사람이 그렇게 갑자기 자발적으로 변할 리가 없었다. 모든 일에는 반드시 계기가, 원인이 존재하는 법이다.

"심판, 이 아이를 데리고 가줘. 아마 잠들었을 뿐이야."

그리고 내가 대기실로 돌아오자 마침 다음 시합에서 싸우게 될 카이 군의 대전 상대, 나와 같은 성기사, 리샤르 군이 들어오는 참이었다.

"훌륭한 솜씨였습니다. 정말로 알바가 부럽군요……."

"후후, 다음에는 네가 싸우는데 나만 보고 있었구나?"

"그건…… 네. 솔직히 저는 그 사람보다 당신과 싸우고 싶습니다."

그래. 아마 지금 나는 전투 방식이 제한된 카이 군보다 강해.

그래도 나는 알아. 카이 군에게는 바닥이 없어. 언제나 내 예상을 뛰어넘는 무언가를 보여줘. 그건 분명히 지금의 카이 군도 마찬가지야.

"리샤르 군, 하나 알려주자면…… 카이 군과 싸우면 나는 절대로 그를 못 이겨."

"……그 사람이 그토록 강하다는 뜻인가요?"

"강하다기보다 한계가 보이지 않는 사람이야. 그의 힘을 얼마나 끌어낼지 기대할게."

그와 헤어지고 장비를 해제한 후 카이 군과 레이스가 있는 관객석을 찾던 때였다.

길을 헤매지는 않았지만 왠지 전혀 상관없는 방 앞으로 와 버린 나는 그 안에서 들린 대화에 그만 걸음을 멈추고 귀를 기울였다.

§ § §

눈앞에서 젊은 모험가가 눈을 떴다. 그는 자기 상황을 이해하지 못하고 주변을 돌아봤다. 그리고 겨우 나를 알아챘다.

"오잉크 님……! 왜 이런 곳에 오셨죠……."

"어떤가요? 절대로 이길 수 없는 상대와 싸워 본 기분은."

살짝 아팠다. 감상, 조직의 수장인 내가 가져서는 안 될 것.

"당신의 행실에 관해 제게 보고가 올라왔어요. 그래서 이

번 시합을 준비한 거예요. 당신은 어떻게 생각하나요? 제가 미운가요?"

고개 숙이고 말이 없는 그를 나는 어떤 눈으로 보고 있었을까?

적을 보는 눈일까? 아니면 연민 어린 눈일까? 그것도 아니면 경멸하는 눈일까?

"당신이 내 옆에 모르는 사람을 두면 폭주한다는 걸 뻔히 알고 있었어요."

"……처음부터 저는 오잉크 님 손바닥 위에서 놀아난 겁니까?"

"네. 그녀에게 당신 상대를 부탁해야겠다고 일찌감치 정해 놓았죠. 당신이 최근 1년간 벌인 행동은 도를 넘었어요. 대체 어쩌다 이렇게 되셨나요?"

나는 안다. 그는 강해지기 위해 리샤르를 비롯한 강자에게 가르침을 구하고, 전쟁에 나간 윗세대 사람에게 이야기를 듣고, 동기를 주도해 자진해서 어떤 의뢰라도 받았다.

그런 그가 작년에 우승했다. 길드 전체가 자기 일처럼 기뻐했고 그의 도전을 받은 백은장도 납득해 만장일치로 그의 승격이 결정됐다.

그래도 내가 대륙을 떠난 후 그의 행실에 문제가 있다고 보고가 올라오게 됐다.

"당신은 류에와 싸우고 뭘 느꼈나요? 류에는 당신이 다른 사람 때문에 길을 엇나갔다고 말했어요. 그래서 「이번에는 내가 바꿔 보겠다」라고 말했죠."

강한 힘을 가진 사람을 그냥 추방하면 어떻게 되는가. 그리고 길드의 얼굴이나 다름없는 백은장을 추방했을 때 사람들이 어떻게 생각하는가. 류에는 그 점을 우려했다.

유명무실한 칭호가 아닌, 백은장 본연의 의미를 아는 류에이기에 할 수 있는 말이었다.

류에의 마음은 과연 그를 바꿨을까? 변화의 원인을 뛰어넘는 정열을 줬을까? 나는 길을 잃었던 검사를 가만히 바라봤다.

"저는, 더 높은 곳으로 가고 싶었습니다. 당신이 있는 그곳까지. 그래서 저는…… 당신에게 나란히 선 사람의 조언을 듣고 제 세력을 늘리려고…… 했습니다."

"저랑 나란히 선…… 설마, 다른 사람도 아니고 그 남자, 아캄 말인가요?"

자신의 조직 상위에 있는 사람과 적대 진영 수장이 비밀리에 접촉했었다니…….

……아니, 원래 아캄은 모험가에게도 지지받았다. 과거 전쟁에서 개인으로 가장 뛰어난 무용을 펼친 자도 그였다. 그런 그와 대화하고 싶은 사람이 많았던 것도 사실이었다. 하지만 설마 이렇게 빠르게 그와 접촉할 줄은…….

"그래도…… 제가 아무리 노력해도 얻을 수 없었던 성원, 응원, 지탱해주는 마음이 단 한 경기 만에 제게 쏟아져서…….”

“……네, 그랬죠. 저도 무심결에 당신을 응원할 뻔했는걸요.”

류에와의 싸움에서 깨달았을 것이다. 자신이 틀렸다고, 뼈저리게…….

“저는…… 그냥 당신 곁에 있고 싶었습니다! 그래도 당신이 너무 멀어서! 전—!”

직설적으로 마음을 전해온다. 그것은 동경이 아니라, 분명히—.

내게 그런 마음을 전할 사람이 있다고는 생각하지 못했다.

그 마음 때문에 맹목적이었다. 하지만 그게 전부였을까?

그 틈을 파고든 그 남자, 아캄은 죽어서도 나를 끌어내리려고 했던 것일까?

“이 대회가 끝나면 백은의 지위를 반납하겠습니다. 처음부터 다시 단련해야겠군요. 기술도, 마음도, 모든 것이 미숙했습니다. 그 여자가 말한 대로.”

“……한 번 받은 지위를 반납하면 다시 받기 어려워져요. 당신은 그럴 각오로 반납하는 거겠죠, 알바?”

조용히 고개를 끄덕이는 그를 한 번 더 믿어 보기로 했다. 잃기에는 너무 아까운 인물이었다.

……후후, 그렇다면 당신에게 어울리는, 자신을 단련할 장소를 마련해드리죠.

“알바. 당신에게는 칠성배 및 수확제가 끝난 뒤 엔드레시아 최북단에 있는 『얼음 안개 숲』 조사 임무를 맡길게요. 그곳은 가장 흉악한 마물이 사는 땅이면서 류에가 자란 곳이기도 해요. 수행하기에는 딱 적당하지 않나요?"

"그 여자가 자란 곳…… 조사 임무는 맡겨만 주십시오, 오잉크 님."

칠성 소멸로 환경이 변하고 있는 땅. 그곳 조사는 세상의 미래를 좌우하는 결과를 알지도 모르는 중대한 임무였다. 그리고 동시에 최강의 마물이 득시글대는 그 땅은 웬만한 사람은 깊은 곳으로 들어가기도 어려웠다.

그래서 충성심과 실력을 모두 갖춘 사람이 필요하던 참이었다.

"제 이야기는 끝이에요. 그만 관객석으로 돌아갈까요?"

"저도, 말씀인가요?"

"네. 마중이 온 것 같으니까요."

대기실 문을 열자 그곳에는 벽에 기대어 이쪽을 보던 사람이—.

§ § §

"후후, 수고했어, 총수님. 해설석으로 돌아가야 하지 않아?"

"수고는 류에가 했죠. 다시 한 번 말씀드릴게요, 이번에 길드를 위해서 조력해주셔서 정말로 감사합니다. 최고(最古)의 백은장, 류에 님."

문으로 두 사람이 나왔다. 엿들었다고 사과할까도 생각해 봤으나 오잉크가 먼저 나에게 공손하게 감사를 표했다.

쑥스럽고 왠지 낯간지럽지만 서먹서먹하기도 했다.

그래도 그것이 수장으로서 올바른 행동이겠지. 나도 군말 없이 인사를 받았다.

"최고……? 하하, 뭐야…… 말 그대로 차원이 달랐잖아……."

"맞아. 알바 군도 이제 이해한 것 같으니까 앞으로 힘내."

그는 조금 언짢게 콧방귀를 꼈다. 그래도 그 행동은 삐친 어린아이 같았다.

더는 그에게서 안 좋은 기운은 느껴지지 않았다. 이래 봬도 난 성직자니까 그런 걸 알 수 있었다. 그에게선 증오 같은 새까만 사념을 느꼈다.

그것이 무엇이었는지 나는 모르지만 이미 사라졌다.

"그럼 나는 관계자석으로 돌아갈 건데— 알바 군, 올래?"

"……내가 무슨 낯짝으로 거길 가."

"가요, 알바. 당신을 응원했던 사람도 있을 거예요."

"……네."

"그런데 오잉크는 해설하러 돌아가지 않아도 돼? 북 군 혼자 있지 않아?"

"이번에는 저도 너무 흥분한 것 같아서 골드에게 대타를 부탁했어요."

그렇다면 괜찮겠지. 나는 오잉크와 발걸음이 무거운 알바 군을 데리고 자리로 돌아갔다.

이제는 카이 군이 싸울 차례야. 어떤 싸움을 보여줄지 기대돼!

자리로 가자 경비가 우리를 보고 엄청나게 놀랐다. 목소리를 낮춰 「오늘따라 왜 이래?」라고 수군거리는데 무슨 의미일까?

자리를 돌아봤다. 그리고 나는 지금 들린 말을 바로 이해했다. 확실히 이건…….

"오잉크?! 너, 왜 여기 있어? 해설은 어쩌고?"

"잘렸어요. 골드가 대신 해설로 들어갔어요."

"류에 님! 방금 싸움은 대단했어요! 자, 제 옆자리에 앉으세요!"

"힉, 오잉크 님까지! 아버지…… 저 오늘 수명이 몇 년은 줄어들 것 같아요."

"어서 와요, 류에. 게다가…… 후후, 오잉크 씨도 수고하셨어요."

다들 이 나라의 높은 사람이었다. 그리고 나도 일단은…… 유명인인가?

쟁쟁한 인물들이 모였다고 하나, 이런 상황. 그리고 그중에는—.

"어서 와, 류에. 그리고 생각지도 않은 손님이 있군. 고생

했어, 알바 군."

"카이 군?! 리샤르 군은 이미 대기실에 가 있었어. 여기 있어도 돼?"

카이 군이 태평하게 앉아서 맛있어 보이는 팬케이크를 먹고 있었다.

일어선 카이 군이 먹던 팬케이크를 나에게 떠넘기고 숨다시피 뒤로 물러나 있던 알바 군에게 다가갔다. ……음, 식어도 폭신폭신하고 맛있어.

"……쳇, 굳이 말 걸려고 하지 마. 여기서 네가 지는 꼴을 볼 테니까."

"흠, 평소대로라서 다행이야. 어때? 우리 류에는 강하지?"

"……그래."

"에헤헤, 쑥스럽네."

뭐야, 둘 다. 칭찬해도 소용없어, 음식은 전부 먹었는걸.

그러자 그때, 경기장 전체에 익숙하고 큰 남자 목소리가 울려 퍼졌다.

『아~, 들립니까? 두 번째 시합부터는 예년대로 저, 골드가 해설을 맡겠습니다. 어느샌가 총수님이 내 자리를 빼앗아 갔지만, 다시 돌아왔습니다.』

『오오, 골드 의원이었나요! 이렇게 직접 뵙는 건 처음이군요!』

북 군과 골드 군이 내 시합 때처럼 인사말을 나눴다.

아무래도 두 사람은 초면인가 보지만 서로를 안다는 말투였다.

전쟁 때 지휘관과 전투원의 관계였다나?

『슬슬 선수가 입장했으면 좋겠지만, 한 명이 아직 대기실에 안 왔다고 하네요. 흠, 오잉크 총수님의 비밀병기라고 들었는데 과연—.』

카이 군이 허공에서 코트 한 벌을 꺼내어 옷 위에 걸쳤다.

본 적 없는 검고 멋진 코트였다. 혹시 새로운 장비인가?

그리고 이번에는 마법…… 아니, 마도라고 불러 마땅한 술법으로 방대한 마력이 담긴 검은 한 손 검을 만들어 내서 그것을 코트 고리에 고정하기 시작했다.

"카이 군, 칼집도 깨끗하게 만들었네? 상당히 숙련도가 좋아졌어."

"상대가 상대니까 연습 좀 했지. 그럼 슬슬 가 볼게."

"어, 뭐야뭐야? 오빠, 지금부터 싸워?! 진짜로?!"

"그래, 정답이야, 비오. 어제는 최종 점검을 도와줘서 고마웠어."

"정말…… 너무 오버하지 마세요, 본본."

"오늘 안 하면 언제 해? 이럴 땐 퍼포먼스라도 하나 보여줘야지."

그 순간, 카이 군이 중앙 투기장을 향해 달렸다. 그리고 높이 점프해 다른 객석과 펜스를 모두 뛰어넘어 한가운데 착지했다.

『이럴 수가! 허허, 멋지게도 등장하시는군. 그럼 순서가 거꾸로 됐지만, 오늘 시범 경기 제2 시합 선수를 소개하겠습니다! 오잉크 님의 심복이라는 소문이 있고, 칠성배 예선에 몰래 출전해 실격당한 검사, 카이!』

『아닛?! 설마 카이보…….』

북 군의 말이 중간에 끊겼다. 아, 그래. 지금 카이 군은 『카이』지. 카이본이라고 부르려다가 퍼뜩 그만뒀구나.

『카이 님의 힘은 저도 잘 압니다! 전 경기에 밀리지 않는 수준 높은 시합을 볼 수 있겠군요!』

코트 고리에 건 검의 위치를 조정하면서 카이 군은 웃으며 주위로 손을 흔들었다.

지금 등장 방식과 골드 군의 소개로 관객 모두가 웃고 있었다. 유들유들하고 해야 할까, 넉살이 좋다고 해야 할까, 평소보다 조금 어린애 같은 그가 귀엽다.

"후후, 분위기 띄울 줄 알잖아? 저 코트가 좋아, 확 펼쳐져서."

"이루는 저런 걸 좋아해요? 후후, 나중에 전해 둘게요."

"뭐?! 너 하기만 해 봐, 오잉크! 단순히 무대 연출로서 좋다는 뜻이야!"

이루의 반응에 정말 그런가 싶어 레이스를 돌아봤다.

얼굴이 빛나 보일 만큼 황홀한 표정이었다.

"카이 씨……. 좋네요, 저 새 코트. 어딘지 기품도 있고……."

"흐응, 오빠 방어구는 저거야? 방어력이 낮아 보이는데 상관없으려나?"

각자의 감상을 들으며 카이 군을 봤다. 큰 구슬에 비친 그는 여전히 주위로 손을 흔들며 싱글싱글 웃고 있었지만 나에게는 그것이 왠지 긴장을 숨기는 행동으로 보여 약간 불안해졌다.

『이번에는 이 유쾌한 도전자를 상대할 남자를 소개하겠습니다! 이미 다들 알겠지만, 올해는 리샤르가 참가를 승낙해 줬습니다! 자, 우리의 수호신이 입장합니다!』

그 말이 나오기 무섭게 경기장이 폭발했다……라고 착각할 만한 환성이 터졌다.

남녀노소를 불문하고 은색 기사의 등장에 찬사와 경외감을 보냈다.

내가 생각하던 이상적인 백은장, 모험가 위에 서는 인물 그 자체였다.

……후후, 기쁘다. 이 시대에도 저런 전사가 있다니.

『오오, 리샤르 님! 그립군요. 저는 전쟁 중에 말을 나눈 이후 처음 뵙습니다.』

그때였다. 오잉크가 모두에게 그 시대의 이야기를 풀어놓았다.

"리샤르는 전쟁 초기에 왕가에 있었어요. 하지만 『어떤 궁수』에게 큰 부상을 입었고 왕국군은 그를 버리고 후퇴했죠.

그래서 북과 제가 설득해서 리샤르도 우리 편으로 돌아섰어요. 후후, 리샤르도 그리울 거예요."

"아하…… 응? 레이스, 고개 숙이고 뭐 해?"

"아…… 아뇨……."

왠지 레이스가 거북해 보였다. 혹시 화장실이 급한가 싶어 위치를 귀띔했지만 그런 게 아니라고 한다.

그러자 이번에는 여자들 속에 껴서 혼자 불편해 보이는 알바 군이 말했다.

"오잉크 님의 인선을 못 믿는 건 아니야. 그래도 저 녀석 실력으로는 리샤르에게 못 이기겠지. 방금 진 내가 할 소리는 아니지만, 리샤르는 차원이 달라."

"흠. 그럼 나보다 강해?"

"……몰라. 네 기술은 솔직히 속도와 정확성은 신들렸지만, 리샤르는 그게 다가 아니야……. 강력한 고대 검술을 몇 가지나 쓸 수 있어."

나는 성기사 관련 기술과 술법을 모두 습득했는데, 그도 나랑 비슷한가? 만약 그렇다면 지금 카이 군에게는 어려울지도 모르겠다.

나는 카이 군에게 성기사의 싸움법을 보여준 적이 없으니까 거의 다 처음 보는 기술일 거다.

그래도— 역시 나는 카이 군이 지는 모습은 조금도 상상할 수 없었다.

§ § §

압도적인 힘을 쓰지 않고, 이 세계에서 갈고닦은 나의 힘만 구사해서 이렇게 큰 무대에서 진짜 무인에게 도전할 수 있는 이 상황.

이것은 흥분인가, 아니면 긴장했을 뿐인가, 지금 나는 알 수 없었다. 그래도 분명히 느끼는 이 가슴의 고동은……. 나도 딴에는 전사라는 뜻일까.

"……덤비지 않나, 카이."

"그렇게 편안한 자세로 있으면 어떻게 움직일지— 대지열섬."

대화하려고 호흡하는 순간 선공 범위 공격.

대지를 달리는 광범위 공격이다. 피할 방법도 한정되지. 틀림없이 하늘로 뛸 것이다.

검을 휘두른 여세로 반대쪽 손으로 공중을 꽉 채우는, 제대로 온도를 가진 불을 뿜었다. 그리고 그대로 단숨에 필드 가장자리까지 물러나서 검을 상단 자세로 들었다.

아직 흙먼지와 불길로 보이지 않는 곳을 향해 나는—.

"천단『승룡』."

원거리 기술을 날리고 단번에 모든 것을 날려 버렸다.

미련하게 정면에서 싸울 생각 따위 처음부터 없었다.

우선 모르면 맞아야지, 라는 마음가짐으로 상대의 체력을 최대한 깎기 위한 제압 공격이다.

"장벽이 없었으면 대학살이 벌어졌겠군……."

관객석을 지키는 장벽이 내 공격의 여파를 확실하게 막아줘서 가슴을 쓸어내렸다. 사전에 알고는 있었지만 역시 걱정되는 것은 어쩔 수 없었다.

"……이걸로 끝날 상대라면 나도 오늘까지 훈련할 필요가 없었겠지."

조금 풀린 긴장의 끈을 다시 붙잡고 일련의 기술을 날린 곳을 다시 응시했다.

연기가 걷힌 그곳에는 창으로 바닥을 찌른 채 미동도 하지 않은 그가 있었다.

설마 전혀 안 통했어? ……아니, 꼭 그렇지만도 않은 것 같군.

희미하게 그의 겉이 희게 빛나고 있었다. 아마 성기사의 고유 마법이다.

내 공격에 휘말리긴 했다. 몸을 지키는 마법을 쓴 것 보면 말이다.

"처음 공격을 순식간에 튕겨 냈나요? 나머지도 거의 다 막다니, 놀랐습니다."

"……그쪽이야말로 제법 싸움에 익숙한 듯하군. 허를 찌르는 방식이 예사롭지 않아."

그 순간, 나는 검을 머리 위로 들고 뭔가 떨어지는 물건을 쳐내듯 휘둘렀다.

그러자 챙, 하고 작은 쇳소리를 내며 빛의 소검이 앞으로 굴러떨어졌다.

"대화로 의식을 돌리려고? 역시 정정당당하기만 해서는 최강이 될 수 없겠지."

"흠, 이 마법을 아나?"

성마법 『아스칼론』. 저 흰 빛을 알아보지 못했다면 틀림없이 당했다.

저건 적과 접촉하면 딱 한 번 상대방 머리 위에 검을 떨어뜨리는 카운터 마법이다. 떨어지는 검의 수와 크기는 숙련도에 비례한다. 작지만 빛을 띨 정도의 검을 소환하다니…… 겉보기에는 별거 없어 보여도 한 방에 나를 녹다운시킬 파괴력을 품었을 것이다.

"정말로 무자비하군."

"처음부터 광범위를 쓸어버리려고 한 귀공 정도는 아니지."

"뭐, 그건 그래. —게다가 아직 안 끝났어."

그 순간, **그것**을 느낀 그가 겨우 처음 섰던 위치에서 크게 물러났다.

하지만 안 됐군. 그건 처음 쓴 마법의 불티가 떨어졌을 뿐이다. 즉, 페이크.

"제법 잘 속는 편인가요?"

"열을 느꼈다고 생각했는데…… 정말로 허실을 교묘하게

이용할 줄 아는군."

전초전은 이쯤 해 두자. 갑니다, 리샤르 씨. 안 봐주고 크게 한 방.

떨어졌던 거리를 없애려고 서로를 향해 전력으로 내달렸다.

아무리 발버둥 쳐도 그와 나의 무기는 공격 범위가 다르다.

먼저 킬 존에 뛰어드는 위험을 범해야 하는 건 나다.

하지만 구태여 그 사지로 뛰어든다. 당연히 그때를 노리던 그의 검이 찌르고 들어온다.

방어하려고 한 순간, 그 맹렬한 찌르기가 급정지해 내가 방어하려고 내민 칼을 빗겨내려고 궤도를 바꿨다.

"윽?!"

"떨어뜨리진 않았군."

서둘러 떨어져서 검을 고쳐 잡았다. 저릿저릿한 감각이 손에서 떨어지지 않았다. 틀림없이 전력을 담은 공격이었다.

……이상하다. 분명히 방금 그건 찌르기였다. 도중에 궤도를 바꿀 수 있는 속도가 아니었다. 손에 전해진 무게도 전력이라고 확신할 수 있는 파괴력이었다.

"그걸로 이상한 장난치고 있죠?"

"흠, 정답—."

또 어느새가 발동한 아스칼론 마법에 당황해 한 발 옆으로 비켜섰다.

그러나 그 틈을 놓칠 리 없는 그가 창을 뒤로 크게 빼며 돌진해 왔다.

"잡아!"

어둠 마법으로 진로를 방해했다. 바닥에 붙어 뻗어간 어둠이 그의 발을 잡으려고 했다.

그러나 그는 바닥에서 기어 오는 어둠을 창으로 찔러 장대높이뛰기 하듯이 피해 버렸다. 하지만 그건 좋은 방법이 아니지.

"공중으로 도망치면 안 된다는 그 소리를 제일 많이 들어."

검술『웨이브 모션』을 써서 그에게 검광을 날렸다.

방어밖에 선택의 여지가 없는 공중. 치명상은 주지 못해도 피격은 불가피하다.

하지만 또 내 예측은 빗나갔다.

순간 불가해한 궤도를 그리며 그의 몸이 대각선 아래로 뚝 떨어졌다.

마치 보이지 않는 발판을 찬 것처럼…….

……모르는 기술이군. 이 사람, 얕봤다간 정말로 큰일 나겠다.

§ § §

"……저 녀석도 고대 검술을 써? 오잉크 님 직속이란 말이 빈말은 아니군."

"그러게. 카이도 제법인걸. 리샤르와 호각으로 싸우다니."

"아니, 호각이 아니야. 오빠가 약간 밀리고 있어. 놀란 기색이야."

알바 군, 이루, 비오가 시합 초반을 보고 그렇게 평가했다.

표면만 보면 지금 세 명이 말한 내용이 맞다고 나도 생각한다. 하지만 나는 지금 공방에서 도저히 이해되지 않는 부분, 왜 그런지 모를 부분이 있었다.

성마법 아스칼론…… 저건 나도 어지간하면 쓰지 않는 마법이었다. 하지만 그 성능은 믿어도 될 만큼 우수했다. 그런데 카이 군은 당연한 것처럼 막았다.

"……역시 바닥이 안 보여. 뭘까? 한번 진심으로 싸워 보고 싶어."

평소와 다른 싸움을 보여주는 카이 군에게 검사로서 피가 끓었다.

그리고 동시에 나와 같은 길을 걷는 리샤르 군에게도 투쟁심이 불탔다.

"류에 님, 너무 몸을 앞으로 내미시면 위험해요."

"아, 미안. 두 사람이 너무 즐거워 보여서."

"후후, 류에 눈으로 봐도 저 둘의 싸움은 제법 높게 평가하나 보네요."

"물론이지. 봐, 지금 리샤르 군이 쓴 기술, 저것도 상당히 어려운 거야."

서로의 무기를 부딪치는 고속 공방과 그 사이사이에 오가는 일격필살의 검술. 멋지다. 이 시대에 이런 싸움을 볼 수 있다니.

리샤르 군은 나와 달리 창을 쓰면서도 나와 같은 기술을 구사했다.

파괴력 면에서는 당연히 검보다 뛰어나며 리치 차이도 있어서 카이 군을 착실하게 몰아세웠다. 하지만 카이 군도 막고, 피하고, 그리고 격투술을 섞어 조금씩 상대에게 대미지를 주고 있었다. 평소 카이 군과는 다른 치열한 싸움법이었다.

그래도 투쟁심을 겉으로 드러낸 카이 군의 표정을 보고 나는 참을 수 없는 흥분을 느꼈다.

다음 순간, 리샤르 군이 크게 거리를 벌리고 창에 푸른빛을 둘렀다.

"『그랜드 크로스』다! 대단해, 저런 기술까지 배웠구나!"

『오! 리샤르의 주특기, 필살의 일격이 카이에게 직격합니다!』

『오오?! 카이 님은 버틸 수 있을까요! 어마어마한 충격인데요!』

해설자 두 명의 말에 관객들이 와락 환성을 질렀다.

지금 기술은 광범위 공격. 타이밍으로 봐서는 피할 수 없었을 것이다.

모래 먼지가 가라앉자 카이 군이 검을 휘두른 자세로 똑바로 서 있었다.

크게 비친 카이 군이 대담하게 웃으며 입을 뗐다.

『그쪽도 처음에 기술을 막아 냈지. 나도 이 정도는 해야 멋이 살지 않겠어?』

『크크…… 놀랐어. 처음에는 조금 낙담했지만, 지금이라면 단언할 수 있어. 귀공은 내 상대로 어울린다고! 자, 이걸로 끝은 아닐 테지! 나에게 더 보여다오!』

"휴~! 좋겠다, 좋겠다. 나도 싸워 봤으면~."

비오가 내 속마음을 대변하듯 말하고 레이스도 주먹을 꽉 쥐며 시합에 몰두해 있었다.

싸움은 격렬해져 간다. 서로 마술을 섞으면서 더 고도의 공방이 펼쳐진다.

그래도 차츰 서로의 몸에 적잖게 상처가 늘어나고 동작에서 정밀함이 사라지는 것을 누구나 느끼고 있었다. 그렇지만 나는 안다.

성기사의 강점은…… 공격력이 아니라 전투 지속력에 있음을…….

"쳇…… 분하지만, 저 녀석은 확실히 나보다 강해. 그래도 리샤르에게는 못 이겨. 장기전으로 끌고 가면 무슨 수를 써도 성기사에게는 못 이겨."

"알바 말이 맞아요. 보통 상황, 보통 전사는 성기사에게 못 이기죠."

그 말대로 다음 순간 리샤르 군이 카이 군을 멀찍이 튕겨 내고 그 틈에 어떤 마법을 발동했다. 바로 성직자에게 파생한 직업이기에 가능한 마법, 회복 마법을…….

리샤르 군의 상처가 빠르게 아물고 안색도 원래대로 돌아갔다. 그에 비해 카이 군은 평소 같은 비상식적인 회복력을 보여주지 않고 그저 어깨를 들썩이며 호흡을 가다듬고 있었다.

"……여기서부터 어떻게 할지 보여줘, 카이 군."

§ § §

이거 참 난감하게 됐네. 지금까지 얼마나 [생명력 극한 강화]에 의존해 무식한 싸움을 해 왔는지 통감했다. 설마 먼저 내 체력이 떨어질 줄이야.

피해를 불사한 공격도, 과감한 행동도, 모두 그 회복력이 있기에 가능했다.

"……슬슬 안일한 생각은 버려야 할 때인가? 약해지지 마라, 나."

검을 칼집에 넣고 달렸다. 정신을 창에 집중한다. 이해하기 힘든 동작을 보이는 창에 모든 것을 쏟아부어.

다가오는 그 일격을 몸을 비틀어 피하고 달려온 여세를 몰아 발도술을 사용했다.

그러자 또 피했을 창이 내 검의 궤도를 방해하는 쪽으로 나타나서—.

"어딜."

그 창을 다른 손으로 잡아 강하게 잡아당기려고 했다. 하지만 꿈쩍하지 않았다.

그렇다면…… 이번에는 팔을 잡아 그의 몸을 억지로 끌어당겼다.

그 갑옷, 투구도 썼어야 했어, 리샤르. 코를 깰 기세로 박치기하고 검을 들지 않은 손으로 작은 나이프를 만들어 그의 갑옷 틈새, 겨드랑이를 노리고 찔렀다.

예선에서 레이스에게 비슷한 공격을 몇 번이나 당할 뻔했지. 이 정도는 배울 줄 안다.

그 공격으로 리샤르가 겨우 후퇴하고 나이프를 뽑았다.

아마 왼팔에 힘이 들어가지 않을 것이다. 그리고 한쪽 손을 잃으면 창잡이에게는 치명적이다. 리샤르는 역시나 회복 마법을 쓰려고 주문을 외웠다. 그래, 이거다.

회복할 시간 따위 안 주면 그만이다. 더는 놓치지 않으려고 리치 차이를 무시해 근접전을 계속했다. 하지만 역시 내 공격은 그의 기량 앞에 계속해서 튕겨 나갔다.

그게 뭐 어쨌는가. 튕겨 내든 말든 맞을 때까지 하면 된다. 반복 연습은 특기다. 내 공격이 닿을 때까지 잠시 같이 놀아줘야겠어, 최강의 성기사 양반.

"크…… 이제 이판사판인가, 카이."

몇 번이고 성기사 기술이 날아들었다. 쓰는 무기는 나와 다르지만 그것은 모두 내가 아는 것이었다.

그렇다, 근본은 똑같다. 현실 세계와 게임 세계라도 관계성이 아예 없는 것은 아니다.

수도 없이 창이 스치고 대미지 변환이 따라오지 못해 피가 몸을 적셨다.

그래도 회복 마법을 막은 이상 상황은 피차일반. 누가 하나 쓰러질 때까지 공격을 늦출 생각은 전혀 없었다. 왜 그러지? 얼굴에 초조함이 보이는데, 리샤르?

§ § §

"……이상해. 카이 군이 점점 리샤르 군의 기술 발동을 저지하기 시작했어."

카이 군의 검은 격렬한 공방 속에 섞인 필살의 일격만을 정확하게 방해했다.

그것은 성기사 기술을 숙지하고 어떤 타이밍에 어떻게 나올지 알지 못하면 절대로 할 수 없는 신들린 기술이었다. 아무래도 카이 군은 성기사도 아닌데 저런 기술을…….

"제가 싸움에 익숙하지 않아서 그런데, 지금 카이 님이 우세인가요?

"몸을 움직이려고 했을 때 힘을 주려는 부분을 잡히면 어떻게 돼?"

"그럼…… 못 움직이겠죠?"

"맞아. 카이 군은 조금 전부터 그것과 비슷한 짓을 저 공방 속에서 하고 있어."

내가 설명하고도 그건 거의 불가능이 아닌가 하는 생각이 들었다.

아마 그게 가능한 사람은 나뿐이다. 적어도 리샤르 군을 상대로는…….

같은 성기사니까 가능한 공략법이건만, 그걸 어떻게 카이 군이…….

그때, 오잉크가 나지막이 중얼거렸다. 자랑스럽게, 그리고 그립게.

"이 세계에서도 당신의 경험은 살아 있어요. 세컨드로 오랜 시간을 보낸 당신의 경험은."

그 말의 의미를 물으려고 했을 때, 전투에 변화가 생겼다.

마침내 리샤르 군이 물러섰다. 더 이상의 난투는 자신이 불리하다고 인정했다.

그래도 물러선 그는 회복하지 않고 그저 창을 옆구리에 대고 힘을 모았다.

아는 자세였다. 성기사 기술 중에서 가장 마지막에 배우는 필살의 자세.

카이 군도 그것을 아는지 결사의 각오로 그에게 육박했다.

"안다면…… 이 승부는 카이 군의 승리야."

"……네. 저건『크레센트 세이버』. 제가 아는 한 최강의 공격이에요. 그리고 동시에— 가장 틈이 큰 일격이기도 하죠. 저것만 피한다면……."

역시 오잉크도 알았다. 나도 언젠가 쓴 적 있는 필살의 일격이었다.

그리고 신속으로 휘두르는 창에서 초승달 형상의 파동이 날아가고, 카이 군은—.

"피했어?! 저 녀석은 뭐야? 미래가 보이기라도 하는 거야?"

자신에게 파동이 닿는 순간을 아는 것처럼 카이 군이 그것을 뛰어넘어 무방비한 리샤르 군에게 마지막 일격을 가하려는데…….

예견된 결말. 그것은 존재할 리 없는 두 번째 파동에 저지당했다.

"말도 안 돼! 저건 연속으로 쓸 수 있는 기술이 아니야! 카이 군!"

"평범한 상황에선 카이가 이겼겠지. 하지만 저 손에 있는 건 최강의 창이야. 평범하지 않다는 거지."

최강의 일격을 받은 카이 군이 벽에 격돌하는 순간이 내게 똑똑히 보였다.

회복도 못 하는 그가 더 싸울 수 있을 리 없었다.

분하다. 평소 카이 군이라면 누구에게도 지지 않는데 이런 곳에서 지다니.

"류에…… 마중 나가요. 대기실로 안내해주세요."

분하고 당장에라도 소리치고 싶은 마음을 삼키고 전장을 등졌다.

그래도 그때, 빤히 전장을 바라보던 비오가—.

"……저 정도로 끝날 거면 난 오빠한테 안 졌어."

그 말뜻을 이해하기 전에 알바 군이 경악해서 말했다.

"어떻게…… 저 녀석, 어떻게 일어선 거야! 젠장, 여긴 괴물만 모였나?"

"일격의 위력이라면 나도 서디스 최고라고 자부해. 하지만 오빠는 쓰러지지 않아. 내 공격을 맞고도 한 번도 무릎을 꿇은 적이 없어."

"하지만 위험한 상황이네요……. 제발 이성을 붙잡으세요, 본본."

오잉크의 혼잣말이 무슨 뜻인지 나도 이해하고 말았다. 그래, 지금 한순간 카이 군의 눈동자가—.

§ § §

"카이…… 지금 눈동자는…… 설마 마족이라고는 예상하지 못했군."

"……예상하지 못한 건 나야. 이렇게 강한 줄은 몰랐어."

이해할 수 없는 창의 궤도. 공중에서 방향 전환. 그리고 반동이 없는 것 같은 연격.

이제야 알겠다. 그 창의 능력은 관성 소실과 공간 고정이다.

공중에서 자세를 제어한 것도, 순간적으로 궤도를 바꾼 것도, 잡아당겨도 꿈쩍하지 않은 것도…….

"……하지만 어떻게 내 공격을 막았지? 그녀와 연습한 결과인가?"

"비슷해. 그쪽도 슬슬 마력이 고갈됐지? 끝내겠어."

창과 검의 차이는 있었다. 현실과 게임의 차이도 있었다. 하지만 계속해서 리샤르의 기술을 보는 사이 그 모습, 자세, 창의 움직임이 수천 시간 보고 수도 없이 사용했던 Ryue와 겹치기 시작했다. 그래서 막을 수 있었다. 나라서 막을 수 있었다.

아마도 그의 MP는 이미 바닥났을 것이다. 이제 사용할 수 있는 회복과 기술도 연비가 좋은 것만 남았다. 그러니까 나도 마지막 일격을 그에게 가하고자 자세를 잡았다.

"……아아, 이토록 고양된 것이 얼마 만이던가. 감사하마, 카이."

"나야말로 고마워. 나도 겨우 전사가 된 기분이야."

마지막 일격을 쓰기 위한, 벌써 몇 번째인지 모를 충돌.

서로 간의 움직임이 꼭 슬로 모션처럼 보였다.

내 기술이 천천히 창을 피하며 그의 몸으로 다가간다.

저 창이 한번 고정되면 절대로 밀어낼 수 없다는 건 이미

학습했다.

창을 피해 그의 창보다 빨리 내 검이 그를 파고들었다.

하지만 검이 갑옷 사이를 노리기 위해서 한순간 망설였던 탓일까? 그의 손이 창을 쥐지 않았다는 사실을 뒤늦게 깨달았다. 공간 고정이었다. 양손이 자유로운 그는— 한 손을 희생해 내 검을 막아 버렸다.

마지막 순간, 한순간의 방심이 만든 허점. 리샤르의 손가락 끝에 깃든 빛의 가시가 가슴으로 날아든다.

……젠장, 질 바에야 이 순간만 약속을 어겨서라도—.

순식간에 손에 탈검이 나타났다. 하지만 그때, 그의 손끝에서 빛이 사라지고 천천히, 그리고 힘없이 나에게로 몸을 맡겼다. 내 칼끝을 자세히 보니 공격은 막히지 않고 왼손을 관통해 그의 몸에 도달해 있었다. 그렇다면 지금 그 빛의 가시는…….

"정신을 잃으면서 한 반격…… 하하…… 이게 진짜 백은장의 힘인가……."

약속을 깨고 말았다. 그의 결사의 반격에 내가 패배하는 미래를 보았다.

결과만 보자면 내 승리였다. 탈검을 꺼내지 않았어도 결과는 같았다. 하지만—.

"……이건 내 미숙함의 증거군……. 감사합니다, 리샤르 씨."

『시합 종료! 세미피나르 대륙 최강의 남자, 리샤르 리즈로트를 혈투 끝에 꺾은 것은 길드 소속 모험가, 카이! 두 선수에게 뜨거운 박수를 보내주십시오!』

『오오오…… 그야말로 대격돌! 누가 이겨도 이상하지 않은 시합이었군요!』

하지만 지금 이 순간의 환성과 영광은 모두 진짜였다. 그러니까 조금만, 호들갑 떨며 기뻐해도 되겠지?

§ § §

"카이 군, 수고했어! 대단해, 나 조금 놀랐어."

대기실로 돌아오자마자 문이 벌컥 열리고 류에가 뛰쳐나왔다.

류에도 내 싸움이 흡족했는지 만족스러운 표정을 짓고 있었다. 그리고 레이스와 오잉크도 류에에 이어서 축하의 말을 전하러 다가왔다.

"이 단기간에 용케 숙달했네요, 본본. 오더 달성이에요."

"솔직히 나도 놀랐어. 역시 저 사람은 강해. 가능하다면 또 싸우고 싶을 정도야."

"알바에게도 좋은 자극이 됐나 봐요. 시합이 끝나자마자 훈련소로 갔어요."

"그래? 그거 잘됐군. 그럼 이제 본론으로 들어갈까?"

오잉크의 뒤쪽. 문 너머에 있는 인기척으로 시선을 보내자 다시 열린 문에서 이루와 함께 조금 전까지 기절해 있었을 리샤르 씨가 나타났다.

"자, 리샤르, 약속은 지켜야지. 딱히 빼앗아가는 것도 아니니까 빨리해."

"아, 압니다. 카이 공, 귀공이라면 이 창을…… 맡길 수도……."

"아니, 그렇게 심각해지지 마세요. 이르면 내일 돌려드릴 계획이니까요."

마치 자식을 넘겨주는 듯했다. 농담이나 과장을 빼고 정말 그런 표정이었다.

이거 참…… 그런 표정 지으면 저도 받기 힘들다고요.

"그, 그런가? ……나는 몇 년은 빌려줘야 한다는 줄 알았는데……."

안도한 표정인 리샤르 씨에게서 창을 받았다. 묵직한 창은 무기의 무게뿐 아니라 역사와 지금까지 지켜 온 것들, 그리고 무엇보다 그의 마음이 담긴 듯했다.

"그래서 그 창을 어떻게 할지는…… 말해 줄 수 없지?"

"네. 이구조 씨의 유언이니까요."

그 말에 반응한 사람은 리샤르 씨였다. 그리고 그는…… 그 말을 했다.

"이구조 님의 유언이라면 이야기가 다르지. 진작 말했다면 바로 빌려줬을 텐데……."

"뭐……라고……?"

모두의 위로가 허무하게 귀에 메아리쳤다. ……괜찮아, 나도 좋은 경험을 했으니까…….

유언에는『편지를 읽은 사람만』이라고 적혀 있었으므로 호텔에서 몸단장을 끝낸 나는 류에의 수제 관광 지도를 가지고, 전에 태양 소녀가 마차에 치일 뻔한 곳인 상업 지구로 향했다.

"농협…… 구 농업 지구의 조합 사무소 옆이라고 했으니까…… 저긴가?"

길 앞쪽에 지금도 많은 마차가 들락날락하는 큰 시설이 보였다. 그 옆을 보자 마치 작은 공원처럼 나무를 심은 조그만 사당 비슷한 건물이 있었다.

이 안에 묘비가 있을까? 누구든 마음대로 열 수 있어 보이는데…….

천천히 문을 열었다. 정기적으로 오가는 사람이 있는지 먼지도 쌓이지 않았고 청소도 잘 되어 있었다. 그리고 밖에서 든 햇살을 받고 검게 빛나는 것은…… 화강암으로 된 일본식 묘였다.

그의 창과 술이 필요하다고 해서 그가 전한 문화인 일본주를 챙겨 왔다.

술을 뿌리는 것은 괜찮지만 창을 어떻게 해야 할까? 그

의문을 해결하려고 주변을 돌아보던 그때, 사당 바닥이 삐걱거리는 소리가 나서 뒤를 돌아봤다.

"응?! 당신은…… 그때 본 광대?"

"……."

그곳에는 반나체의 광대가 아무 말 없이 서 있었다. 여전히 몸에 걸친 것이라고는 노란 파레오와 러프칼라뿐. 별로 가까이에서 보고 싶지 않은 가늘고 다부진 가슴팍과 양파머리도 건재했다.

어둡고 좁은 곳에서 만난 탓인지 지금 상황에 위험을 느꼈지만 상대방은 입을 뗄 생각이 없는지 그냥 나를 바라볼 뿐이었다.

그가 천천히 손을 뻗어 내가 가진 창을 잡더니 묘 앞, 향과 꽃을 두는 곳에 조용히 내려놓고 내게 술을 뿌리라고 눈짓했다.

……아는 건가? 내 목적을, 이구조 씨의 유언을.

술을 묘에 뿌리자 가늘게 팬 홈이 있었는지 검은 물줄기가 뻗어 창으로 이르렀다.

그 순간, 마치 봄바람처럼 따뜻한 충격파가 나와 반사적으로 눈을 감았다. 그리고 다시 눈을 뜨자 어둠 속에 있었을 텐데 눈부신 햇빛이 눈을 찔렀다.

"뭐야…… 여긴? 초원? 아니…… 묘지인가?"

초원에 점점이 흰 묘비와 흰 돌기둥이 있었다. 모두 풍화

되어 망가진 모습은 자연에 침식되어 모든 것이 대지로 돌아가기 직전 같았다.

묘에 있던 장치로 전송된 것일까? 주변을 돌아보자 말려들었는지 그 광대도 있었다. 그는 창을 쥐고 천천히 석재 사이를 지나갔다.

그리고 멈춰 섰다. 방금 사당 안에서 본 묘와 완전히 똑같은 묘 앞에서…….

돌아본 그는 여전히 말이 없었다. 하지만 그때, 그의 발아래에서 희미한 빛이 나왔고 그것이 천천히 올라와 이윽고 몸 전체를 감쌌다.

그 빛이 사라진 후 그곳에 선 것은 괴상한 광대가 아니었다.

"……생각보다 빨랐어. 이제 내 역할도 끝났군."

어딘가 현실감이 없이 속세를 초탈한 느낌의 흰 로브를 입은 청년이었다.

"너는 누구야? 아까 그 광대가 너야? 이곳은 대체 뭐 하는 곳이고?"

"여긴 거짓이 용서되지 않는 곳. 나도 너도, 원래 모습이 됐을 뿐이지."

질문의 대답에 의문을 품음과 동시에 내 시야가 좁아진 사실을 깨달았다.

……나도 모르는 새 마왕 모습이 된 것 같았다.

"나는 약속을 지켰을 뿐이다. 그에게 듣거라. 마음에 새겨라, 마를 품은 자여."

다시 그 인물이 빛에 싸였다. 조금 전보다 격한 섬광에 무심코 뒷걸음질 치고 말았다. 그리고 그곳에서 나타난 사람은 그리운 외모의 장년 남성이었다.

농부 같은 복장과 노쇠했어도 단단한 상완.

다소 엄한 인상의 주름지고 단정한 얼굴, 연로함이 느껴지지 않는 패기.

백발성성한 검은 머리와 검은 눈동자, 일본인을 상기시키는 그 특징. 설마 그는…….

그는 나에게 눈의 초점을 맞추고 천천히 입을 열었다.

"아, 이제야 조건이 맞춰졌나 했는데…… 머꼬, 니 마족이가?"

"그 말투…… 설마 당신은……."

"아직도 느들 시상이가? 시대가 안 바끼네. 내 장치도 다아 헛수고였구만. 썩 꺼지라, 마족. 니들한테 할 애기 없다."

일방적인 거절의 말이었다. 그렇군. 그 암호는 고향 사람에게 보낸 물건이고 지금 내 모습은 어떻게 봐도 일본인이 아니었다.

"잠깐만. 이야기를 들어줘."

"안 닥치나! 내 아덜인지 손지인지 증손인지 몰라두 손댔나?!"

그 말과 동시에 맹렬하게 휘두른 창을 퍼뜩 검으로 막으려고 했다.

하지만 내 몸은 그대로 20미터는 날아 나가떨어졌다. 지금은 마왕 룩인데도 불구하고…….

"여는 저시상 바로 앞이야. 여서 죽으믄 못 돌아온께 걍 디져."

"누가 죽으러 온 줄 알아! 제발 내 말 좀 들어!"

다시 창을 휘둘렀다. 믿어지지 않는 광경이지만…… 그것이 회오리가 되어 날 덮쳤다.

뭐가 이렇게 강해……? 이게 칠성 해방을 이룬 해방자의 힘인가…….

말을 붙일 기회도 주지 않았다. 그는 마족을 증오하는 말투였다. 그를 소환했을 당시 마족 왕가가 그토록 심각했던 것일까…….

하지만 이대로 계속 날뛰게 둘 수도 없었다. 나도 뭔가 대책을 세워야 한다.

【Name】요시다 이구조
【종족】이세계인/농민
【직업】농부(∞), 해방자
【레벨】299
【칭호】대륙의 영웅
최강의 농민
칠성 해방자
신창을 지배한 자

【스킬】 농경, 공작, 사육, 교육, 격투술, 창(괭이)술, 개척, 요리, 괴력, 신의 손, 신체 능력 극한 강화

[상세 감정]의 힘으로 해석한 그의 스테이터스는 감히 대적하기 어려울 정도였다.

그러나 쓰러뜨릴 필요는 없었다. 힘을 빼서 조금이라도 이야기를 듣게 하면 그만이었다.

【커스 기프트】 발동: 대상자 요시다 이구조 [주는 대미지 +30%] 반전 부여
【포스드 컬렉션】 발동: 대상자 요시다 이구조 [신체 능력 극한 강화] 탈취

그의 공격력을 대폭 떨어뜨리고 스테이터스 중에서 가장 흉악해 보이는 것을 빼앗았다.

빼앗은 능력은 자동으로 나에게 부여되는지 내 힘도 점점 늘어났다.

내 어빌리티 구성도 방어 특화형으로 바꿔 그의 맹공에 버틸 준비를 마치고, 다시 한 번 저 미치도록 강한 농민 영웅에게 대화를 시도했다.

"이구조 씨, 부탁이니까 잠깐 공격을 멈춰요!"

몰아치는 폭풍을 견디며 리샤르 씨를 능가하는 창격을 막

았다.

몸의 변화를 눈치챘는지 이구조 씨의 표정이 의아하게 변했지만…….

“내 몸에 뭔 짓거리야?! 썩 꺼지라, 이 옘병할 마족!!!”

……아, 짜증 나! 노인네가 남의 말은 죽어도 안 듣지! 이렇게 된 거 이판사판이다!

숨을 깊이 들이마셨다. 그리고 달려오는 그에게 나도 똑같이 큰 목소리로—.

“미시리매루 잭패 좀 고만하고 내 마를 드루보라구!”

……젠장, 어떠냐. 어지간하면 쓸 일 없는 진짜 아키타 방언이다. 창피해 죽겠네.

참고로 뜻은 「바보처럼 행패 부리지 말고 내 말을 들어라」였다.

마왕님의 구수한 방언은 마침내 동향 사람을 멈추게 해줬다.

“같은 지역 사람끼리 너무 야박하게 굴지 맙시다, 어르신.”

“설마…… 느 살던 데 어덴지 말해 봐라.”

“……○○시 □□정(町)이요. 그 전에는 도쿄에서 일했고요.”

“츰 듣는 시인데.”

“지역 통폐합이 있었거든요, 2005년에.”

“뭐?! 그럼 니는 21세기에서 왔나?!”

아, 다른 시대에서 온 사람이었나? 일일이 설명하려면 엄청 귀찮겠다.

"제 사정은 됐으니까 본론으로 넘어가죠. 당신은 사후에 뭘 남기려고 했죠?"

"응? 그래…… 즘자 말할려니 어떻게 설명해야 할지……."

말재주 없는 할아버지 같은 반응에 왠지 그리움마저 느꼈다.

"그럼 제가 질문할 테니까 대답해주시면 어떤가요?"

"그래. 그리 해."

나와 같은 곳에서 이 세계로 넘어와 후세에 뭔가를 남기고 싶어도 그럴 수 없고, 큰 비밀을 간직한 채로 세상을 뜬 인물. 우선 뭐부터 물어야 할까…….

"먼저 이 장소와 당신의 상태, 그 몸에 관해 알려주실래요?"

"여는 북망산 같은 데다. 생전에 칠성을 봉인하든 눔한테 내가 그랬지. 내 죽거든 잠시 여기 좀 있게 해주소, 전하구 싶은 기 있소, 하고."

"그랬군요. 그럼 그 몸의 정체는 봉인과 관련된 인물인가요?"

"그래. 이 시상을 옛날버텀, 엄청나게 옛날버텀 들이다본 진짜 신의 사자지."

이 이야기는 별로 놀랍지도 않았다. 레이니 리네아리스 같은 존재겠지.

"그럼 본론으로 들어가죠. 이구조 씨는 이 세상 사람에게는 비밀로 하면서, 다음 세대에 전하고 싶은 게 있으셨죠? 그걸 저한테 알려주시지 않겠습니까?"

§ § §

"칠성은 신의 사자니 풍작의 신이니, 그른 좋은 게 절대루 아니었어야. 옛날 사람이나 진짜 신의 사자가 봉인한 기 옳았던 기다."

"……하지만 지금 이 대륙은 타의 추종을 불허할 만큼 풍족하고 마물의 위험도 적어요."

"칠성 봉인에 쓴 힘. 지맥이래나, 영맥이래나, 그른 힘이 읎으면 암만 땅에 영양을 주도 잘 안 돼. 기니까 봉인이 풀리면 당연히 땅심이 돌아오지."

칠성 해방에 의문을 가진 이구조 씨는 해방으로 땅에 힘이 돌아오는 것을 알면서도 자신의 지식과 기술, 농사를 하며 키운 솜씨로 대륙을 고쳐 나가려고 했다.

"옛사람을 무시하믄 안 돼. 그건 시상이 변해도 똑같다. 그래서 난 직접 비료도 맨들구 밭도 갈구, 그런 뭔지 모를 힘에 기대지 않을라고 했지."

하지만 그것도 한계가 있었다. 그래도 노력이 결실을 본 영지도 분명히 있었다.

그리고 그것이…… 또 다른 비극을 낳았다. 약탈, 지배, 유린, 독점.

당시 마족들은 귀중한 성공 사례를 독점했고 많은 궁핍한 사람이 땅을 빼앗겼다.

그래서 그는 해방자로서 사명을 완수하기 위해 그 몸의 주인과 싸웠다.

"언젠가 이 대륙이 지배에서 벗어나서 평화로워지믄, 디음 세대에 다시 진실을 전하겠다구 약속했어. 그래가주구 내가 내 아한테 편지를 남군 거여."

이 번거로운 유언에도 의미가 있었다. 자신이 맡긴 지식과 문화가 올바르게 이어지는지 시험하기 위한 『술』, 믿을 수 있는 종자에게 맡긴 『창』을 받을 수 있는 강한 인간. 그리고 무엇보다 자신의 편지를 읽을 수 있는 『일본에서 온 인간』.

풍작의 신을, 숭배하는 존재를 악으로 판단하고 그것을 어떻게든 해 달라는 부탁.

그야 이 대륙 주민에게는 알려줄 수 있을 리 없지. 그래서 이 유언을 쓴 것이다.

……하지만, 이구조 씨. 이구조 씨 편지는 솔직히 너무 난해했어요.

"칠성은 이래 말했지. 『풍요를 주겠노라, 듬뿍 배를 채워라, 나를 만족시키기 위해』. 그건 암만 생각해두 가축을 배불리는 사람이 허는 말이여. 우리는 고눔 손바닥 우에 있는 거야."

그는 분한 투로 들려줬다. 안 좋은 예감이 들었는데도 해방할 수밖에 없었던 것. 왕가를 타도하고 백성을 구할 힘이 자신에게 없었던 것. 그리고— 언젠가 찾아올 재앙을 다음 세대로 떠넘겨 버린 것을…….

"……지금 바깥시상은 평화롭나? 그렇다믄 그건 지금뿐이야. 그래도 그 평화를 다시 빼앗길 수는 읎어. 기니께 전해줘, 지금 나라님께!"

영웅이 눈물을 흘렸다. 영웅이라고 칭송받으면서도, 영웅은 고뇌했다.

울지 마십시오, 그만 마음 놓으십시오. 나는 연장자가 우는 모습을 보는 게 괴로워요.

"……저는 이구조 씨가 기뻐할 이야기를 세 가지 해드릴 수 있습니다. 그러니까 일단 눈물을 닦으십시오."

그의 소원은 사람들의 구제. 대륙의 평화. 그리고 칠성의 위협에 대한 대책.

그렇다면 들려주겠다. 당신이 떠난 뒤, 이 대륙이 어떤 길을 걸었는지.

"이구조 씨의 아드님 세대가 많은 사람과 손을 맞잡고, 우리와 같은 일본에서 온 사람과 협력해 왕가를 타도했습니다. 지금 이 대륙은 민주국가가 되어 가고 있죠."

그 말을 들은 순간 감격한 이구조 씨는 나를 와락 끌어안았다. 아, 이러지 마세요! 숨 막히게!

"아직 할 이야기가 있으니까 놔주세요. 우선 제가 제법 높은 지위를 가진 사람이고, 저도 이구조 씨처럼 칠성에 회의적입니다. 그리고 현재 이 나라의 최고 권력자와도 친분이 있습니다."

"천만다행이야……. 그건, 또 봉인하거나 죽여야 해. 어렵겠다만."

"그리고 세 번째…… 안심하세요. 저는 이미 다른 대륙에서 칠성 하나를 죽였습니다."

이 대륙과는 직접 관계가 없었다. 그래도 안심해주길 바랐다.

오잉크와 나 이상으로 이 세계를 사랑하고, 죽어서도 세계를 걱정한 이 영웅에게…….

재앙이 닥쳤을 때, 그것을 물리칠 힘이 이미 여기에 있다고 전했다.

"……그래, 그래…… 그러믄 인제 너한테 맡기면 되겠구먼……."

이야기를 모두 들은 순간, 이구조 씨의 패기와 표정이 급격히 쇠한 것처럼 느꼈다.

오랜 세월 짊어졌던 무거운 짐을 내려놓고 겨우 한숨 돌린 것 같았다.

그리고 딴사람이 된 것처럼 인상이 온화해진 그의 몸에서 반딧불처럼 약한 빛이 천천히 기포처럼 피어올랐다.

"그라믄…… 내 일은 끝난 거 같으니까 마지막으로 이야기 하나 들려주어."

"이구조 씨…… 그렇지, 사실 아드님 말입니다만……."

이루가 의원으로 있어서 어렴풋이 예상은 했으나 그의 아들은 종전 후 곧 타계했다고 한다. 그래서 그 사실과 함께 손녀의 이야기를 하려는데—.

“응…… 우리 아는 먼저 갔나? 원래 몸이 약했아.”

“네……. 하지만 그분의 딸, 이구조 씨의 손녀가 지금 의원으로 활동 중입니다.”

“오! 그려그려! 이름은 머라 하고?”

“이루 요시다. 지금은 스무 살쯤 됐고, 제 눈으로 봐도 참 미인이더군요.”

“오오! ……손녀한테 눈독 들이면 가마이 안 둔대이.”

농담하며 웃는 그 온화한 얼굴까지도 빛에 덮여 갔다.

나는 아이템 박스 안에서 방금 묘에 뿌린 술을 건넸다.

“친구가 제 고향 술을 재현했어요. 시간이 아까우니까 이대로 드십시오.”

그것은 내가 종종 아껴 마시는 술, 『인연』이었다. 이구조 씨는 술병을 단숨에 들이켜 얼마 남지 않은 술을 호쾌하게 비웠다.

“크으, 좋구먼……. 끝내줘. 그럼 아들래미도 기다린다니까 가 볼까…….”

이미 그의 윤곽조차 흐릿해질 정도로 빛이 넘쳐나 하늘로 올라갔다.

그리고 마지막 순간에 그가 한 번 더 나를 돌아본 기분이

들었다.

"맞어, 이름! 느 이름이 뭔지 못 들었네야! 알려줘."

"제 이름은 카이본. 일본에 있을 때 이름은― 니시다 요시키입니다."

"그래, 요시기? 이름도 멋재이네! 그래…… 잘 있어라, 요시기!"

사람 이름까지 사투리로 부르는 그 말이 그립고, 조금 쓸쓸했다.

빛이 모두 사라진 뒤 그곳에는 방금 전 희고 초탈한 청년이 남아 있었다.

"……맹우는 만족하고 떠났다. 감사를 표하마, 이방인이여."

"나야말로 멋진 만남을 이뤄줘서 고마워. 신의 사자 양반."

다시 눈부신 빛이 전신을 감쌌다. 그것이 원래 세계로 돌아가기 위한 과정이겠거니 생각한 나는 눈을 감았다.

눈꺼풀 사이로 드는 빛이 사라져 눈을 뜨자 그곳은 어두운 사당 안, 묘 앞이었다.

눈앞에 놓인 창을 들었다. 조금 전보다 왠지 무겁게 느끼는 그것을 쥐고 위대한 선조가 잠든 땅에서 등을 돌려, 나의 사명을 이루고자 그곳을 뒤로한―.

"히엑, 마왕햄! 또 햄의 은신처를 빼앗으러 왔다햄! 무서부라, 무서부라!"

"앗, 맞다. 이거 해제해야지."

딱 마주친 태양 소녀의 말을 듣고 허둥지둥 마왕 룩을 해제했다.

설마 이 애, 여기 사는 건 아니겠지……?

§ § §

"……이상이야. 나와 오잉크는 이미 이 가능성을 의심했었지만, 어떡할래?"

구 왕궁에 있는 오잉크의 집무실. 그곳에서 나는 이구조 씨의 말을 모두 전했다.

그의 손녀인 이루와 과거 종자였던 리샤르 씨는 경악했다.

그리고 길드에서는 오잉크 외에 골드 씨도 와 있었다.

"지금 이 도시에 카이가 있는 건 행운이네요. 만약 싸우게 됐어도 그가 있으면……."

"그게 무슨 소리야? 이 사람이 강한 건 잘 알지만, 상대는 칠성이라고."

이미 오잉크에게 칠성 살해는 결정된 사항이며 그 역할을 내게 맡긴다는 작전도 정해 놓은 모양이었다. 하지만…… 그러기에는 큰 장애가 남아 있었다.

"잠깐만, 총수님. 카이가 들은 이야기는 진실일지도 몰라. 하지만 국민은? 아무런 설명도 없이 칠성을 사람들 앞에서 공격하면……."

"아마 폭동이 일어나겠죠. 그러니까 올해 칠성 강림 장소를 과거 왕족이 제물을 바치던 제단에서 행하려고 해요. 구실이야 얼마든지 만들어 낼 수 있으니까요."

"하지만 칠성은 투기에 호응해 소환될 텐데, 그렇게 쉽게 풀릴까……."

"최악의 경우 투기가 가장 높아질 결승전 장소를 옮기는 것도 염두에 둬야겠죠. 불만도 나오겠지만…… 폭동보다는 훨씬 나아요."

결과적으로 칠성배는 계속 이어가기로 했다. 단, 결승전 무대는 과거에 공물을 바치기 위해 만든 제단으로 변경되었고 관객도 표면적으로는 추첨으로 정하기로 했다.

물론 실제로 그곳에 모이는 것은 사태를 이해하는 관계자뿐이겠지만…….

호텔로 돌아와서 방금 회의한 내용을 류에와 레이스에게도 알려줬다.

그러자 레이스는 「어떤 불상사가 있을지 몰라요. 역시 제가 우승해야겠네요」라며 새롭게 결의를 다졌다. 하지만 나는 그 불상사 때문에라도 그녀가 우승하지 않았으면 좋겠다고…… 그녀의 마음을 배신하는 생각을 하고 있었다.

"카이 군. 이번에는 용신 때와 달라. 나도, 레이스도, 오잉크도 있어."

"……그래. 그랬지. 모두 함께 있어. 불상사가 일어나게 두진 않아."

처음부터 칠성을 위험시하지 않았던가. 이제 와서 불안해할 필요는 없지.

내일을 위해 일찍 침상에 든 레이스에 이어 나도 복잡한 생각을 눌러 넣고 침실로 갔다. ……그런데 왜 내 침대에서 레이스가 자고 있지?

§ § §

본선 경기장에는 역시 오늘도 수많은 관객이 운집했고 당연한 권리처럼 암표상과 사설 도박꾼까지 돌아다니는 등 그 활기는 여느 때에 비할 바가 아니었다.

필드에는 승리해 올라온 열여섯 명이 정렬해 제비뽑기로 토너먼트 대진을 정하는 중이었다.

"오, 비오는 1번이야. 그렇다면 이게 끝나고 바로 싸우나?"

"상대 선수는…… 세컨더리아 대륙에서 온 기사구나."

"도손은 노골적으로 안심했군. 기분은 이해한다만."

그렇게 대진표가 완성됐다. 그것을 보는 한—.

"예상대로 흘러가면 비오는 준결승에서 레이스와 만나겠군."

"렌 군은 2회전에서 도손 군과 붙겠어. 으음, 어떻게 될까?"

인사를 간략하게 끝낸 뒤 다른 선수가 퇴장하고 대진표가 철거됐다. 필드에 남은 사람은 비오와 갑옷을 입은 남성뿐. 이제 시합 개시 신호를 기다릴 뿐이었다.

『그럼 칠성배 본선! 1회전 첫 경기, 비오 선수 대 롭스 선수! 시합 개시!』

시작을 알리는 징이 울렸다. 양측은 한 발도 움직이지 않는다. 하지만 행동은 크게 달랐다.

방패를 들고 상황을 살피는 롭스 선수와 달리 비오는 멀뚱히 서 있기만 했다.

그때, 투영 마도구에 비친 비오가 몹시 불쾌하게 투덜댔다.

『……제대로 싸워 볼 상대를 만나려면 준결승까지 가야 한다니…… 잘못하면 앞으로 나흘이나 뒤잖아? 나 이미 일정도 밀려 버렸고 흥분되는 싸움도 봐서 인내심이 한계란 말야.』

『네가 강한 건 잘 안다. 함께 여기까지 올라왔으니까. 하지만 그 발언은 취소하도록. 나는 세컨더리아를 대표한다는 각오로—.』

그 순간, 그녀의 몸 외곽이 푸른빛에 싸였다. 나와 싸울 때 딱 한 번 보여준 그 빛이었다.

『듣기 싫어. 이제 그냥 내 마음대로 할 거야.』

그 찰나, 비오의 모습이 마도구에서도, 그리고 필드에서도 사라졌다.

그리고 다음 순간, 한 번 더 징이 울렸다는 착각이 들 정도의 굉음이 났다.

"어…… 팔이 방패를 관통해……?"

"아니, 갑옷이랑 몸까지 관통했어. 아마 저 기사는 이제 못 싸워—."

류에의 말이 끝나기가 무섭게 방금 그 굉음이 경종을 때리듯 연속으로 울렸고, 이번에는 두 선수가 모두 사라졌다. 무슨 일이 벌어졌는지 이해하기 힘든 사태에 시합 종료 신호가 늦었고, 징 소리와 함께 종료 선언이 나왔을 때는…… 필드는 지옥이 되어 있었다.

산란한 갑옷 파편이 주위에 꽂혔고 대미지 변환이 늦었는지 붉은 액체가 벽을 더럽혔다. 그리고 필드에 쓰러진 남자는 멀리서 봐도 죽어 간다는 게 느껴졌다.

그리고 그 참상을 만든 소녀는 요사스럽기까지 한 빛이 깃든 눈으로 주변을 노려봤다.

"야아, 제법인걸. ……아직도 있었구나. 이 시대에 저런 살기를 낼 수 있는 아이가."

참상을 바라보던 류에도 촉발된 것처럼 내가 본 적 없는 표정을 지었다.

"류에, 무서우니까 진정해. 자, 웃어, 웃어."

강제 스마일 핑거 발동. 입꼬리를 쭉 올려 버립시다.

"우이…… 아니, 그치만 저걸 봐! 저 애, 대단해. 신예기의 전사에 필적할 만큼 강해. 게다가 저 살기…… 분명히 사람끼리 죽고 죽이는 현장에서 살아남는 자야."

류에가 흥분조로 떠들었다. 하지만 그녀를 더욱 흥분시킬 사태가 일어났다.

『이거, 지금 내가 크게 비치고 있는 거 맞지? 목소리도 들리고?』

이 영상을 써서 뭘 하려는 것일까? 관객이 주목하는 가운데, 비오는 자신을 보는 인간…… 본선 진출자를 향해 말했다.

『여기까지 올라온 사람들. 지금 싸움 봤지? 이렇게 되기 싫지?』

설마…… 너는 또 불필요한 싸움을 줄이려고……?

『나랑 싸울 능력 없는 인간은 지금 당장 기권해. 난 빨리 시작하고 싶어.』

오늘 관계자석에는 나와 류에 두 사람밖에 없었다. 하지만 일반석을 보자 관중은 이 이상 사태와 살육에 취했는지 눈에 위험한 빛을 띠고 그녀의 일언일구에 집중하며 열광하는 모습이 전해졌다. 그리고—.

『이제 그냥 준결승 시작하자. 언니, 들리지?』

일반석 한곳에 추첨을 끝낸 선수 열네 명이 모여 있었다. 선수들은 비오의 선언을 듣고 대회 운영진에 지시를 구했다. 하지만 지금 참상을 목격하고 아직 투지가 꺾이지 않은 사람은…… 멀리서 봐도 불과 수 명밖에 안 됐다.

물론 실행 위원장인 오잉크가 인정할 수 없다며 바로 반론했다. 그러나 이미 늦었다. 내가 봐서 몇 명, 아마 준결승

전에 비오와 맞닥뜨릴 선수들이 기권을 선언했는지 도망치듯 경기장을 떠나는 모습이 보였다.

『대진을 다시 짜도 결과는 똑같겠네요. 레이스, 들리나요?』

사태는 비오의 의도대로 진행됐다. 꺾이고 만 것이다. 단 한 사람의 압도적인 폭력 앞에 많은 선수의 마음과 이 대회의 규칙이…….

……그런데 도손, 왜 결승까지 붙을 일 없는 너까지 기권하려고 난리냐?

『당신만 괜찮다면 지금 당장에라도 비오 선수와 싸우게 해드릴게요. 다만, 만약 준비가 필요하다면— 비오 선수, 그 경우에는 하루를 기다려주셔야겠어요.』

『나야 오케이지, 총수님. 언니, 전부 받아내 줄 수 있지?』

관객석에 남은 레이스가 천천히 일어섰다.

오늘은 전투가 없어서 붉은 드레스를 입은 그녀가 그 복장 그대로 도약해 스커트를 아름답게 휘날리며 비오 앞에 섰다.

……아니다. 저 드레스는 단순한 드레스가 아니었다. 내가 레이스에게 준 드레스다.

그렇다면 저건 엄연한 전투용 장비. 레이스는 그 모습으로 본선에 임할 생각이다.

"일이 이상하게 돌아가네. 카이 군, 이건 정말로 승부의 행방을 모르겠어."

"……레이스가 비오의 속도를 따라갈 수 있을지 모르겠군. 그러지 못하면 일방적인 시합이 될 거야. 설마 이렇게 일찍 싸우게 될 줄이야……."

레이스가 비오의 시합을 관찰할 기회가 있었으면 조금 더 승산이 있었을 것이다.

"뭐, 물론…… 레이스가 권투사일 때의 이야기지만."

두 선수가 모이고 오늘의 해설위원인 북 씨와 리샤르 씨가 사실상 준결승 선수 소개를 시작했다.

『야아, 이건 예상치 못한 전개군요, 리샤르 님. 심지어 저는 레이스 님이 출전한 사실을 오늘 알아서…… 그게 더 놀랍습니다.』

『북 님은 그녀를 아십니까? 저는 이런 자리에 거의 출석하지 않아서 현재 전적을 모릅니다. 어떤 경력을 가진 선수죠?』

『잊으셨나요? 전쟁 때 알비스 전투에서 왕국군을 괴롭힌 보이지 않는 마탄의 사수, 『빛나는 여제(레이디언트 마제스티)』라고 불리던 인물이 바로 저 레이스 님입니다.』

『설마…… 당시 모습도 보지 못하고, 제가 혁명군에 들어가는 계기를 만든 사수가 저 선수라고요? 이런 미인이었을 줄은……. 기이한 인연이군요, 이런 날이 올 줄은 몰랐습니다.』

저기요? 레이스한테 그런 요란한 별명이 있는 줄은 저도 몰랐는데요?

『그에 대항하는 비오 선수는 1차 예선에서 지금까지 모든 선수를 일격에 처리한 호걸입니다. 정보에 의하면 비오 선수는 서디스 대륙의 길드라고 할 수 있는 「자유 기사단」에서 최고 지위를 얻었다고 합니다. 어떻게 보면 리샤르 님과 비슷한 위치라고 할 수 있겠네요.』

『아니, 그게 정말인가요! 아무래도 제가 아주 좋은 날 해설을 맡게 된 것 같군요.』

두 사람의 해설이 끝난 차에 이제는 익숙한, 경비원이 놀라는 소리가 들렸다. 돌아보자 관계자라며 당연하다는 양 이루, 레일라, 아이드가 들어왔다.

"레, 레이스 님이 모험가라는 말은 들었어요! 하지만 저런 잔인한 사람과 싸우다뇨! 괘, 괜찮을까요?!"

달려온 아이드 양은 예선에서 싸운 레이스를 보지 못한 듯했다.

"비오 님은 서디스 대륙에서도 다섯 손가락에 드는 실력자예요. ……어려운 싸움이 되겠죠."

"레일라가 그렇게 말하면 그런 거겠지. 그래도 믿어줘. 레이스는 강해. 나는 알아. 『강하다는 걸 아니까』 나는 레이스에게 그 무기를 맡겼어."

모든 게임에는 어떤 공통점이 있다. 바로 『아무리 밸런스를 잘 조정해도 반드시 최강 직업이 존재한다』는 것. 이것은 어찌할 도리가 없다.

……바로 그것이 내가 레이스를 만들고 마궁을 맡긴 이유—.

『마궁 투사가 그란디아 시드의 최강 직업이니까』.

“……시합보다도 시연식이 될지도 모르겠군”

“무슨 말이야?”

“무슨 말이지?”

“무슨 말인가요?”

“무슨 말이죠?”

“다 똑같은 소리 하지 말고, 보면 알아.”

§ § §

“이제야 제대로 싸우겠네. 어렵게 발견한 경쟁 상대가 다른 무대에 있질 않나, 예선이 시작돼도 약해빠진 것만 있질 않나. 그래서 본선까지 올라와도 이 모양 이 꼴……. 언니는 나랑 싸워줄 거지?”

광폭한 싸움의 귀재. 난 이 소녀를 마음속으로 그렇게 평가했다.

조금 전 싸움에서 보여준 동작은 틀림없이 훈련 시설에서는 보이지 않은 그녀의 진짜 실력이었다.

그리고 지금 이렇게 대치하고 깨달았다. 그녀는, 나보다 훨씬 높은 곳에 있는 상대임을…….

……사실상 결승전이다. 나도 더는 실력을 숨기지 말자.

“비오 씨. 저는 당신에게 사과해야 해요. 아마 또 당신을 실망시킬 테니까요."

등에 진 케이스를 내렸다. 그리고 나는 거기서 그의 유산을 꺼내 들었다.

"……주먹을 부딪치는 일진일퇴의 접전을 바라셨겠죠. 하지만 당신은 저보다 강해요. 제가 닿을 수 없는 사람이에요. 어디까지나 **권투사로서는.**"

"활……? 아니, 시위가 없어. 언니, 그 무기로는 나한테 이길 수 있다는 것처럼 들리—."

위협사격. 가장 빠른 일격을 쐈다. 비오 씨를 향하던 공격은 명중 직전에 궤도를 높은 하늘로 바꿨다. 나는 달려가며 다음 화살을 메기고 그녀에게 날아 차기를 맞췄다.

"윽! 이 정도로는 약해. 공격이 가벼워!"

"아무렴, 그렇겠죠."

연이어 쏜 접사(接射)까지 그녀는 역시 막아 냈다. 체격에서는 상상할 수 없는 힘으로 내 다리를 잡지만 그 순간 첫 번째 화살이 세 번째 공격이 되어 하늘에서 쏟아졌다.

하지만 비오 씨는 그것마저 육감으로 피해 버렸다.

그래도 그녀의 아름다운 연보라색 머리칼은 허공에 흩날렸다. 나는 지체 없이 마궁술을 시전했다.

"『스팅레이 나인테일』."

빛의 화살 아홉 개가 그녀를 쫓았다. 그러자 그녀는 다시 푸른빛을 내며 내가 쏜 붉은빛을 떨쳐 내려고 종횡무진 전장을 누볐다.

눈으로는 정확하게 좇지 못했다. 그래도 내 기술이라면 쫓아간다.

푸른 궤도를 주시하면서 나는 조용히 주위에 충만한 마력을 모으기 시작했다.

공격을 늦춰서는 안 된다. 그녀의 공격력은 압도적이다. 한 번의 실수가 곧 압살로 이어진다. 푸른 궤도가 나를 향해 온다고 확신한 순간—.

"합!"

등 뒤로 손등 치기를 날렸다. 그곳에는 예상대로 비오 씨의 주먹이 있었다.

내 공격은 모두 피했나 보지만, 이거라면—.

그때, 순간적으로 몸에서 힘이 쭉 빠졌다. 이건…… 대미지 변환 때문인가?

"언니는 나랑 주먹을 나눌 수 없어. 이걸론 못 비겨."

"……그런가 보네요!"

이어진 돌려 차기도 비오 씨가 다리를 들어 쉽사리 막아버렸다. 하지만 다리에 두른 불은 분명히 그녀를 태웠고 지금 받은 대미지가 급속도로 회복되어 갔다.

이상을 감지한 비오 씨가 마치 거부 반응을 일으키듯 멀찍이 떨어졌다.

"이 느낌…… 설마 언니…… 마술사나 권투사가 아니라,

재생사?"

떨어진 곳에서 경계심을 드러내는 그녀가 내 직업을 정확하게 알아맞혔다.

"저도 특이한 직업이라고 생각하지만…… 용케 아셨네요."

"좀 전부터 이 필드에 퍼져 있는 기분 나쁜 느낌…… 그리고 지금 그 공격…… 익숙해. ……상황에 따라선 내가 제일 싫어하는 상대거든."

"그랬나요……. 그렇다면 제 승산이 더 높아졌다는 뜻이네요."

"아쉽지만, 반대야. 싫어하니까, 대책도 확실하게 짰다는 말이야!"

그녀의 푸른 오라가 손으로 모여 큰 손톱을 만들었다. 그리고 그것을―.

"그 녀석에 비하면! 이 정도 재생술은 아무것도 아니야!"

공기를 가르며 나뿐 아니라 경기장 전체를 절단하듯 팔을 휘둘렀다.

그 순간, 지금까지 나에게 모였던 마력이 사라졌다. 마치 눈에 보이지 않는 것조차 절단하는 것 같은 공격에 공포를 느꼈다.

비오 씨가 다시 사라졌다. 그녀를 눈으로 좇는 것은 이미 포기했다. 또 내 기술로―.

"욱…… 크흡……."

자세를 잡자마자 오른쪽 어깨가 찢어졌다. 한순간 피를

뿜던 상처는 경기장의 효과로 사라졌다.

무작정 손톱에서 벗어나며 펴뜩 자폭에 가까운 마법, 유사 『플레임 버스트』를 쓰지만…… 아무래도 놓치고 만 모양이다. 내 체력이 회복되지 않았다.

하지만 나만 폭발에 휘말렸어도 그대로 잡히는 것보다는 나았다.

벽을 등지고 보이지 않는 그녀를 찾으려고 눈에 힘을 줬다. 찢어진 마력을 다시 모으려고 해도 생각대로 모이지 않았다. 특수한 기술이었나 보다.

"……더 자세하게 마력을 느끼는 방법이 내게 있다면…… 눈에 보이기만 한다면……."

만약 카이 씨 말처럼 마력에 색이 있다면 내 눈에도 보일 텐데.

그런데 희미하게 비오 씨의 푸른 궤적이 시야 한쪽을 스치는 게 보였다.

그러고 보니 내 기술도 붉은색 빛……. 그게 마력의 색이란 것일까?

문득 약한 바람이 나를 향해 왔다. 바로 그곳으로 활을 쏜다.

"이크! 용케 눈치챘네, 언니!"

아하, 공기도 움직이고 나도 아슬아슬하게 반응할 수준은 된다.

그렇다면…… 만약 공기 전체에 내 마력 잔재가 있다면……?

방금 내가 날린 마법의 잔재를 모으지 않고 골고루 뿌렸다. 그러자 내 재생사의 힘이 그녀가 움직이며 건드리는 마력을 감지해 냈다.

"『레인 스톰』."

"왁?! 진짜? 벌써 간파했어?"

비오 씨의 진로에 범위 공격을 쓰자 대미지를 받으며 그녀가 튀어나왔다.

그곳을 노리려는데 비오 씨가 정면에서 내 공격을 건틀릿으로 튕겨 버렸다.

"제법이야……. 그럼 이제 정면에서 갈게."

"큭! 『트레인 애로』!"

앞쪽으로 다섯 개의 빛이 연속해서 날아갔다. 하지만 그녀는 똑바로 받아치며—.

"으………… 이게, 왜?"

"……제 비밀병기예요."

내 배에 꽂힌 그녀의 주먹과 그녀의 얼굴에 꽂힌 내 주먹.

하지만 내 주먹에는 어둠의 불이 있었다. 내 어둠 마법은 재생술과는 달리 체력도 빼앗는다.

재생사를 잘 아는 당신이라면 분명히 마력만 빼앗길 거라고 생각했겠죠.

못 비긴다고 하셨죠? 맞아요. 이건 일방적인 착취예요.

§ § §

“……상상도 하지 못한 전개야. 비오가 내 예상보다 훨씬 강해.”

“아마 나랑 마법을 쓰는 레이스 본인밖에 모르겠지만, 비오는 마법이 되기 전인 마력을 찢었어. 아마 레이스는 마음대로 마력을 모으지 못하니까 재생술을 쓰기도 어려울 거야. 지금 공격도 마력이 오래 버티지는 않을 테고…….”

레이스는 지금 자신이 받은 대미지 이상의 회복 효과로 비오와 맞서고 있었다. 이건 이 장소가 신체적 피해를 변환해 주기에 가능한 전법이었다. 다른 곳이었으면 레이스의 내장이 한계에 달해 회복하기 전에 몸이 먼저 망가졌을 것이다.

요컨대 지금 레이스는『현재 환경의 최강 전법』을 쓰는 셈이었다.

하지만 그러기에도 한계는 있었다. 필드에서 기어이 레이스가 무릎을 꿇고 말았다.

『하아…… 이 언니, 드디어 꺾였네. 이제, 내가 이겼어…….』

주먹이 올라갔다. 당장 끼어들고 싶은 마음을 꾹 참으며 지켜봤다.

“……레이스는 마법을 확실히 배웠어. 본래 마족은 마력을 잘 다루는 종족이야. 레이스는 재주가 좋고 배움도 빨

라. 무엇보다 상위 마족이지. 조건은 갖춰졌어."

"류에……? 조건이라니, 무슨 조건?"

"전에 들었을 거야. 극히 드물게 발현하는, 그 존재만으로 우열이 뒤집히는 명확한 힘을 가진 기관. 후후, 카이 군이 가진 그것과는 다른…… 진짜."

주먹이 떨어진다. 하지만 그것은 레이스의 손바닥에 막혔다. 막아 낼 수 있는 파괴력이 아니었다. 하지만 이미 마력을 흡수할 수 없는 레이스가 어둠 마술을 두를 수는…….

『블러드 카펫.』

『광역 마법?! 언니, 포기할 줄도 알아야지!』

레이스가 중얼거린 이름은 내가 모르는 마법이었다. 레이스가 몰래 개발했을 그것은 나도 사용하는 바닥을 타고 뻗어 나가는 어둠이었다. 하지만 레이스의 어둠은 검붉어 이름 그대로 필드를 피로 물들이는 것 같은 오싹하고도 아름다운 마법이었다.

"마력을 흡수해……? 이미 저런 마법을 쓸 여력은 없을 텐데."

"아마 레이스에게는 보이는 거야. 마력의 흐름 그 자체가."

레이스의 얼굴이 크게 비쳤다. 하지만 그 눈동자는 내가 아는 와인색이 아닌, 지금 발동한 마법처럼 핏빛에 가까운 안광을 지녔다.

"저건…… 설마 마안?!"

"전에 마법 훈련을 할 때 순간적으로 레이스의 눈이 이상한 색으로 변했어. 레이스는 마족 중에서도 유례를 찾기 힘들 정도로 강해. 개안할 가능성은 이미 있었어."

이무리 눈에 보이지 않는 속도로 달려도 그곳이 모두 레이스의 손바닥 위라면.

"아…… 그래. 레이스도 이쪽으로 왔구나. 이 싸움 속에서."

마궁의 힘 없이도 레이스는 열어 버렸다. 나와 류에와 같은 영역으로 들어설 문을…….

§ § §

지금 느끼는 것은 만능감. 마력을 통해 모든 것이 손에 잡힐 듯이 전해졌다.

흩어진 마력이 어디로 가고 싶어 하는지 나는 알 수 있었다. 그것을 나에게로 유도해주면 마치 호흡처럼 마력이 내 안으로 흘러들었다.

필드에 퍼진 마법은 접촉한 상대의 마력과 체력을 흡수했다.

전투 전보다도 힘이 넘치는 내 몸과는 대조적으로 비오씨의 속도는 눈에 띄게 떨어졌다. 그러니까…… 나는 이제 그녀를 노릴 수 있었다.

"……이걸로, 끝이에요. 『크림슨 레이』."

섬광이 날아갔다. 그것은 내가 노린 그대로, 정확히 그녀에게 꽂혔다.

"아직이야! 안 끝났어!"

"크! 빛을 가르다니…… 무서운 동체 시력이네요."

그래도 그녀의 왼손에 장착한 건틀릿은 파괴되어 바닥에 떨어졌다.

이러는 사이에도 그녀의 체력과 마력은 나에게 뺏기고 있건만, 그녀는 마치 쓰러지다시피 몸을 기울이고 바닥을 함몰시키는 각력으로 나에게 돌진해 왔다.

사생결단. 눈이 번쩍 뜨이는 일격. 그 푸른 손톱이 바로 코앞까지 다가와…… 사라졌다.

"닿……아……."

눈앞에서 고꾸라졌다. 마지막 힘을 쥐어짠 비오 씨의 공격은 의식이 끊기면서도 내 배에 톡, 부드러운 소리를 내며 닿았다.

"……닿았어요, 비오 씨."

바닥에 쓰러지기 직전에 비오 씨를 안았다. 내 가슴에 닿을락말락한 작은 몸이었다. 그래도 그녀는 틀림없이 내 인생 최강의 적수……였다.

『시합 종료! 승자, 레이스 레스트 선수! 시범 경기에도 밀리지 않는 격전이었습니다! 계속해서 공방이 뒤바뀌는 싸움에서 멋지게 승리를 쟁취한 레이스 선수, 그리고 멋진 싸움으로 대회 자체를 뒤엎어 버린 비오 선수, 두 선수에게 아낌없는 박수를 보냅니다!』

해설석에 앉은 북 님의 말이 겨우 의미를 가진 채로 머리에 들어왔다.

그래…… 내가 이겼구나. 나도 이 강한 사람에게 이겼다. 자신의 한계를 넘었다. ……이걸로 조금은 두 사람에게 가까워졌을까?

아직 우승은 아니지만 단 한 번의 승리에 불과하지만…….

가슴에서 성취감과 만족감이 북받쳤다. 나는 얼떨결에 체면도 잊고 소중한 두 사람에게 이 승리를 자랑하고파 두 팔을 높이 들었고—.

"레이스!!!!"

카이 씨의 고함과 큰 물건이 부서지는 소리가 내 귀에 들리고, 몸이 흔들렸다.

뭔가 부딪친 것 같은 그런 충격.

눈을 아래로 내렸다. 아…… 이건 조금, 위험하다.

목을 타고 올라오는 뜨거운 것이 입안을 가득 채웠다.

그것과 같은 것이 찢어진 내 몸에서 흘러나왔다.

의식이 아득해지는 와중, 들려오는 고함에 조금 안도했다.

분명히 곧 끝난다. 아무도 상처 주지 않고, 이 사태를 수습해준다.

그렇죠……? 류에, 카이 씨—.

§ § §

환성으로 가득 찬 경기장에 흐릿한 그림자가 드리웠다.

갑자기 비구름이라도 꼈나 하고 올려다보자 그곳에는 거대한, 너무나도 거대한 존재가 있었다.

급강하한 그것은 경기장 결계와 방호벽을 종잇장처럼 찢어 버리고는—.

"레이스!!!!"

발톱이 마치 사냥감을 붙잡듯 레이스를 노렸다.

객석에서 뛰어 전장으로 나간 것과 그 발톱이 레이스를 관통한 것은 동시였다.

"늦지 마라…… 【새크리파이스】."

전장에 착지하자 한 호흡 늦게 한 명이 더 내려왔다.

"카이 군. 저거 빨리 쫓아내. 나는 회복에 전념할게."

류에가 분노한 표정으로 담담하게 지시했다.

괜찮아, 『새크리파이스』가 발동한 이상 더는 레이스의 목숨이 흘러내릴 염려는 없다.

급격하게 줄어드는 내 HP를 보면서 지금도 레이스가 빈사 상태라고 인식했다. 내 존재를 깨닫고 날아오르려는 상대를 돌아봤다.

"……야, 너 칠성이지?"

봉인되지 않은 칠성은 이런 압박감을 내뿜는가.

전에 처치한 용신에 필적하는 크기.

황금색 비늘에 금빛 벼 이삭을 심은 듯한 부드러운 날개를 펼친 모습.

그것은 분명히 사람들에게 풍작의 신으로 숭배받아도 이상하지 않은 성스러운 모습이었다.

야, 왜 또 레이스를 봐? 날 보라고.

“눈 돌리지 마, 인마. 너 그러면 안 되지. 신경이 예민한지 어떤지 몰라도, 아직 결승전은 시작도 안 했어. 공물이 올 때까지 못 기다려? 개도 하는 걸 못 하냐, 너?”

아아, 몰라. 때려쳐, 때려쳐. 말할 여유가 없어졌다.

“아아아…… 아아아아아아! 으아아아아아아아아아!”

부르짖는다. 모든 것을 드러낸다.

검을 든다. 어빌리티를 교체한다.

자신의 힘을 모두 꺼냈다. 이유 따위 아무래도 상관없었다.

국민 정서? 입장이나 책임? 폭동? 신앙 대상? 전부 개나 줘 버려.

당했으면 갚아준다. 남의 가족을 다치게 하고 뭘 멀뚱멀뚱 서 있냐.

숭배받든 말든 알 게 뭐야. 나중에 무슨 소리를 듣건 알 게 뭐야.

손댄 네 잘못이지. 네 잘못이니까 나는 뭘 해도 아무 잘

못 없어.

정당한 분노를 벌하는 법 따위 엿이나 먹어라.

누가 날 비난할 거냐. 이 녀석은 지금 여기서—.

【커스 기프트】 발동: 대상자 플래시드 드래곤 [생명력 극한 강화] 반전 부여

【커스 기프트】 발동: 대상자 카이본 [천공의 패자] 부여

당장에라도 죽여 버리겠다.

매초 미친 속도로 줄어드는 HP에 이상을 감지한 용이 날개를 퍼덕였다.

포기해. 그 반전된 어빌리티는 목숨이 끊어질 때까지 영원히 HP를 줄일 거다.

땅에서 떨어진 다리를 잡아 땅에 패대기쳤다. 그 거구를 끌어내린 것만으로 내 몸까지 찢어질 뻔했다. 게다가 레이스가 받는 대미지를 대신 짊어진 탓에 내 체력도 급격하게 줄고 있었다. 하지만 그것은 지금도 레이스가 죽어 간다는 뜻이었다. 그때, 관객석에서 빛 한 줄기가 비래해 내 체력을 회복하기 시작했다.

"류에, 고마워."

관객석으로 이동한 류에가 누운 레이스를 치료하면서 다시 한 손으로 회복 마법을 나에게 날렸다. 좋다, 이거라면

충분히 버틸 수 있다. 이대로 끝내겠다.

용은 맹렬하게 몸부림쳤다. 어느새 관객석에서 들리던 비명도 사라졌다. 아마 길드 직원이 대피시켰겠지. 이곳에 모험가가 많은 것도 다행이었다.

검을 치켜들어 지금도 바닥을 파며 퍼덕이는 날개를 강하게 내리쳤다.

물소리가 섞인 딱딱한 소리와 함께 날갯죽지를 자르자 고막이 마비될 정도의 포효를 코앞에서 맞았다. 하지만, 이제 너는 도망치지 못한다.

다리를 망가뜨리고, 한쪽 날개를 자르고, 다음은 시끄러운 입을 막으려고 목에 검을 들이댔다.

"……고통스럽게 죽어라. 괴로워하고, 괴로워하고, 또 괴로워하다가 땅바닥에 처박힌 채로 죽어라."

모든 힘을 담아 목을 가르려고 한 순간, 경기장 확성 마도구에서 목소리가 들렸다.

『지금 당장 공격을 중지하세요, 본본!』

"닥쳐! 이놈은 죽일 거야. 방해하면 너도 가만 안 둬!"

그건 오잉크의 목소리였다. 그래, 네 입장도 안다. 그러니까 일부러 계획을 세우고 작전도 짰지. 하지만 이놈은 지금 이 순간 여기에 나타났다.

그리고 하필이면 내 가족에게 손을 댔다. 내가 사랑하는 레이스가 지금도 죽어 간다.

용서할 이유가, 멈출 이유가 어디 있는가. 지금 당장 죽어라.

목에 댄 칼을 손잡이까지 깊숙이 찔러 넣었다. 마치 간헐천처럼 선혈이 뿜어져 나왔다.

하지만 아직 죽지 않았다. 무시무시한 생명력을 가진 이 용은 아직도 움직이려고 했다.

정신이 들자 내 체력 감소가 멈춰 가고 있었다. 레이스는 고비를 넘겼을까?

『본본, 이야기를 들어주세요! ……알겠어요, 무리하진 마시고요.』

『카이 씨…… 들리시나요?』

다시 경기장에 오잉크의 목소리가 들린 후…… 끊어질 듯한 레이스의 목소리가 들렸다.

"레이스?! 다친 곳은 괜찮아?! 벌써 일어나도 돼?!"

『……카이 씨, 그 아이를…… 그 용을…… 잘 보세요…….』

무슨 말을 하는지 이해하지 못한 채로 레이스가 시키는 대로 죽어 가는 용의 몸을 봤다.

황금색 비늘. 거대한 몸. 이삭 같은 날개……. 잠깐, 이건 전에…… 들은 적이 있다.

그것은 분명히 쾨니히를 다치게 한 상대의 특징과—.

그때, 머릿속에 작은 소리가 직접 전해졌다.

『주인님…… 이런 추태를 보이고…… 주인님의 반신에 해를 끼쳐…….』

"뭐야? 이게 지금 무슨 소리야?"

그 목소리는 마치 누구에게 사과하는 듯하고…… 어디서 들은 적 있는…….

내가 망가뜨린 놈의 몸을 자세히 살펴봤다. 지금도 피를 철철 흘리는 그 거구를.

그리고 보고야 말았다. 깨진 황금 비늘 안쪽으로 보이는 흑요석 같은 검은 비늘을.

급하게 이 상대에게 발동하던【커스 기프트】를 중단하고 [상세 감정]을 시도했다.

【Name】플래시드 드래곤(쾨니히)

【종족】칠성룡, 마신룡

【레벨】382

【스킬】기생 전생, 극광(極光)의 치유, 성장 촉진

"……어떻게 된 거야, 쾨니히."

하늘에서 나타난 칠성의 정체는 우리가 잘 아는 상대, 나와 계약한 흑룡이었다.

『……조금씩, 몸이 말을 듣지 않더니, 정신을 차렸을 땐…….』

스테이터스에 있는 [기생 전생]이란 이름의 스킬이 하나의 추론을 끌어냈다.

지금 이 모습은 틀림없이 전에 싸웠다는 용의 모습이었다. 그렇다면…… 쾨니히는 단독으로 칠성에게 도전했고…… 놈이 무언가를 몸에 심었을 것이다.

"쾨니히…… 나는, 너를 죽여야 할지도 몰라."

『응당한…… 벌입니다. 적어도, 마지막에 주인님의 보탬이 된다면…….』

조금 전까지 미친 듯이 날뛰던 황금색 몸이 지금은 쾨니히의 의지를 따르듯 조용히 누워 있었다. 이걸로…… 끝일까? 이 결말이, 옳은 것일까?

문득 지금 나와 의사소통이 가능한 쾨니히에게 의문이 들었다.

"쾨니히, 지금은 네 의지대로 몸이 움직여? 나랑 말도 할 수 있잖아. 조금 전까지 의식을 빼앗겼던 거 아니었어?"

『예. 하지만 주인님과 교전하던 중에 갑자기 제 의식이 돌아오고 머리에서 이질감이 사라져…….』

……그렇다면 꼭 도망친 것 같지 않은가. [기생 전생]이 어떤 능력인지 몰라도 만약 달리 도망칠 곳이 있다면—.

"……! 류에! 레이스의 용태는 어때?! 상처 치료는?!"

"의식은 돌아왔지만, 아직 상처가 아물지 않아……."

관객석으로 뛰어 자리에 앉아 가냘픈 호흡을 내쉬는 레이스에게 달려갔다.

마안을 번뜩이는 레이스가 입을 작게 열었다.

"다행이야…… 그 아이가 무사해서."

"본본…… 레이스의 눈에는 그 칠성의 정체가 보였나 보네요."

"나도 확인했어. 아무래도 칠성의 몸은 이미 소멸했고 내 용에게 기생했었나 봐."

이번에는 레이스에게 [생명력 극한 강화]를 부여했다. 하지만 그래도 레이스의 용태는…….

"……류에, 레이스의 상처가…… 전혀 아물지 않는다고 했지……?"

입술이 떨렸다. 내가 들어도 웃음이 날 정도로 한심한 목소리로 류에에게 확인했다.

"그래! 지금 상처를 얼려서 지혈하는데! 그래도 회복되지 않아! 이상해, 뭔가 이상해! 왜…… 대체 왜……."

"……쾨니히가 다쳤을 때처럼, 말이지……?"

큰 발톱에 꿰뚫린 레이스의 복부. 붉은 드레스가 더 짙게 물들었다.

그 상처에 제발 아니기를 빌면서 [상세 감정]을 발동했다.

【Name】 드래곤 시드

【종족】 마핵

바람은 빗나갔다. 그녀의 상처에 그 녀석이 뿌리내리고 있었다.

"대체, 대체 왜? 레이스…… 들려?"

"……네. 제 눈에는, 보였으니까요……."

마치 당장에라도 감길 것 같은 눈으로 레이스는 약하게, 잔혹한 현실을 입에 담았다.

"카이 씨, 이건, 이미…… 제가 뗄 수 없어요. 신경 하나하나에, 마력이 지나는 길까지…… 전부 퍼지고, 뿌리내려서…… 당장에라도…… 몸이……."

"정말로 속수무책이야……? 왜, 레이스야……."

"카이 군……? 레이스……? 무슨 소리야……?"

나는 그 칠성의 능력과 지금 레이스가 어떤 상황인지 설명했다.

"모, 모르겠어. 난 모르겠어! 그런 상대를 어떻게 대처해……."

류에조차 손쓸 방법이 없는 상황까지 사태가 진행됐다…….

지금 생각하면 쾨니히가 죽지 않은 것도 숙주를 잃지 않기 위해서였겠지.

"카이 씨…… 저기, 저는 정말 행복했어요. 꿈만 같은 시간을, 보냈어요."

"하지 마! 내 미래에는 너도 곁에 있어! 마음대로 내 미래를 바꾸지 마!"

레이스가 마치 이제 끝이라고, 마지막 말을 남기듯 중얼거렸다.

"레이스! 괜찮아, 내가 어떻게든 새 술식을 고안할게, 그러니까!"

"안 돼요……. 이미 몸이 마음대로, 움직일 것 같고…… 목소리가…… 들려……."

어디에 갔다 왔는지 오잉크가 달려왔다.

"주위를 봉쇄하고 왔어요. 그리고 이거, 제가 가진 약 전부예요."

오잉크는 게임 시절 최고 품질의 회복약을 닥치는 대로 꺼내서 보여줬다.

하지만…… 이미 약으로 어떻게 될 상황이 아니라고, 이미 늦었다고 말해줬다.

"제…… 생각이 얕았어요……. 제가…… 싸움을 허가하지 않았으면……!"

눈물을 뚝뚝 흘렸다. 아직, 아직 방법이 있을 것이다. 레이스의 의식은 여기 있다.

"……뭐가 자본주의예요, 친구 한 명 못 구하는, 이딴 것들!"

바닥에 내던진 그것은 안타깝게도 이 세상에서는 효력을 발휘하지 않는 소생약이었다.

아, 그래. 이곳은 게임이 아니다. 사람은 죽으면…… 거기서…… 끝……?

"카이 씨…… 제발, 당신 손으로 저를……. 싫어요, 제가 여러분의 적이 되는 건……."

있다. 있지 않은가. 레이스를 구할 수 있을지도 모르는, 유일한 방법이…….

"무슨 그런 소리를 해! 안 돼, 그건 절대로 안 돼!"

"레이스. 내가 너를 구하려면, 너를…… 죽일 수밖에 없겠어."

그래, 그 수단은 하나뿐. 그리고 그러기 위해서는…… 레이스는 죽어야만 한다.

"무슨 말씀을 하시는 거예요?! 포기하셨어요?! 다른 사람도 아닌 당신이!"

"아니야……. 구원이라느니 편하게 해준다느니, 그런 게 아니야! 레이스, 나는 진심으로 널 구할 거야. 앞으로도 쭉 우리 곁을 걷기 위한 방법이야."

자연의 섭리라면 이미 한 번 깼다. 운명을 비튼 경험이라면 있지 않은가.

【새크리파이스】 해제: 대상자 레이스 레스트

【커스 기프트】 발동: 대상자 레이스 레스트 [재기] 부여

그녀에게 준 것은 재래의 약속이었다. 나는 한 번 레이스의 죽음을 대신했고, 그리고 부활했다.

아캄, 지금만은 너에게 감사하마. 덕분에 이 방법이 유효하다고 알았으니까.

아직 [상세 감정]으로 레이스와 기생체가 따로 존재하는 것은 확인했다.

그렇다면…… 최후의 수단으로 레이스와 함께 이것을 없애고 레이스만 살린다면—.

가능할까? 내가, 사랑하는 그녀를 일시적으로나마 죽일 수 있을까? 아니, 해야 해.

“류에. 통증을, 통증만 누그러뜨리는 마법은 없어? 레이스를 괴롭게 하고 싶지 않아.”

“통증만……이지? 피해는 없는 거지?”

류에에게 바로 그 마법을 준비하도록 시켰다. 그리고 나도 레이스를 안아 투기장 중앙으로 가서 조용히 바닥에 눕혔다.

“본본, 뭘 하려는지는 모르지만, 제가 할 수 있는 일이 있을까요?”

“그럼 내 검에 공격력을 올리는 버프를 줘.”

레이스와 함께 있는 그 녀석을 확실하게 없애기 위해서 나도 무기 어빌리티를 교체했다.

상대방의 끈질긴 생명력은 지금까지 싸운 누구보다 강했다. 만전을 기해서 확실하게 해야 한다.

그러던 그때, 조용히 누워서 모든 것을 우리에게 맡긴 레이스가 서서히 일어났다. 마치 아무 일도 없었다고, 이제 건강해졌다고 말하듯이…….

오싹하고 오한이 퍼졌다. 돌아보는 그녀의 표정은, 고혹적이라고밖에 표현할 수 없었다.

본능을 자극하듯 달콤하고 몸을 떨리게 할 만큼 애절한

목소리로 그녀가 말했다.

"저…… 역시 죽고 싶지 않아요. 저라면 분명히, 공생할 수 있을 거예요."

그건 틀림없이 사랑하는 사람의 얼굴과 달콤한 독처럼 몸을 파고드는 목소리였다.

상기된 눈동자와 교태부리듯 꼬는 몸. 그것은 남자인 나를 흔들어 놓는 애원이었다.

"……목숨 구걸이냐, 칠성. 지금 죽으면 정말로 위험한가 보지?"

그 말을 뱉자 그녀의 얼굴이 추하게 일그러졌다. 사람의 가면을 불로 녹인 것처럼…….

"후후…… 우후후, 역시 알아보는가?"

"류에, 지금 당장 레이스의 팔다리를 얼음으로 묶어줘."

그 순간, 팔다리가 얼음 구속구에 묶인 그녀가 땅에 쓰러졌다.

"죽일 수 있겠나? 나는 이 암컷의 기억을 엿보았다. 이자는 농익은 육체의 욕망을 억누르며 하염없이 너를 그리워하고 기다렸다. 너는 그것을 버리겠다는 것이냐? 이 천상의 육체가 필요하지 않다는 것이냐? 생각을 고쳐라."

"류에. 마법은 준비됐어?"

"……됐어. 통증은 모두 내가 받을게."

사랑하는 레이스의 입으로, 내가 좋아하는 익숙한 목소

리로 떠드는 상대에게 한없이 살의가 끓어올랐다.

"그 용에게는 나를 해한 대가로 고통을 주었다. 하지만 이 육체는 아주 편안하구나. 나를 받아들여라, 이 몸을 잃지 않아도 된다."

검을 높이 들어 이 상대를, 레이스에게 들러붙은 이 혐오스러운 기생충을 확실하게 없앨 기술을 발동하고자 나는 메뉴 화면 메모 기능으로 적어 둔 글을 읽었다.

"……가능하면, 오잉크와 류에는 귀를 막아줬으면 좋겠는데."

특정 문장을 주문 대신 읊어야 발동하는 기술이 있다.

물론 그것은 일부 마도에도 존재하지만 이것은 검술이었다.

그 창피한 문장 때문에 남들 앞에서 쓰지 못한 기술의 효과는『좌표 지정 지속 공격』. 즉, 일정 지점에 특대 대미지를 계속해서 가하는 공격이었다.

범용성이 너무 떨어지는 성능이지만 도시 한복판에서 쓰려면 이보다 좋은 기술도 없었다.

"『검신에게 기도하여 하늘을 가르길 갈구한다. 평등하게 끝을 선사하고, 올려다볼 하늘을 베어 이 손으로 새로운 질서를 세우리. 나의 몸을 양식 삼아 이곳에 극한의 종말, 새로운 섭리의 탄생을 약속하노라』."

주문을 마침과 동시에 발동 준비가 끝나고 머리 위로 든 검에서 하늘로 이어진 빛이 솟았다.

"기다려라! 네 동료를 죽일 셈이냐! 사랑하는 이를 그 손으로 해하겠단 말이냐!"

"……더는 그 목소리로 떠들지 마라, 벌레 자식아."

그리고 검을 내리치며 기술 이름을 외웠다.

"『천단(종극)』."

그야말로 하늘을 가르는 빛이 쏟아져 순식간에 그녀의 몸을 삼켰다.

그리고, 나는 내 마음이 무너져 가는 소리가 들린 것 같았다.

눈앞에서 레이스가 사라져 갔다. 다름 아닌 내 손에…….

언제나 미소 지어주던 사랑스러운 얼굴이, 언제든지 날 잡아주던 따뜻한 손이.

침대로 들어와 언제나 날 설레게 하던 몸이, 그리고—.

"으아아아아아아아!! 카이 씨! 카이 시! 아파! 아파아아아!"

언제나 기쁘게 내 이름을 불러주던 그녀의 목소리가 단말마가 되어 가슴에 꽂혔다.

그것이 나에 대한 마지막 저항이라고, 내 마음에 손톱자국을 남기기 위한 공격이라고 알고 있었다. 그래도, 그래도 올라왔다. 위장에 든 것을 게워 내고 싶었다.

어금니가 부서지도록 이를 악물며 빛에 먹힌 몸이 완전히 소멸하는 모습을 지켜봤다.

"살인자! 동료를 죽이다니! 너 같은 인간은 아무에게도 사랑받지 못해!"

그 마지막 저주와 함께 레이스의 몸이 흔적도 없이 사라졌다.

바닥이 보이지 않는 구멍을 내려다보며 모든 것을 삼키고 무릎 꿇었다.

"……괜찮아…… 괜찮아. 레이스는…… 돌아올 거야."

만약, 만약 몸이 남지 않으면 살아날 수 없다면?

만약 그 어빌리티가 한 번밖에 쓸 수 없는 것이라면?

그런 공포와 불안이 소용돌이쳤다. 그리고 무엇보다 레이스가, 돌아온 레이스가 나를 용서하지 않으면? 나는, 나는 레이스에게 뭐라고 말해야 하지? 무슨 말을—.

"……레이스, 나는! 너에게, 뭐라고 해야, 뭘 어떻게 하면—!"

통곡. 감정을 전부 쏟아내듯 하늘을 향해 무작정 소리쳤다.

그때, 근처 잔해가 무너지는 소리가 났다. 천천히 고개를 돌린 그곳에는—.

"아, 그게…… 일단 입을 옷이랑…… 눈을 좀, 감아주셨으면……."

"아, 응, 미안!"

입고 있던 코트를 레이스에게 건넸다. ……옷도 몽땅 사라졌구나…….

에필로그

“저…… 이제 괜찮다니까요?”

“싫어. 당분간 이러고 있어.”

“우…… 싫지는 않아요. 무척 기쁘지만…….”

“절대로 안 놔.”

“와아…… 카이 군이 웬일로 저렇게 어리광부리지…….”

호텔 방 소파에서 레이스를 무릎 위에 앉혀 계속 끌어안았다.

놓아줄 줄 알고. 오늘은 하루 종일 레이스를 안고 있기로 정했다.

물론 [회복 효과 범위화]와 [생명력 극한 강화], 그리고 새로 입수한 힘을 부여하면서…….

[극광의 치유]

『대상의 HP와 MP를 회복하고 모든 상태 이상의 지속 시간이 1/5로 감소한다.』

『또한, HP와 MP가 최대치의 90% 이상일 경우 모든 능력치가 1.1배가 된다.』

『회복 속도 2%/1s』

HP 회복량만 보면 [생명력 극한 강화]보다 낮지만 부가 효과는 대단히 우수했다.

그리고 이것을 그 망할 쓰레기 드래곤이 가졌다면, 그때 내가 놈에게 [생명력 극한 강화]를 반전 부여한 것이 최선책이지 않았을까?

그보다도 오히려 그것이 유일한 공략법이었을 가능성도 있었다.

매초 그런 말도 안 되는 양을 회복해? 이것들이 장난치나. 밸런스 붕괴잖아.

"와…… 카이 씨, 왜 그러세요? 갑자기 몸을 뒤로 젖히시고."

"아니, 내 얼굴에 침 뱉은 기분이 들어서."

팔로 안은 레이스의 존재를 확인하는 것처럼 다시 꼭 끌어안았다.

돌아왔다. 레이스는 제대로 돌아왔다. 물론 몸 안에 뿌리내렸던 칠성을 배제한 상태로…….

그래도 기억에 깊이 박힌 그녀의 단말마 비명과 증오에 찬 표정이 트라우마처럼 되살아나서 마음을 야금야금 갉아먹었다.

그래서 오늘 하루 내 정신 건강을 위해서 레이스를 여기에 묶어 놓기로 한 것이다.

"……내일은 원래대로 돌아갈게. 앞으로 닥쳐올 문제도 바라보고, 사태 수습도 제대로 할게. 그러니까 지금만…… 부탁할게, 이러고 있어 줘."

"……네. 감사히 받아들일게요."

"우우…… 둘만 치사해. 나도 끼워줘."

"좋아, 이리 온."

소파에서 달라붙은 채 레이스가 돌아온 직후의 일을 회상했다.

§ § §

"레, 레이스? 벌써 눈을 떠도 괜찮아?"

"네, 네에……. 저기, 저는…… 어떻게 된 거죠?"

"내가…… 너를 칠성의 핵과 함께 소멸시켰어. 그리고 너만 다시 불러들였어."

눈을 뜨자 외투를 걸친 레이스가 천천히 곁으로 다가오고 있었다.

팔도 다리도 얼굴도 온전히 레이스였다. 발걸음은 가볍고 고통을 견디는 느낌도 아니었다.

몸 상태를 물으려고 입을 떼려는데, 먼저 레이스가 말을 꺼냈다.

"……또, 구해주셨네요."

"……구했다고 말해도 될지…… 나는 모르겠어."

"몸에 이상은 안 보여요. 굳이 말하자면 심한 공복, 일까요?"

"……그래. 몸 말고는 정말로 사라졌나 보네."

레이스는 구해줬다고 말했다. 나도 해냈다고 자부하고 있었다.

하지만 동시에 돌이킬 수 없는 짓을 하고 말았다는 인식이 뇌리 깊은 곳에 박혀 내 의식을 뒤틀었다.

눈앞까지 다가온 레이스가 허공으로 손을 내밀어 손수건을 꺼냈다.

그리고 그것을—.

"……울지 마세요, 카이 씨."

"미안, 레이스. 난 그거 말고 다른 방법이 없었어."

"……울지 마세요. 부탁할게요."

부드럽게 볼을 닦는 손을 잡아 그녀에게 닿았다.

따뜻한 손. 살아 있는 증거인 온기를 실감하려고 나도 모르게 강하게 쥐고 말았다.

그녀는 여기 있다. 사지가 멀쩡한 채로, 두 다리로 꼿꼿이 이곳에 서 있었다.

그런데 크레이터 위쪽에서 당혹스러운 목소리가 들려 왔다.

"레이스?! 지금 빛이 모여서…… 레이스예요?! 무사한가요?!"

"오잉크, 위험하니까 진정해. 두 사람 다 여기까지 올라올 수 있어?"

"그래, 지금 갈게. 레이스, 잠깐 나한테 매달려."

"앗, 네."

가능한 한 손의 감각을 의식하지 않도록 그녀를 안아 들었다.

소위 공주님 안기였다. 나는 강하게 땅을 차서 당혹스러워 보이는 두 사람 곁으로 올라갔다.

"……설명해주시겠죠, 본본? 지금 그 힘에 관해서."

"나도 슬슬 알려주면 좋겠어. 그건…… 틀림없이 소생의 힘이었으니까."

"그래. 전부 말할게—."

§ § §

"자연의 섭리에 반하는 힘을 보여줬으니까 차마 비밀로 할 수는 없었어."

"저도 설마 카이 씨의 힘이 이 정도일 줄은……."

"그러게. 나도 오래 살았지만, 카이 군은 그중에서도 제일이야. 예방이니까 이미 죽은 사람은 못 살리더라도 그건 틀림없이 기적에 속하는 힘이니까."

그 후 오잉크에게 내 힘에 관해 모두 털어놓고 말았다.

이 상식을 한참 초월한 힘에 한순간 그녀의 눈에 경계의 빛이 스쳤다. 하지만 그게 당연한 반응이었다. 오잉크는 이 대륙 사람을 지킬 사명이 있으니까.

……그래. 인정하고 싶지 않지만 나는 말 그대로 혼자서 나라를, 아니, 어쩌면 대륙을 멸망시킬 힘을 얻고 말았다. 경계하지 않는 쪽이 이상하지.

"내일, 아침에 일어나자마자 경기장으로 돌아가야지."

"쾨니히와 칠성에 관해서도 생각해야 하니까."

"저기…… 그 애는 괜찮은가요?"

"부아가 치밀지만, 칠성의 능력을 얻었으니까 죽지는 않을 거야. 그래도…… 이번 일은 목격자가 너무 많아. 얼버무리기는 힘들 거 같아."

"……카이 군. 그냥, 도망치자……."

그러자 그때, 류에가 그렇게 말을 짜냈다.

고개 숙인 류에의 표정은 보이지 않았으나 목소리에는 깊은 슬픔이 번져 있었다.

"만약 이번 일로 카이 군이 비난받으면…… 나는 이제 네가 필요 이상으로 부담을 떠안고 괴로워하는 모습은 보고 싶지 않아. 우리는 그냥 다음 대륙으로 가면 돼. 그러니까 더는—."

흥분해서 말하는 류에를 끌어안아서 말을 끊었다.

아…… 내가 울었던 탓이구나. 네게 보여주고 말았으니까, 내 여린 부분을…….

나를 배려하는 상냥한 류에의 머리에 손을 얹었다.

“한심한 모습을 보였지? 그렇게 불안해하지 마, 류에. 나는 이제 괜찮으니까.”

“하지만…… 만약 대륙 사람이 카이 군을 욕하면? 칠성을 공격하는 모습을 봤어. 어쩌면 입장상 오잉크도—.”

“……제대로, 생각해 뒀어.”

“카이 씨. 저는 어느 쪽이든 따라갈 거예요. 그게 도망자 신세든 가시밭길이든.”

“고마워. 하지만…… 오늘 그런 소리는 하지 말자. 가만히 안겨 있으세요.”

난 오늘 화장실과 목욕을 제외하면 쭉 함께 있기로 정했다.

그리고 조금 시간이 흐른 후. 배가 고프다는 레이스에게 아이템 박스에 숨겨 둔 간식거리를 주는데 노크 소리가 들렸다.

아쉽지만 저는 무릎에 레이스가 있어서 못 일어난답니다.

어쩔 수 없이 류에가 쓴웃음 짓고 일어섰다.

“네~, 누구세요?”

“저예요, 오잉크.”

바로 경기장에서 도망쳤던 우리와 달리 이 사태를 수습하기 위해 분주하던 오잉크였다.

향후 일정에 관한 상담일까? 류에에게 고개를 끄덕여 문을 열도록 했다.

그러자 초췌하고 기운이 하나도 없는 오잉크가 비틀비틀 방으로 들어왔다.

"후우…… 본본, 큰일 났어요."

"그래?"

"이게 남의 일인 줄…… 그건 대체 무슨 상황이죠?"

"내가 레이스에게 비장의 스테이크 샌드를 먹여주는 참이야."

"아우…… 여기에는 사정이……. 카이 씨가 봐주시지 않아요."

"불안해져서 마음을 달래는 중인가요? 그대로 들어주세요."

한숨 쉬고 표정을 고친 오잉크가 각오를 다진 눈빛으로 상황을 설명했다.

"이대로 가면 길드와 주민, 마족. 이 세 세력의 관계가 험악해질지도 몰라요. 최악의 경우 나라가 분열할 가능성도 충분히 있어요."

"하지만 내가 마왕 모습이 되는 순간을 본 건 관계자석에 있던 사람뿐이야. 운이 좋았어."

"네. 그리고 이런 말은 하고 싶지 않지만…… 사람들 앞에서 레이스가 습격받은 덕에 아직 이 소란을 수습할 수단이 남았어요."

"그렇지……. 다행히 필요한 사람도 도구도 증언도 모여 있어. 『떠나는 새는 흔적을 남기지 않는다』라고 했지. 너한테 전부 떠넘기고 떠날 생각은 없어."

"……책임지고 사태가 진정될 때까지 여기 머물 생각은요?"

"미안…… 그건 안 돼. 내 목적도 목전까지 다가왔어."

서디스 대륙에 내 여행의 목적이 집약됐다고 해도 과언이 아니었다.

그러니까 미안해, 꿀돼지. 나는 아직 한곳에 눌러앉을 생각이 없어.

"이걸로 두 번째 작품이야. 남우주연상을 받기 위해 저번보다 호화로운 제작진을 모으자고."

이 대륙에 해야 할 마지막 거사를 치러 볼까?

요란하고 오만하고 불손하고 대담하게 연기하자. 그 모습에 어울리는 마왕다운 나를…….

"……하아, 그런 뜻인가요? 저도 연설 내용을 짜 둘게요."

"미안. 나도 대략적인 내용은 생각해 둘게. 그리고 꿀돼지, 결국 칠성배는 어떻게 됐어?"

"그거 말인데요, 경기장이 그 모양이고 쾨니히도 아직 쉬고 있어요. 재개는 불가능하다고 결론 내렸죠. 하지만— 남은 출전자 전원에게 물어보니 이구동성으로 「올해 우승과 준우승은 이미 정해졌다」라고 하네요."

"……렌 군도?"

그때 렌 군은 비오의 말에도 굴하지 않고 투지를 불태웠다.

그가 대회에 품었던 포부는 분명히 다른 선수보다 강했다.

게다가 나와 나눈 약속도 있었다. 그런데 그는 도전할 기회마저 빼앗기고 말았다.

"그는「지금 내 실력으로는 못 이긴다고 깨달았다」라고 했어요. 하지만 가까운 시일 내에 당신을 직접 찾아오리라 생각해요. 그건 포기한 사람의 눈이 아니었으니까요."

"맞아요……. 그 사람의 강인함은 짧게 만난 저도 알겠더라고요."

"레이스…… 그렇게 무릎 위에서 식사하며 얘기하면 제가 웃음이 나와서……."

"우우…… 카이 씨, 역시 떨어질래요. 적어도 손님이 계신 동안은……."

무언의 힘주기. 얌전히 이렇게 있으세요. 아아, 이곳에 레이스가 있는 행복이여.

"지금 당장은 안 되지만, 레이스에게는 우승 상품을 증정할 예정이에요."

"그렇다면 다음에 제가 부탁을 드리고 싶어요. 우승자에게는 그럴 권리가 있었죠?"

갑자기 레이스의 어조가 평소와 다르다고 느꼈다. 마치 앞으로 싸움에 임하려는 듯한, 듣는 사람을 무의식중에 긴장시키는 그런 힘을 품었다.

"……알겠어요. 이 일이 끝나는 대로 그 이야기를 들을게요."

두 사람 사이에 감도는 이상한 분위기가 흩어져서 나도 내일 예정을 밝혔다.

"렌 군에 관해선 알았어. 그럼 내일에라도 왕궁 집무실에 이번 일을 아는 사람을 모아줘. 나도 협력해줄 만한 사람을 한 명 알아."

"협력자요……? 알겠어요. 그럼 거기서 작전을 짜도록 하죠."

정확하게는 사람이라기보다 『신 같은 뭔가』라고 해야겠지만.

§ § §

"이상이 내가 생각한 시나리오야. 이걸 이 도시 사람 모두에게 들려주려고 해."

"……확실히 그럴싸하네요. 저랑 리샤르라면 모험가의 신뢰는 얻을 수 있어요."

"내 쪽은…… 할아버지의 유언이었다고 증언하면 일정 수는 믿어줄 거야."

"그리고 카이……가 아니라 카이본의 모습을 보이면 마족도 따라줄 테고."

다음 날, 다시 오잉크 집무실에 모인 이들에게 나는 작전을 설명했다.

그러나 레이스와 류에는 그 소란 속에서 사람들에게 모습을 보여줬으므로 혼란을 피하기 위해서라도 방에 대기 중이었다. 나? 마왕이 아닌 나는 인상이 약했나 봅니다.

"하지만 설마 황금 뿔에 날개가 네 장이었다니……. 마안도 포함해서, 그렇게 특수 기관이 많은 사람은 엄청 드물어. 그 모습이라면 확실히 마족…… 아니, 이 도시라면 모든 주민이 이야기를 들어주겠지. ……거기에 담긴 감정은 다양하겠지만."

지금 분열할 위기에 놓인 세 파벌은 일반 시민과 모험가, 그리고 마족 주민이었다.

각각의 지지를 얻는 사람이 이곳에 모였으니까 해결책은 있었다.

하지만 골드 씨 말마따나 자칫 잘못하면 주민들의 역정을 살 가능성도 있었다. 그도 그럴 것이 이곳은 과거 마족 왕가가 지배하던 땅이니까.

"흠, 하지만 방법은 어떻게 하지? 사람 입을 통해 퍼진 말은 쉽게 왜곡돼. 그게 새 불씨가 될 수도 있어. 이번에는 사태가 사태니 만큼 신중해야 해."

"그 부분은 제 협력자에게 힘을 빌릴 생각입니다. 오잉크, 어제 부서진 투영 마도구 수리는 슬슬 끝났지?"

"네. 방금 서둘러서 하나만 수리해 달라고 지시했어요."

"후후, 그랬죠. 그 덕분에 이렇게 여러분의 회의에 저도 참가하게 됐네요."

오잉크의 말에 불려온 것처럼 실내에 새 목소리가 들렸다. 나는 그 사람에게 말을 건넸다.

"무리한 부탁을 해서 미안해, 레이니 리네아리스."

왜 마도구 수리를 서두르게 했는가. 그것은 그 마도구를 통해 그녀도 이 자리에 부르기 위해서였다. 즉, 지금 자연스럽게 벽을 통과해 나타난 그녀는 실체가 아니라 허상이었다.

"꺅! 리샤르, 당신 성기사잖아! 유령 정도는 쫓아내!"

"손녀님은 귀신이 무서우신가 보군. 걱정 마, 이건 마도구로 투영된 영상이야."

우리 대화를 듣고 조용히 웃은 레이니가 오잉크를 돌아봤다.

"처음 뵙겠어요, 오잉크 총수. 레이니 리네아리스라고 해요."

"……처음 뵙겠습니다. 설마…… 이렇게 뵙게 될 줄은 몰랐네요."

"후후, 그건 공통된 친구인 저 사람 덕분이죠. 그럼 바로 본론으로 들어갈까요?"

필요한 조건이 서서히 모여 갔다. 이 광대한 도시에 사는 주민 모두의 정보를 모으기 위한 조건이…….

이 세계의 주된 정보 전달 방법은 기본적으로 통신 마도구가 상비된 조직 간, 주로 길드에서 발령하는 지시나 행상인이 전하는 소문이었다.

그래서 나는 이번 레이니 리네아리스의 힘을 빌려 그 투기장 투영 마도구의 출력을 올렸다. 이것으로 도시 전체에 정보를 동시에 전달하기 위해서였다.

"……외줄 타기지만, 거기에 걸게요. 마도구 수리를 빠르게 하라고 지시하고 올게요."

"저도 협력할게요. 기본적인 부분은 완성됐으니까 별로

어렵지 않을 거예요."

"그럼 나는 골드와 함께 당일 인원들에게 지시를 내리고 오도록 하지."

"나는…… 이야기할 내용을 검토해 둘게."

모두 저마다 역할을 수행하기 위해 움직여 나도 쾨니히에게로 갔다.

이 작전에는 쾨니히도 필요하지만 공교롭게도 자세한 의사소통이 가능한 사람은 나뿐이었다.

자, 마침내 갖춰졌다. 이번에도 주연은 나, 각본도 나. 다만, 협연은 이 나라 영웅들이다.

요란하고 호쾌한, 그리고 거짓과 궤변을 아낌없이 담은 본본 극장을 기대하시라.

■작가 후기

(´･ω･`)오랜만에 뵙겠습니다. 저자 아이아츠시입니다.

벌써 7권, 이야기도 절반을 넘었습니다.

이번 권에서 세미피나르 편도 절정에 접어들어, 이제 남은 일은 뒷수습과 여행을 떠나는 것뿐.

웹 버전에 비해 서브 캐릭터의 출연이 줄었지만, 대신 새로운 장면을 넣거나 다른 시점에서 이야기를 묘사하는 등 제법 창작의 고통을 맛보았는데 어떠셨나요?

저는 웹 버전보다 읽기 쉬워졌다고 생각하지만 여기에는 주인공의 일그러진 부분을 재인식해주시기 바란다는 의도도 있었습니다.

완전하지 않은 인간. 선인이 아닌 주역. 인간미 있고 추한 부분도 있는 인물.

전에도 한 번 말씀드렸는데 그런 사람을 주인공으로 세우고 싶었습니다.

좌우지간 그런 주인공과 동료들은 다음 권에서 『이별』, 『만남』, 그리고 『재회』라는 큰 전환점을 맞이하고 이야기는 또 새로운 국면으로 넘어갈 것입니다. 어떤 전말, 결과에 이를지 꼭 지켜봐 주셨으면 합니다.

여담이지만 이번에 레이스에게 찾아온 비극에 관해 이야기할까 합니다.

사실 이야기를 만들던 초기에는 레이스가 중도 퇴장할 예정이었습니다. 그 영향이 여기서 나타난 거죠. 하지만 여러 이유가 있어 레이스는 무사히 생존했고 주인공과 함께 살아가게 됐습니다. 전 개인적으로 이쪽이 더 낫다고 생각합니다.

그밖에도 이야기를 만들던 과정에서 예정이 바뀐 캐릭터가 많지만, 그 잔재들도 언젠가 보여드릴 수 있으면 좋겠군요.

그럼 마지막으로 인사를 드리겠습니다.

이번에 등장한 캐릭터나 앞으로 등장할 캐릭터 중에는 친구들에게 영감을 받아 탄생한 캐릭터가 포함돼 있습니다.

그런 주변 사람들, 그리고 독자 여러분에게는 항상 감사한 마음입니다.

아직 미숙해서 작가를 자처해도 될지 자문하는 나날을 보내고 있으나, 부디 앞으로도 이 작품을 지켜봐 주시면 기쁘겠습니다.

이번에도 애독해주셔서 감사합니다.

(´･ω･`)총총 꿀.

PS: 한번 작가 같은 후기를 적어 봤는데 어땠어?

레일라, 캐릭터가 마음에 드네요.
이번에도 감사합니다!
樹よしあき
카츠라이 요시아키

백수, 마왕의 모습으로 이세계에 7

초판 1쇄 발행 2020년 7월 10일

지은이_ Aiatsushi
일러스트_ Yoshiaki Katsurai
옮긴이_ 김장준

발행인_ 신현호
편집부장_ 윤영천
편집진행_ 김기준 · 김승신 · 원현선 · 권세라 · 유재슬
편집디자인_ 양우연
국제업무_ 정아라 · 전은지
관리 · 영업_ 김민원 · 조은걸 · 조인희

펴낸곳_ (주)디앤씨미디어
등록_ 2002년 4월 25일 제20-260호
주소_ 서울시 구로구 디지털로 26길 111 JnK디지털타워 503호
전화_ 02-333-2513(대표)
팩시밀리_ 02-333-2514
이메일_ lnovelpiya@naver.com
L노벨 공식 카페_ http://cafe.naver.com/lnovel11

ISBN 979-11-278-5602-1 04830
ISBN 979-11-278-4210-9 (세트)

값 7,800원